神様《かみさま》刑事《デカ》

～警視庁犯罪被害者ケア係・神野《じんの》現人《あらひと》の横暴～

＊電子掲示板ちゃんねる＝・都市伝説板スレッド
【速報!!　俺の殺された妹が生き返った！】より引用

1：**捜査男**：08／08（金）17：46：13 ＩＤ：7rSrgejV
ありのまま今、起こった事を話すぜ！
奴に俺の妹が殺されたんだ。と思ったら、いつのまにか俺の部屋に妹がいた！
何を言ってるのかわからねーと思うが俺も何が起きたかわからなかった！

2：**名無しさん@**：08／08（金）17：48：02
>>1がガイキチなことはわかった

10：**捜査男**：08／08（金）17：52：58 ＩＤ：7rSrgejV
ある日、俺の妹が殺されたんだ。そしたら警察の男が俺の家に来て言った。

「犯人を逮捕できたら、妹を蘇りさせてあげます」って。

俺は必死に捜査して何とか犯人を突き止めた。そしたら男が言った。

「では、これから、あなたには三つの選択肢の中から一つを選んでもらいます」
①被害者を蘇らせて、犯人は呪い殺す
②被害者を蘇らせて、犯人は呪い殺さない

③被害者を蘇らせず、今の人生を生きていく

21：**捜査男**：08／08（金）17：54：48 ＩＤ：7rSrgejV
妹を殺した犯人は許せない。俺は①を選んだ。そしたら男が言った。

「ファイナルアンサー？」俺は答えた。「ファイナルアンサー」

男はニヤリと笑って指をパチンって鳴らしたんだ。

そしたら突然、俺の前に殺されたはずの妹がいた！　てか今も横にいるし！

22：**名無しさん@**：08／08（金）17：54：59
釣り乙ｗｗｗｗ

36：**捜査男**：08／08（金）17：58：01
犯人は権力者の息子だ。
確か名前は……テッシー……テシガワラなんとかって、政治家の放蕩息子らしい。
犯人が呪いで死んだかどうかは知らない。俺の話は、これで終わりだ。

48：**名無しさん@**：08／08（金）18：01：14
１の妹殺した犯人って、コイツか？

【産京ニュース速報】勅使河原《てしがわら》経産相の次男・渋谷路上で変死。死因は調査中。

50：**名無しさん@**：08／08（金）18：01：27
ええええええええええええええ!?　>>1、マジで殺っちゃった!?

66：**捜査男**：08／08（金）18：05：18　ID：7rSrgejV
ーだけど、ゴメン。今、落ちてた。てゆーか俺は殺ってない殺ってない！

68：**名無しさん@**：08／08（金）18：05：30
ガチで呪いか???????　OH MY GOD!!!!!!

76：**捜査男**：08／08（金）18：06：00　ID：7rSrgejV
そーいや、その警察の男「自分は神だ」とか、やたら言ってたような……

77：**名無しさん@**：08／08（金）18：06：06

神様キタ――!!!!!!!!!

0

「で、で？　テッシーって何で死んだの？　まさか警察が呪いをかけたとか？」

「ないよ、呪いをかける部署なんて。大体そんなのネットの噂話でしょう？」

「わかってないな、皇子《こうこ》先輩。ほんとに生き返ったんですよ、テッシーに殺された妹ちゃんは」

「え、なに、愛海《まなみ》ちゃん、その妹さんの知り合いだとか？」

刑事の勘が働いた。もし愛海が変死事件の関係者だったら、茶飲み話と思って聞き流してしまうわけにはいかない。

渋谷駅前ビル五階。多数の客で混雑している『マージナルライフカフェ』渋谷店の賑わいに負けないよう、ぐっと前のめって皇子が聞くと愛海も真剣な顔になり、

「知り合いと言えば知り合いですね。その事件、ちゃんねるⅡの掲示板で知ったんで」

「なるほど。――や、でも、それ、知り合いって言わなくない？」

「でも気分は、もう知り合いなのー」

愛海は、甘えん坊が駄々をこねるみたいな声音で言う。

「それにそれに、テッシーが、クラブでナンパしてんのも見たことあるし。あたしは、ほんとだと思うなー、テッシーが呪いで死んだのも、殺された妹ちゃんが生き返ったってい

うのも全部！」

愛海の瞳にはお星様、なぜかきらきら輝いている。二十代前半と後半。その間にはグランドキャニオンより深い溝があるらしい。かろうじて皇子は返事した。

「ま、本当なら結構なことだけどね。人が亡くなるのは嫌だしね」

八月十三日、水曜日。警視庁・捜査一課・殺人犯捜査第四係の刑事・小野皇子《おのこうこ》は、板橋署生活安全課時代に知り合った堂本愛海《どうもとまなみ》と面会していた。

一年ほど前まで愛海は深刻なストーカー被害にあっていた。だが担当になった皇子が事件を解決して以来、再び被害が起きていないかの確認の為、こうして定期的に会っている。自主的な取り組みだ。けれど事件の再発を防ぐには、たとえ多忙でも行うべきアフターケアだと皇子は考えていた。幸い事件再発の兆候は無いらしい。

皇子は注文したバナナパフェの上でとろけるアイスとシュガーフレークを、お茶漬け食べるみたいにかきこんだ。すると愛海が「ちょっとー」と不満そうな声を出す。

「ねえねえ、皇子先輩は信じてないの？　この掲示板の不思議な話」

「や、だって《信じるも信じないも、あなた次第》みたいなやつじゃないの？」

「あー、やっぱ信じてないんだ。言っとくけどテッシーって、ほんと、ひっどい奴なんだから。大臣の息子だからって女の子、レイプしたり中絶させたり。友達にもいるよ、被害にあった子。許せないよ。絶対あんな奴、死んで当然！　天罰だね！」

だとすると……勅使河原は、恨みを買って何者かに殺された？

今のところ捜査本部《チョウバ》が立ったという話は聞かないが、例のスレッドを立てた人間が、妹が乱暴された恨みで勅使河原を殺した後、掲示板に面白おかしく書いていたとしても不思議はない。後で、ちょっくら調べてみるか。心のメモに書き留めると、パフェグラスの底部に残ったチェリーをつまんで口に放り込む。その刹那「あれっ！」と愛海が突然大声。んぐぐ種が！　喉に詰まった。慌てて胸を叩く。だが愛海は皇子には頓着せず、歩く店員を呼び止めている。

「そのパフェ、品切れだったんじゃないんですか!?　話が違う！」

なるほど。確かに若い男性店員の持つお盆には、期間限定メニューのキャラメル抹茶パフェがある。けれど店員は困ったような表情だ。

「申し訳ありません。お客様の直前に御注文頂いたのが本日最後の一品でして」

「そんなー。チョー運、悪すぎ。その限定数ってお店によって違うんですか？」

「六本木店でしたら、渋谷よりは多い品数でご提供しておりますが」

「あーん、だったら六本木にしとけばよかったー」

店員は再度謝ると、談笑していたカップルのもとへキャラメル抹茶パフェを運んでいった。キャラメルと抹茶。あまり食指の動く組み合わせではない気もするが。

「あーもう、皇子先輩のせいだよ。仕事だからって三十分も遅刻するなんて」

「だから、ごめんって。じゃ、また今度、六本木店に行こうよ。わたしが奢るし」

「奢らなくたっていいよ。その代わり、また一緒に来てよね。いつにする？」

「え、いつって言われても……ま、二十日は非番だったかな、事件が起きなきゃ」

「じゃ、その日に決定！　絶対約束だよ。ゆびきりげんまん」

愛海は小指を出した。やれやれ、安請け合いして大丈夫かな。刑事は結構忙しいんだけど。内心困惑しながら小指を絡める。ゆびきりげんまん、うそついたら針千本のーます。ゆびきった。愛海は、周りの目も気にせず一人で歌うと、あははと笑った。

八重歯が印象的で、茶目っ気たっぷりの笑顔に皇子は、けっきょく癒された。

＊

店を出る間際「本当にストーカーは、もう大丈夫？」と再度確かめた。すると愛海は「ストーカーの被害なら、もうないから」と皇子に笑って報告してくれた。

「彼氏とも順調。あたしは結婚したいなーって思ってるけど、どうなるかな……や、でも、きっとうまくいくと思う。だって相性バッチリだもん」

少女漫画に出てくる夢見る乙女みたいだなと皇子は内心、愛海が羨ましい。

愛海は身長百五十センチそこそこの華奢で小柄な体格ながら豊かなバストの持ち主で、いつも握り拳を口にあて、ニコニコウフフと微笑んでいて女性の立場から見ても愛らしい。そのうえ、常に最新の流行ファッションに身を包んでいて一度、雑誌の読者モデルになったこともあるそうだ。

一方の皇子はといえば身の丈百六十九・九センチ。女性としては長身の部類だが、着る服といったら、ほぼ年中スーツのみ。ファッションモデルのように華やかな人種とは、むしろ正反対の立場にいるという自覚を、自負と相半ばする引け目と共に持っている。昨年の方面本部柔道大会の際も「恐怖の白カマキリ」だとか「戦うコンパス女」などと周囲の口さがない連中に揶揄されて、あんまり腹が立ったせいか並み居る強豪を次々撃破。見事、優勝を飾ったが、警察広報誌上に掲載された「小野巡査部長が決勝で一本背負いを決める瞬間」と題された写真で自身の姿を確認すると、確かに鎌状の捕獲肢を二丁もった昆虫みたいと我ながら思ってしまったことは悲しいかな、まぎれもない事実なのだった。

だからというわけでもないが、皇子は両拳を握りしめて愛海に尋ねる。

「本当に大丈夫なの？　や、その彼氏との仲じゃなくって、ストーカーの方だけど」

「大丈夫だってば。本当に心配性だな。皇子先輩って、お父さんみたい」

お父さんみたい。え、それって褒め言葉だよねと内心、地味に傷つくと、

「でも、あたしも皇子先輩みたいになりたいなー。頼もしいとこ、あたし好きだよ」

窓から差し込む夕日に照らされながら、恥ずかしそうに告げる愛海を目の当たりにすると皇子も、なんだか照れてしまう。やっぱりわたしが守ってやんないと。愛海の可憐な姿を見るたび、熱い使命感に駆られてしまう。子ガモを庇護する親ガモの気持ちが、よくわかる。ともあれ、愛海が無事そうなので、店を出た。

「そういえば、彼氏、まだ紹介してもらってなかったよね」

「じゃ、今度、紹介するね。お父さん」

笑う愛海に肩を叩かれると、はっとした。しまった。これだから、お父さんみたいだなんて言われちゃうんだ。恥ずかしい。

「じゃあ、また。結婚式には絶対、来てよね。事件の捜査が入っても」

「わかった。絶対約束。その前にキャラメル抹茶パフェも、ごちそうするし」

「本当かなあ。皇子先輩、忙しいでしょ。ま、期待しないで楽しみにしてるね！」

笑顔の愛海に苦笑まじりにうなずいた。皇子は急な仕事で愛海との約束をドタキャンしたことも数知れない。互いに「じゃあね」と手を振り、JR渋谷駅前ハチ公前広場で愛海と別れた。すると背を向けた途端、背後から少し不安げな愛海の声がした。

「あ、皇子先輩……！」

振り返ると、愛海は何か言いよどむ顔になっていた。

「あの……もしかして悩み事あったら電話とか、してもいい？」

「え？　何か悩んでるの？」

「や、あたしじゃないんだけど……まだ詳しいこと知らないから全然、大丈夫」

いまひとつ会話が噛み合わなかったが、何か困り事でもあるのだろうか。

「ま、どんなことでも何かあったら電話して。深夜でも、いつでもいいからさ」

「ありがと。やっぱり皇子先輩って、カッコいいよね。憧れちゃう！」

笑顔で、そう答えると愛海は次こそ背を向け、立ち去った。

暮れなずむ渋谷の雑踏の中へと消えていく愛海を見送りながら、皇子は本当に自分が父親になったみたいな気分になってくる。刑事だった皇子自身の父と、ずっと昔の少女時代、同じようなやりとりをしたせいなのかもしれない。

　愛海は皇子より六つも下だが、女子力はずっと高めの二十一歳。いつも仕事に追われて、私服を前に買ったのは一年以上前という皇子とは、見た目も日頃の態度も正反対だったけれど、互いに父を亡くした者同士である為か、よく気が合った。だからストーカー事件が一区切りついた後も非番の日、時折会っては都内各所へ様々なスイーツを食べにも行った。ただ愛海と会って、たわいないおしゃべりに興じる。そのことが皇子にとって楽しみだった。人生の先達だから、部活のカッコいい先輩みたいだからと理由をつけて「皇子先輩」と呼んで甘えてくる愛海を本当の妹のように感じることも、しばしばだ。

　愛海の姿が、JR渋谷駅の改札口へと消えると、うだるような八月の熱気が戻ってきた。汗を拭う。皇子は半蔵門線に乗り込むと、桜田門にある警視庁へと向かった。

＊

　永田町で乗り換え、有楽町線桜田門駅4番出口の階段を登る。すると警視庁を取り囲むマロニエの木々から、アブラゼミの合唱が帰庁する皇子を出迎えた。

　全高七十四・三メートル、地上十八階建て。総床面積三万坪の威容を誇る警視庁本部庁舎。その正面玄関の立ち番警官と目礼をかわして、がらんと静かな庁内へ。

　入って左側の窓口で何やら私語をかわしていたと思しき二名の受付嬢は、皇子の姿を認めるや、口をつぐんで目を伏せた。まるで学校の先生にでもなった気分だ。

「今日は風紀委員しないんだね、皇子ちゃん」

エントランスで立ち番している鬼熊《おにぐま》巡査部長に小声でからかわれた。かろうじて苦笑いだけ返して皇子は歩調を弛めずエレベーターホールへ向かった。

皇子の所属する刑事部捜査一課は本部庁舎六階にある。

その日、皇子の属する殺人犯捜査四係は在丁番。事件が起きれば、すぐ現場に向かえるよう捜査一課の大部屋に詰め、夜を徹して溜まったデスクワークに精を出す。

左手首のGショックが「8月14日1時50分」を指し示す頃、皇子は仕事の合間に勅使河原経産相の次男の変死事件に関して調べてみた。行政解剖に回されたテッシーこと勅使河原次郎の死体検案書によれば死因は急性心不全とのことだった。

体内から毒物等は検出されず、何も不審な点はないらしい。気になる点があるとすれば、遺体が片目から出血し、あたかも血の涙を流したような痕があったこと。しかし、それも心不全になった際の激痛で眼底網膜が切れた為だろうと診断されている。滅多にあることではないが不安や感情が高ぶると体質等によって、そういう出血をすることがあるそうだ。

では勅使河原に殺された妹が生き返ったとする電子掲示板は何だったのか？

勅使河原の変死をいち早く知った人間が、ありもしない作り話を面白おかしく書き立てたに決まっている。あの手の匿名掲示板には、そういう書き込みがよくあるそうだ。勅使河原の死に事件性は無いと判断して間違いないのだろう。

きっと愛海ちゃんの言う通り、多くの女性を傷つけ、悲しませた勅使河原には天罰が下ったのだ。そう考えるとしたら刑事として、あまりに不謹慎過ぎるだろうか。

深夜三時を回ると、おなかが鳴った。でも勤務は、まだまだ朝まで続く。

「あー、おなか空いたな」

「だったら後で、二人でメシとかどうっすか！」

同じ四係で一年後輩の小市民太郎《こいちみんたろう》が、すかさず皇子の油断に食いついた。

「や……わたし、ご飯とか、あんまり興味ないし」

「ええー、皇子さん、今おなか空いてるって……」

皇子は、このリスみたいな瞳をいつもキラキラさせているくせ、やたら肉食男子的なオーラを出そうと頑張っている小さな後輩が苦手だった。ガツガツしすぎなのだ。

そのとき四係桜木班の長・桜木怜次《さくらぎれいじ》が早足で捜査員らのもとへと、やってきた。

「事件だ。板橋の常盤台で刺殺体が見つかった」

捜査員らが素早く外出準備を始める傍ら、皇子は思わず桜木班長に尋ねていた。

「あの、刺殺体って……その、マルガイの歳と性別は？」

「若い女性らしい。朝には板橋署に捜査本部も立つだろう。まずは現場の確認だ」

常盤台といったら、愛海が母親と住んでいるアパートの近所なのだが。

まさかね……。よぎる不安を押し殺しながら皇子は、桜木に続いて部屋を出た。

1

捜査車両に分乗して環状七号線を走る間も、皇子は不安にとらわれていた。愛海に連絡してみるか否か、踏ん切りがつかずにいたのである。

「なんだ小野。腹の具合でも悪いのか？」

「あ、いえ。ただ、ちょっと気分が……」

「だったら飲むか？　いいぞ、正露丸は」

桜木班長が、そう言って、いつも持ち歩いている正露丸の小瓶を真面目な顔で差し出した。桜木は四十代半ばに差し掛かろうという年齢だが柔道五段の猛者で、若々しく精悍な顔つきだが時折、間の抜けたことをやらかすお茶目なところもある。

だが今の皇子には愛想笑いを返す余裕がなかった。

「や、違うんです。生安課《せいあん》にいたとき、担当したストーカー事件の被害者が現場の近くに住んでるので……ちょっと不安で」

「そうか。なるほど。それは不安だよな。そういうときこそ正露丸だぞ」

「……あの、じゃ、一粒だけ」

これ以上、妙な押し売りを断るのも面倒くさくて一錠もらった。

「その意気だ。こいつは糖衣錠だから匂いも気にならない。正露丸は万能だからな」

桜木が大真面目にそう唱える傍ら一粒飲むと実際、気持ちが少し落ち着いた。

事件現場は、常盤台一丁目と富士見町のちょうど境目。セブンイレブン裏手すぐの児童公園だった。愛海の住むアパートからも程近い。皇子はスマートフォンを取り出した。愛海ちゃんにメールしてみようか。でも、こんな夜中だし迷惑かな……。

それに今日会ったばかりの愛海ちゃんに何かが起こるなんて、あるわけない。

そう思っている内、現場近くのセブンイレブンに車は到着。

環状七号線は、こんな時間でも車の行き交いが絶えていない。大型ダンプやトラックが揺れる車体から金属質な嘶《いなな》きをもらしながら右へ左へ走っていく。

そんな中、立ち番の警官が立っている公園を目指した。捜査員たちの足音が響くごとに緊張が高まり、身も心も引き締まっていく思いだ。

表通りから一本裏に入り、辺りが薄暗くなった。途端に空気が変わった。

静かだった。

車の走行音や軋みが静寂の中、大地震前の地響きのように聞こえる。

黄色い規制線をくぐる。立入禁止となった事件現場の公園に踏み込んだ。

蒸し暑かった空気は嘘のように森閑として、真夏だというのに肌寒さすら感じてしまう。樹木がところどころに生い茂った公園は、じっとりと暗く沈んでいる。

公衆トイレこそ新しく綺麗なデザインだが全体としては、夏場に変質者が出没しそうな雰囲気に満ちている。でも……。皇子は思った。被害に遭ったのは愛海ちゃんではないはずだ。愛海ちゃんは過去、ストーカーに狙われて以来、夜ひとりで外出するようなことは決してしない。そういうふうに指導もしていたし、本人だって気をつけていた。そしてストーカー被害は、わたしの知る限り、もう一年以上起きていない。

所轄刑事や機捜隊員らの合間を縫って、先着していた長身細身眼鏡の主任鑑識官・玉川《たまがわ》警部補が青ざめてやってくるなり桜木のもとへ駆け寄った。

「あの、いきなりで恐縮ですが、正露丸を頂けませんか？」

桜木は蓋を開けて三錠、掌に出してやりながら、すっかり刑事の顔になっている
「マルガイは？」

玉川警部補は正露丸を水なしで嚥下すると「失礼しました」と言って、深呼吸。

「申し訳ございません。同じ年頃の娘がいるもので、胃がキリキリ痛んで……」

外から見えないよう、器具を使って現場を囲ったブルーシートの前で呼吸を整えると、玉川警部補は桜木に言った。

「死斑や死後硬直の状態からみて死亡推定時刻は、深夜二時前後。マルガイは背中の左側を二箇所、更に腹部の左側が一箇所、鋭器で刺されております。凶器は見つかっておりませんが、傷の状態から見て、おそらく小型のナイフのようなものと思われます」

皇子に先行して桜木が玉川警部補と共にブルーシートの内側へ踏み込むと、視界に飛び込んできた。公園内の植え込みの陰に、うつぶせで人が倒れているのが。

肝心の顔は見えない。

元はグレーと思しきパーカーの色が血に染まっている。その出血の際、激痛にもだえたせいか、伸ばした右手が埋め込みの小枝と葉をちぎり取っていた。

遺体周辺部にも流出している血液は、遠い街灯の光を帯びて赤黒く浮き上がっている。生きていられるはずがない出血量だ。

けれど夕方、渋谷のカフェで会ったときとは異なる服装――見覚えのないパーカーとスウェット姿だと分かると、遺体が愛海ではないことを思わず祈った。

桜木が遺体の前で手を合わせると、皇子は先んじて遺体の顔が見える方へ回り込む。玉川警部補の口から身元が語られる前に自分の目で確認して安心したかった。

「マルガイの身元は？」

桜木のそんな声を背後に聞きながら、横から遺体の顔を覗き込んだ。

ほら、やっぱり大丈夫。愛海ちゃんは、こんな顔してな――。

よく見た瞬間、期待は一瞬で打ち砕かれた。

「そんな……うそでしょ……愛海ちゃん……！」

思わず駆け寄って体に触れた。冷たい。あまりにも温もりが無さすぎる。なぜ。どうして。疑問を抱くそばから、一つの答えが大きな影のように立ち上がる。

幸せな結婚を夢見て朗らかに笑っていたのは、まだほんの十時間ほど前なのだ。

なのに、なのに、どうして、どうしてこんな……！

感情的になって遺体を揺さぶろうとする皇子を桜木や玉川が制止した。

「なんだ、どうした！」

臨場していた捜査一課長の長塚《ながつか》が、その騒ぎに気づいて駆けてくる。

「実は、小野が……」

桜木が長塚一課長に事情を語った。更に長塚一課長は、皇子が愛海の知人である上、直接会っていたばかりと知ると、苛立ちを隠しもしないで、すぐさま命じた。

「小野は捜査から外れろ」

私情が混じると、捜査活動に支障が生じたり、捜査の信用性に疑義が生じる恐れがある為、事件被害者と個人的関係の近い刑事は原則として捜査に関われないことが犯罪捜査規範の第一章一節十四条によって規定されている。

「しかし、課長……わたしは……！」

「マルガイと会って何をしていたのかは、後でじっくり聞かせてもらう。それまで、お前は待機していろ」

長塚一課長は、有無を言わさず立ち去ったが受け入れがたい。せめて犯人だけは。せめて犯人だけは。そもそも、どうして愛海ちゃんが。もしかして、わたしのせい？　わたし、何かを見落とした？　目眩の感覚。鼓動が異常に高鳴り、頭の中に砂嵐が巻き起こる。愛海ちゃんが殺された。わたしは、わたしは、どうしたらいい？

「班長、やっぱり、納得がいきません。わたしも捜査班に加えてください！」

噛み付く勢いで訴えた。

「気持ちは分かる。だが諦めるんだ、小野」

「でも……！」

「甘ったれるな！　これも遅滞なく犯人を見つける為だ！」

桜木の叱咤でほんの刹那、我に返った。そうだ。分かっている。ここで私情を挟めば、周りの捜査員の邪魔にもなる。愛海の為にも規律に従うべきだろう。でも。

「……せめて遺族には、わたしから伝えさせて頂けませんか……？」

それが、最低限の責任のような気がした。自分の立ち場が悪くなったからといって遺族から雲隠れするような真似をしたくはなかった。桜木は答えた。

「それなら、俺も一緒に行く。くれぐれも感情を出すな。それが条件だ」

＊

夜明けと共に、捜査車両に乗って捜査本部が置かれる板橋署へと移動した。

地下に位置する遺体安置室は無機質な部屋だ。線香とエタノール臭の入り混じった特有の香りに、ここが普通の場所ではないことを皇子たちは否応なくつきつけられる。

朝方、そんな部屋に唯一の肉親である愛海の母・宏美《ひろみ》が身元確認の為に駆けつけた。スウェット姿の男性も一緒だ。楢垣光一《ならがきこういち》、三十三歳。愛海と交際中の会社員であるらしい。

「愛海……！」

変わり果てた愛海と対面すると、宏美は遺体にすがりついて涙した。

一方の楢垣は、目の前の現実を受け入れがたいといった様子で佇立《ちょりつ》している。

桜木も皇子も、恐怖と悲しみに震える二人に為す術はなく、白木の仏壇に灯された蝋燭の炎が無言で揺れるのを、ただ黙って、じっと眺めているより他なかった。

やがて愛海の母・宏美が安置室の床へ崩れ落ちた。

「……このたびは……本当に……何と申し上げればよいのか……」

うなだれたまま涙する宏美の背中に皇子は喉から声を絞りだすようにして言った。

「……ですが、我々捜査員が一丸となって、犯人だけは一刻も早く――」

「なに言ってるのよ！　死んじゃったら意味がないでしょう！　愛海を返してよ！」

宏美は突如激昂して皇子の胸ぐらに掴みかかった。とっさに桜木が止めに入ってくれたものの、感情を荒げる宏美に返す言葉は何ひとつ見つからなかった。

「……本当に、申し訳ございません……」

もしかしたら、わたしのせいかもしれない。そう思いながら頭を下げたが、宏美も楢垣も今は悲しみに暮れている。

「後は任せろ。お前は、もういい」

桜木から小声で指示を受けると皇子は深々と頭を下げ、遺体安置室を立ち去った。

薄暗く細長い廊下が、ひどく無慈悲で残酷な空間に見えた。

いくら刑事を続けても、やっぱり、人が死ぬのは辛く悲しく苦しすぎる。良くも悪くも人間の遺体に慣れていく刑事は少なくないが、皇子には、どうしても慣れることが出来なかった。その上、今回は皇子にとって、とりわけ大切な愛海が殺されたのだ。

ごめんなさい……こんなことになって本当に本当にごめんなさい……。

一人で廊下に出ると皇子は、とうとう、こらえきれずに嗚咽した。

＊

長塚一課長の立会いのもと、桜木らから愛海と会っていた際のことを聞かれた。

何度も涙で言葉を詰まらせながら答えると、寮に戻って休めと指示された。

別れ際、桜木班長が皇子に言った。

「マルガイが殺されたのは、お前のせいじゃない。あまり自分を責めるなよ」

電車に揺られて寮に戻りながら、ただ普通に息をしていることが怖くなった。ほとんどの人は、自分が突然死ぬと思って生きていない。わたしとカフェでお茶しているときだって、きっと愛海ちゃんはそんなこと予期していなかったに違いない。でも、あのとき、わたしが待ち合わせに遅れなければ、愛海ちゃんが事件に巻き込まれることもなかったんじゃないのか。

いや、そもそも愛海ちゃんは何らかのトラブルに巻き込まれていた可能性もある。なのに、わたしはそれを見逃した。刑事として警察官としてあってはならない失態だ。

寮に戻った。誰にも会わず、自分の部屋に入ると、キャビネットに飾ってある父の遺影と目があった。

だから警察官になるなと言ったんだ……！

父の目が、そう訴えているような気がして胸が塞がる。やっぱり……愛海ちゃんが犠牲になったのは、わたしのせいだ。わたしみたいな人間が警官になっていなければ愛海ちゃんは、こんな目に遭わなかった。そう思ったとき、脳裏をよぎった。

ぷーと膨れて、小指を出した愛海ちゃん。「頼もしいとこ、あたし好きだよ」と言ってくれたときの恥じらった表情。「結婚式には絶対、来てよね」と照れながら言ったときの、あの笑顔。未来に対する明るい希望に満ちあふれて、楽しく笑ってた愛海ちゃん。

そのすべてが真っ黒に塗り潰されて、この世から消されてしまった——！

許せない。愛海ちゃんを殺した犯人だけは絶対、絶対に許せない。

けれど捜査から外されてしまい、刑事として犯人を捜すことはできなくなった。

とはいえ、このまま、何もしないでいるなんて絶対、無理だ。

今の自分に出来ることは——何かないのか……？

皇子の思考は、夜明けの光のなか、深い螺旋の渦へと落ち込んでいく。

2

皇子の父は過去、ある事件に巻き込まれて殉職した。

犯罪に対する憎しみから刑事を志した皇子だったが、愛海の死に触れて改めて思い知った。念願叶って配属された捜査一課だが、刑事が動き出すのは人が殺された後なのだ。殺人を未然に食い止められることは滅多にない。

悲しむ人を少しでも減らしたい。そんな一心で、ずっと刑事を志してきた。

だが、このまま一課の刑事で居続けても、悲しむ人を減らすことには繋がらない。たとえ犯人を見つけて逮捕できても、被害者遺族と、その関係者にとって事件の悲しみが完全に消えてしまうことは、おそらく一生ないのだから。

皇子自身、犯罪で大切な父を亡くし、様々な労苦を身を持って経験している。犯罪被害者に対するケアの必要性や勘所は身を持って分かっているつもりだ。

そこで捜査一課長の長塚に「被害者の支えになりたい」との思いを直訴した。

すると《上からの指示》とやらもあったらしく、皇子は「犯罪被害者ケア係」通称マルシーに配置換えとなった。なんでもマルシーに欠員が出たばかりであるらしい。

警視庁・刑事部・刑事総務課・犯罪被害者ケア係――通称マルシー。

それは、一九九六年に警察庁が「被害者対策要綱」を策定して以来、警視庁総務部企画課内に設置されてきた「犯罪被害者支援室」の役割を、警視総監と副総監の肝いりで刑事部内へ一部分化し、試験的に運用されている新設部署だ。

　その役割は平たく言えば、重大事件の被害者遺族等に対して捜査状況の連絡や各種相談、心理面等でのケアを行うこと、とされている。

　皇子自身、犯罪被害者と触れ合う中で、その必要性を感じて自主的にメンタルケアや傾聴に関する知識や技術を学んでいたこともある。

　特に女性警官は今、警察にとって、もっとも必要とされている人材だ。女性が被害者となった事件、中でも性犯罪等に関しては、男性警官が事情を聞き取るのでは何かと支障が多い。そんなとき、恐怖心の残る被害者や、その家族等に付き添ったり、様々なフォローをすることが、特に女性警官にこそ適正のある役割として求められている。

　皇子は犯罪被害者ケア係、通称マルシーの居室に歩きながら思った。

　へこんでばかりもいられない。ここは、わたしがしっかり支えにならないと……！

　被害者支援をする為の準備も心構えもできているつもりだ。

　だが不安がないわけでもなかった。刑事部捜査課は警視庁の四階から六階にかけ、それぞれ下から二課、三課、一課の順に割り当てられている。マルシーは殺人事件を担当する一課と連携することが多いから本来、同じ六階に居室が設けられてもよさそうなものだが実際、その部屋があるのは三階だ。そのことは、まだいい。マルシーの属する刑事総務課の分室があるのも同じ三階だから、それ自体に疑問はない。

ただ一点、気になるのは、庁内の人間ですらマルシーの居室がどこにあるのか、ろくに知らないことだ。三階にあること自体、皇子も長塚一課長から教えられて初めて知った。なんでも廃品倉庫を改造して設けられた部屋であるらしい。

ただでさえ迷いやすい庁舎内をさまよい歩くと、壁にセロテープで留められた張り紙があった。

《「犯罪被害者ケア係」は、あちら》

その矢印の方向に目をやると、細く薄暗い通路の先にぽっかりと明かりが見えた。どうやら居室のドアが開け放たれたままになっているらしい。

人里離れた山奥で遭難した旅人が人家の明かりを発見したかのような気持ちで廊下を進んだ。そして小部屋の前まで来ると、皇子は息を整える。

新しい部署だから最初が肝心。粗相のないように気を引き締めないと。

意を決すると開け放たれた扉の前に立ち、室内の様子を覗きこんだ。すると。

「ええ、そんな！　ちょっと待ってよ！　神野《じんの》くん！」

「ほんと莫迦《ばか》だな、人間ってやつは」

ぬらりひょんのような薄らハゲの中年男性が慌てふためく姿を見て、玉座のような椅子に掛けた天然パーマの男が笑みを浮かべてオセロ盤を黒一色に染めてしまう。

かと思うと身の丈高い天パ男は立ち上がり、小柄なぬらりひょんを見下ろした。

「では約束通り、エンジェルプリンは頂きますので」

「勘弁してよー。十連勝したからって上司から奪い取るってのはどうなのよ？」

「自業自得ですよ。身の程知らずに欲なぞ出して自ら賭けに乗るからだ」

「だけど誰でもグラッと来ちゃうよ。住宅ローンの支払い賭けるだなんて言われたら」

「ふん、知ったことか。さあ、とっととロッカー行って取ってくるんだ」

「じゃ、もう一回だけ勝負させてよ！」

「では俺が勝ったら『コッヘル』までヘーゼルナッツサンドお使いダッシュだ」

「『コッヘル』……？　ええっ、また自由が丘……!?　それは遠すぎ」

「だったら『阿闍梨餅《あじゃりもち》』でもいい」

「『阿闍梨餅』ね……ややや、それは京都じゃないのよ！　ますます無理だって！」

そんな会話の間隙ついて、皇子は二人の間に割り込んだ。

「あの、お言葉ですけど……まさか警察庁舎内で賭博行為をしているわけでは……？」

ぬらりひょんは、たちまちうろたえ、目を泳がせた。

だが天然パーマは余裕の笑みすら浮かべて、

「ふん、もし賭博行為だったとしたら？　我々を逮捕して座敷牢にでもブチ込むつもりか？　しかし罪を立証できなければ、それは無理だな。行け、パトラッシュ！」

天然パーマが突如軍師のように命じると、ぬらりひょんは賭け金等を記したと思しきノートを掴むや、皇子から逃げるかのように出ていった。するとと天然パーマが、また小さく笑って、玉座のような椅子へと深々かけ直す。

ええええ？　なんなの、ここは……この人たちって一体……？

皇子は思わず部屋の中を眺め回した。

八階の総務部企画課に設置されている犯罪被害者支援室も、訪れた犯罪被害者が取り調べされているような圧迫感を抱かないようにと配慮して、観葉植物やピーポくんのぬいぐるみを飾るなど、やわらかい雰囲気の部屋づくりがなされているのは確かな事実だ。

だからといって、この部屋は何だ？　手前のスペースこそ事務用デスクが四つ並んで、仕事場らしい雰囲気をかろうじて保っている。だが奥側にもうけられた応接スペースと思しき空間には……そう、例えば、ここがロス市警のさばけた刑事課長の居室なら、もしかしたらギリギリ違和感はないのかもしれない。だが、この部屋には日本の警察組織としては、およそ不適切としか思えない品々——ダーツやら戦闘機の模型、スローイングナイフのコレクションなど『男の趣味』とかいう道楽雑誌に出てきそうな無駄な品々が、そこかしこに陳列されている。とても犯罪被害者ケアに関係しているとは思えない。おそらく、この天然パーマが持ち込んだ私物だ。この天パ男が、神聖なる警視庁本部庁舎内の風紀と秩序と格式を乱しきっているに違いない。

「あの……念の為、お伺いしますけど、ここ『犯罪被害者ケア係』ですよね？」

「いかにも、そうだが？　何だ、その目は？」

皇子が乱雑に駒が散らばったままのオセロ板を一瞥し、言葉を継ごうとすると、

「ふん、何を気にしているかと思えば、つまらんことを」

天パ頭がニヒルに笑って先んじた。

「別に、マルシーがオセロをしちゃいかんという法はないだろう。大体、俺はチェスの方がよかったんだ。なのに、あのおっさんが、まるでルールを理解していない。お前も……チェスという顔じゃないな。出来るのはハサミ将棋くらいのものか？」

いきなりばかにされた。上官かもしれないと思いながらも腹が立つ。

「いま勤務中ですよね？　なのにオセロだなんて、とんでもないです。それに、お金を賭けるのは犯罪ですから。まして警察官が――」

「ああ、ああ、もうわかったよ。お前が初対面の上官に名乗る前から減らず口を叩くというクソ真面目で面倒くさいアホ人間だってことは、充分な」

「アホ人間なんかじゃありません。わたしは小野皇子巡査部長です」

「なるほど。それは、いい名前だなアホ人間。しっかり覚えておくとしよう、地球上の娯楽を楽しみ尽くして死にたくなるほど暇になればな」

そう言って天パ頭は玉座に肘をつき、やれやれとばかりにため息ひとつ。

「ともかく――本日より、こちらでお世話になることになりましたので」

「お世話するつもりはないが、俺はマルシーの主任・神野現人《じんのあらひと》だ。神様の野に現れる人と書いて、神野現人。人呼んで――」

「ええ、よく存じてます。警視総監殿のおぼっちゃまですよね。有名人ですから」

「有名人？　そうか。俺は有名か。それで、その美女は俺のことをどのように？」

ついつい突っかかるような切り返しをしてしまったにもかかわらず天パの男・神野現人は何を勘違いしたのか、一人で上機嫌になっている。別に美女が褒めそやしていたから有名だったわけではないのに。皇子は何度か耳にしたことがあったのだ。本庁に陣川《じんかわ》警視総監の倅《せがれ》がいる、周囲が意識すると仕事がやりづらいことに配慮して、苗字は改名しているらしいが、ともかくかなりの厄介者で上官も手を焼いているのだなどと。にもかかわらず、そんな愚にもつかない勘違いをするとは、よほどの自信家なのか、ばかなのか。

「ふん、なにを黙りこくってアホ面している？」

そう尋ねる神野をまじまじ眺めて皇子は思う。この人、本当に警察官？

「まあいい。俺だって、お前の減らず口を聞きたいわけじゃないからな」

神野は、そう言ったかと思うと特にこだわる様子もなく、微笑みをたたえた表情で玉座のような椅子に腰掛け、読みかけのままひっくり返された洋書を開いた。

皇子は、神野現人を改めて観察してみた。

全体的には年齢不詳の雰囲気だ。皇子より一回り上かもしれないし、ひょっとしたら、少し年上という可能性もなくはない。神野は椅子の上で、なぜか自分の体を抱くような気取ったポーズで読書している。いや、読書ではなく、やっぱり、ポーズを取っているだけなのかもしれない。なにしろ神野は、ミラノ・コレクションか何かの男性美形モデル、あるいはヨガの修行僧にでもならなければ一生取ることはないであろう手足を複雑に絡め、あるいはルネッサンス期の人物彫刻のように関節を反らせ、肉体美をひけらかすような体勢だ。およそ実用的な読書に適しているとは思えない。せめて椅子くらい真っ直ぐ座れと思っていると神野と一瞬、目が合った。故意か無意識か分からないが、いわゆるキメ顔っぽい流し目だ。皇子は身震いがした。苦手なタイプだ。いや、大嫌いなタイプといった方が正確だろう。警察には、まずいない類の変人男であると断定して間違いない。それがいた。珍獣発見。そういえば天パ頭も、珍獣っぽい。

「おい、アホ人間。黙って立ってるだけなら、オセロを片せ」

珍獣が不意に洋書を閉じて、のたまった。誰がアホ人間だ。心の中で舌打ちしながらも、命じられるままに駒をざくざく掴んで片づける。確かに、この散らかったままのオセロは気になっていた。というより本当だったら部屋一面を整理したい。

一方、神野はといえば、今度は年代物らしき手鏡を覗き込み、うねる髪を整えながらも、まるで自分の姿にうっとりしているかのように微笑んでいる。

噂通り相当な自分大好き人間のようだ。げんなりしていると、またもや言った。

「それからホットマサラチャイを淹れろ。砂糖は、たっぷり三杯。ザラメの方だぞ。ただし今、風味づけのカルダモンが切れている。どっかで今すぐ買ってくるんだ」

唖然とした。男社会である警視庁であっても今どき、こうも悪びれず女性警官を顎で使う人間は、そうそうお目にかからない。皇子は確信を深めた。やっぱり椅子にも真っ直ぐ座れない男が、まともな人間であるはずがない。

確かにスーツはイタリア製なのだろうか、体にぴったりフィットしたオーダーメイドと思われる高級品だ。胸ポケットからシルク系のハンカチーフの頭まで覗かせており、まるで西欧の貴族を彷彿とさせる身なりふるまいだ。頭の中身がスッカラカンなお金目当て系肉食女子にはモテたり、高いバッグをねだられたりするのかもしれない。顔も決して好みではないが、正統派の美形といった雰囲気であることは否めない。

けれど、そんな地位や容貌やら空疎なことでチヤホヤされて調子に乗るから、不遜な態度にますます拍車がかかり、みっともなく人前で自惚れても平気な顔をしていられるに違いない。まったく不幸な男だ。つくづく同情を禁じ得ない。かわいそうに。無理やり同情している内、自分が惨めになってきた。ああ、違う。わたしは、こんなことする為、ここに来たんじゃない。

我に返って、手早くオセロの駒を専用のケースへきっちり詰め直すと、上官だと分かりつつ、妙にムカムカしてくる気分を抑制しながら神野に尋ねた。

「あの、ここってケア係ですよね？　オセロや読書を楽しむ係じゃありませんよね？　だったら、なさらなくていいんですか？　ケア係としてのケアのお仕事を」

神野は折り畳み式だったらしい手鏡をパチンと閉じた。

「ケアだと？　ケアだと？　ケアだと？」

なぜか同じ台詞を連呼しながら突然立ち上がったかと思うと威嚇するように皇子を見下ろす。やはり上背がある。だが、こちらは動じない。目も一つもそらさない。そのことが分かると、せっかく整髪したばかりの天パ頭を芝居がかった調子でクシャリと触って体を投げ出すように玉座のような椅子へと座った。

「なにがケア係だ。これだから愚かな人間は嫌なんだ……」

お前何様だよと言いたくなるような言葉を吐きながら、珍獣天パ男は、またもや奇妙なポージングを取っている。そして蔑んだかのような流し目で皇子に言った。

「いいか？　犯罪被害者遺族や、その関係者が負った深い悲しみや憤怒の念を、お前ごときが《ケア》出来ると思っているのか？　だとしたら、とんだ思いあがりだぞ」

「そんなことは――！」

ありませんと反論しそうになって口をつぐんだ。一見、常識知らずの珍獣だが、遺族ケアの豊富な経験から出た箴言《しんげん》かもしれない。ここは謙虚に聞くべきだ。

「や、その……とにかく被害者の力になれるよう、頑張ります」

神野は、ふっと笑みをうかべる。その瞳に「勝ったぞ」という思いが滲み出た――そんな気がして、この上官を買い被りすぎただろうかと不安になる。

「では、座れ未熟者。俺が、これから嫌というほど思い知らせてやる。己が叡智の浅はかさと人生の無情と厳しさを、お前の有り金を全部オセロでまきあげてな！」

「や、だから、オセロはやりませんって！」

一瞬素直に座りかけて再び慌てて立ち上がる。ついでに神野が再び出しかけたオセロの駒をケースの中へと詰め直す。また散らかされたら、かなわない。

「あのですね、わたしは、オセロをする為、ここに来たわけじゃないんです。わたしは被害者遺族に役立つ仕事をしたくて、このマルシーに――」

「でも仕事しないのが、あたしらの仕事になっちゃってるのよ。特に今はね」

そう言ってプリンのカップを片手に現れたのは、先ほど部屋から逃げたぬらりひょんだ。

すると神野は素早く駆け寄り、その手からカップを奪ったが、それには構わず、ぬらりひょんが皇子に名刺を差し出した。

「あ、あたし、ここの係長ね。並腰平太《なみこしへいた》。階級は警部。こう見えて所帯持ちなんで」

なぜか申し訳なさそうな顔して並腰係長は照れ笑い。皇子も挨拶を返すと愛想よく返事を返してくれるが、先ほど持って逃げたノートは後ろ手で引き出しの中へと押し込んでいる。よほどやましい賭けでもしていたのか？　や、それはともかく。

神野が、スプーンを探しているらしい傍ら、皇子は尋ねた。

「あの……仕事しないのが仕事というのは、また何で？」

「や、漏らしちゃったのよ、捜査情報。遺族にばらしちゃいけないやつをね。それで捜一の人たちから大目玉。あ、漏らしたのは、小野君の前にいた人なんだけど」

「とはいえ、けっきょく犯人は遺族だった。そして無事逮捕したんだ。この俺がな」

「逮捕？　え、逮捕とかするんですか？　ケア係なのに？」

「当たり前だろ。控えめに言っても、やっぱり『神』だからな、俺って奴は」

神？　え、は？　なに言ってんだ、この人。自分は優秀だって言いたいわけ？

「じゃあ、このケア係の役目っていうのは？」

「うーん、なんと甘美な。やはり違うな、エンジェルプリンは」

一方、神野は話をぶった切るようにそう言うと、開封した真っ白なプリンの匂いをかいで至極ご満悦の表情だ。そして嬉しそうに、スプーンですくって食べ始めるのを並腰係長は恨めしそうに横目で見やると、耳打ちするかのように皇子に言った。

「ま、この部署は、あたしが係長とはいえ、基本的には神野くんの独壇場みたいなところがあるからねえ、っていうのは冗談だとしても」

どうやら地獄耳らしい神野にひと睨みされると、並腰係長は苦笑いしつつも続ける。

「あたしね、ここが立ち上がる前は、総務部の被害者支援室にいたんですけどね、基本的には、あちらさんが事務とメンタルケア中心。犯罪被害給付制度の説明とか手続きとか受傷後の助言、指導、付き添い、ま、具体的には葬儀の手配を代行したり、買い物に付き添ってあげたり、洗濯物を雨で濡れないようにとりこんだり、要するに、あたしらに出来ることは、なんでもやって支えてあげるってことだよね、神野くん？」

唐突に並腰係長が話を振ると、

「血塗れになった洋服を真っさらな状態に戻してやったりな？」

神野は相変わらずプリンをほおばりながらも、なぜかドヤ顔だ。

「そのほか被害者支援連絡協議会等々、外部の支援機関やボランティアとの連携をとったりとかね。まあ、それは主にあたしの仕事だけれど。で、ここ、マルシーも被害者が望みさえすれば、メンタルケアとか付き添いなんかをするところまでは総務部の支援室さんと同じなんだけど……」

　そう言って何かを言いよどみ、神野の方へ目をやった。すると神野は、口に運びかけていたスプーンを容器に戻して並腰係長の話を引き継いだ。

「ま、所詮あっちのケアは人間がやれる範囲のことでしかない。だが、こっちのケアは、ケアの常識を遥かに超えている」

　神野は、なぜか新商品か何かの空疎な売り文句のようなことを言い出した。

「そもそも殺人事件の犯人というのは統計上、八割以上が身内か、それに類する近親者だ。つまり、ケアにかこつけて被害者遺族の中に犯人がいないか観察するのもマルシーの重要な役割ってわけだな」

「って思い込んでるのは、神野くんだけね、あたしは違うよ」

　茶を淹れていた並腰係長が合いの手入れると、

「あの、よくわからないんですけど、けっきょく、わたしの役割は……？」

「つい昨日も、板橋でキャピキャピキャピギャルが殺されただろう」

　愛海のことだろう。神野は皇子の質問には答える様子もなく話す。

「まだ若くて、あんな可愛いのに実に勿体ないことだ。死んだままにするには忍びない。是が非でも犯人をふん捕まえてやらなきゃならんが、事件の晩、恋人は被害者の家に泊まってたそうじゃないか。家族か恋人が犯人だとしたら、さほど難しい事件ではないだろう。そうかといって歯応えが無さ過ぎるのもつまらんがな」

再びプリンを食べ始めていた神野は、軽く笑った。何を言っているのか、ところどころ意味はよくわからないが、事件をダシにして楽しんでいる様子にカチンときた。事件は謎解きゲームでは決してないのだ。大事な愛海の死が、無神経な天パ男の軽口で蹂躙された気がして許せなかった。

「待って下さい。そんな言い方って――第一、遺族は、今も悲しんでるんですよ」

「本当の意味での遺族ならな」

「そんな言い方も不適切です。訂正してください。言っときますけど、わたし、被害者遺族の気持ちなら並の刑事よりは、ちゃんと分かってるつもりですから」

「まあ、落ち着けって。俺だって遺族の為になることも、やってんだからさ」

遺族の為になることとも？　ほんのわずか続きを聞いてみたい気持ちが生じて黙ると神野は、これぞ重要機密事項だと言わんばかりに声を殺して皇子に言った。

「実は俺な、死んだ被害者を、もう山ほど生き返らせてんだよ？」

「生き返らせる……？　あの、それは、どういう意味で？」

「だから死者の復活だよ。ドラクエみたいな？　あるいはドラゴンボール的な、とでも言うべきか。といっても、球を七つ集めたりする必要はない。必要なのは犯人だ。真相を解き明かし、殺害犯を逮捕した暁には、死んだ被害者は復活するのだよ。神の御業《みわざ》によって奇跡を起こしてな――！」

何が神の御業だ。ユーモアのつもりか何か知らないが、死者をダシにして得意気に語る神野の姿を見たら、皇子の中で抑えようもなく怒りの炎が燃えあがった。

軽蔑すべき上官に無意識の内に体が半歩近づいていた。かと思うと次の瞬間、乾いた音が部屋に弾ける。神野のスプーンは金属的な乾いた音立て、床に落下した。

何かと感情的になりやすい皇子といえど、上官に平手打ちしたのは初めてだった。

それでも許せなかった。犯罪被害者遺族を傷つける人間だけは許せない。

並腰係長は硬直して絶句していた。けれど場をとりなすように口を開いた。

「あ、あの……まあ、神野くんも、今のは不謹慎だったよね、冗談にしても」

「イッテ！　イッテ！　あー、イッテーな、めっちゃめちゃ！　俺をぶっていいのは、付き合ってる女か、ＳＭプレイの女王様くらいなんだけどな！」

自分の被害を誇張して伝える姿は、まるで子供だ。皇子は早くも新部署の上官に失望を感じて背を向けた。だが神野は、意外なことを言った。

「まったく罰当たりな……。まあいい。そのうち、分かることだ」

神野は、ため息ついて頬の赤みを確認していた手鏡閉じると、

「俺についてこい、アホ人間。これが、お前の初仕事だ」

――え、は？　アホ人間？　ついてこいって、わたしに言ってる？

3

神野が4ドア型の愛車フィアット500を皇子に運転させて向かったのは、板橋区弥生町の三十八丁目。事件の被害者・堂本愛海が母親と同居していたアパートだった。

西日が差す中、池袋から川越街道を北上すること十五分。日大病院入口交差点から中板橋方面へ。下町の路地を車幅に気をつけながら走ると、コインパーキングへと駐車した。

「あの、何をしに行くんですか？」

具体的な目的を告げようとしないので尋ねると、神野は「ついてくればわかる」とにべもない。地震でも発生したら、すぐ崩れ落ちそうな古い住宅がひしめく路地を一分も歩かない内、愛海の自宅前へと繋がる小径へ到着した。すると目的地であるアパートの前に、カメラなどを担いだマスコミ陣が大挙して押しかけているのが見えた。

皇子自身も身に覚えがあった。犯罪被害者遺族になれば毎日、昼夜を問わず、マスコミに自宅から学校から行く先々を追跡される。その挙句「今の心境は？」「犯人に言いたいことは？」などとデリカシーのない質問を次々と投げかけられるのが常なのだ。

「じゃあ、そうだな。まずは、あいつらを追っ払ってもらおうか」

神野が言うと俄然、やる気が湧いてきた。

「了解しました」

神野に先行して、ずかずか三階建てアパートへ向かって歩いて行くと、マスコミの方も刑事の登場に気がついて、我先にと皇子の方へと駆けてきた。

「警察の方ですか？」

「事件に関してお話を伺いたいんですが？」

そんな問いかけを無視して、皇子は言った。

「被害者のご家族は今、大変な思いをされています。しかし、皆さんに、こう張り込みのようなことをされては買い物に出かけることすら出来ません。ですから――」

だが皇子の言葉を割り込むように記者たちは一層、接近してくると、

「犯人は、捕まったんでしょうか？」

「やはり通り魔？　それとも、ストーカー!?」

「被害者は過去、ストーカー被害に遭っていたということですが事実でしょうか！」

「わたしから質問に、お答えできることはありません！」

まったく聞く耳持たず押しかけてくる記者たちに皇子は怯みながらもはねのける。

「被害者遺族のご迷惑です。皆さんは解散して下さい」

「警察に、そんな権限はないでしょう」

「我々は、被害者の無念を代弁して差し上げたいだけです……！」

ちっ、こいつら一体どうしたら……。皇子は苛立ちながらも手をこまねいた。近頃、自粛する向きも無いでは無いが、それでも依然マスコミ連中は隙あらば報道の自由を錦の御

旗に被害者遺族のナイーブな心の襞《ひだ》にまで土足で上がりこむ。先んじて特ダネを掴みたいのだ。これが俗にいう、犯罪被害者家族の二次受傷の一つでもある。

「権限の問題ではありません。良識ある行動を願います。よろしくお願いします」

「捜査本部は犯人を特定しているんでしょうか？」

全く懲りない記者たちに閉口していると、後ろで見ていた神野がやってきた。

「えーっと、東亜テレビに、そっちは讀朝、マイスポか？　あと、そこのサエない青年、カメラ小僧っぽい、そうそう、下ぶくれ顔の君だ。君の所属とお名前は？」

「はあ……東京日報の下袋《しもぶくろ》ですが……」

年若い下ぶくれ顔の記者が恥ずかしそうに名乗ると、ちらほら笑いが起きた。

「じゃ、今、指名した四社は記者クラブに一週間出入り禁止の上、事件が解決するまで、このアパートに近づくことは一切、禁ずる」

「はあぁ？　なに言ってんだ。あなたに、そんな権限はないでしょうが」

すると神野は、怜悧な瞳を向けて、マイスポのむくつけき記者を睨んだ。

「俺を誰だと思ってんだ？」

「存じ上げませんね。一課の刑事さんではないようだが、どちら様ですか？」

むくつけき記者は神野に半笑いを向けると、神野は眉間に手をやった。

「これだから人間という奴は……天に唾するとは、なんて罰当たりな奴……」

「あいにく、その語法は間違いですね。『天に唾する』は、他人に害を与えようとして自分がひどい目にあうって意味なんで。あなたの言い方じゃ、まるで自分が神様だ」

「それは、親切なご忠告ありがとう。だったら間違いではないようだ」

神野は、マイスポ記者が手に持っていたICレコーダーを素早く奪い取ると、思いきり地面に投げつけた。当然、叩きつけられた衝撃で破裂分解して部品が散らばる。

「なるほど。これがレコーダーの中身か。勉強になる」

神野がニヤニヤ笑うと、記者はさすがにうろたえつつも、

「あ、あんた、警察だろ。こんなことしていいのか。横暴だぞ！」

「横暴？　俺が横暴だって？　だったら、もっと横暴なことをしでかすかもな？」

そして周囲をひと睨み。すると神野に注目していたマスコミ陣は一斉に青褪めた。やがてレコーダーを壊された記者が部品を拾って立ち去ると、他社も、とばっちりを食らうのは御免と判断したのか、アパートの前から一組残らず退散していった。

「……これが、マルシーの仕事だ。覚えておくんだな、アホ人間」

そう皇子に言うが早いか神野は先に歩いていく。皇子は何も言い返せなかった。神野がICレコーダーを投げつけた際は、なんて大人気ないことをと全く思わないわけではなかった。とはいえ皇子自身は、現にマスコミを追い払うことが出来なかった。神野のやり方が少々、荒っぽいことは確かだが、犯罪被害者遺族の辛苦を思えば充分、許容される範囲と考えてもいいだろう。もっとも警察にクレームが入ったとき、刑事部長や組織上層部の人間が、どう判断するかはわからないが。

　皇子は、東武東上線沿いに建つ古びた三階建てアパートの外階段を昇る神野の後に付き従った。この階段を昇るのは、愛海からストーカー被害の相談を受けたときに訪問して以来であるから、およそ一年ぶりとなる。

　三階の角部屋３０３号室の前まで来ると、神野がドアをノックした。

「警察です。ちょっと、ご相談がありまして。宏美さんは、ご在宅でしょうか？」

　そのとき、ちょうど眼下を東武東上線の池袋行き急行電車が通過していく。轟音に声をかき消されたかと心配したが、程なく扉が開いて、中から私服姿の男が現れた。

「あ、楢垣《ならがき》さんですね」

「あなたは……」

　楢垣も、名を呼んだのが今朝方、板橋署の遺体安置室で顔を合わせた皇子であると思い出したらしい。楢垣は早速、尋ねた。

「犯人は？　見つかったんですか？」

「残念ながら、それはまだですが。少し宏美さんにお話を伺いたい」

　神野が警察手帳を示しながら来意を告げると、楢垣は首を横に振った。

「もう勘弁して下さい。今朝も、さっきも、刑事さんがいらして、もうヘトヘトなんです。どうして、こう何度も、バラバラに来るんです？」

「わたしたちは《犯罪被害者ケア係》と申しまして、犯罪被害に遭われた方々のお世話をするのが役目の係なんです」

楢垣が要領を得ない顔をするので皇子は続けた。「つまり、刑事ではありませんで」

すると神野が割り込んだ。

「いいえ、私たちは、れっきとした刑事です。いえ、こいつが刑事でなくても、私は警視庁随一の敏腕刑事ですから」

神野は、そう言い切ると得意げな顔をした。どうやら「刑事」という肩書きに特別なこだわりがあるらしい。少なくとも、刑事総務課のマルシーは本来、捜査担当ではないはずなので、神野を刑事だと認定するのは少々、無理があるのだが。

とはいえ口を挟まず成り行きに任せることにしてみると、

「あのですね、刑事だろうが、刑事じゃなかろうが、とにかく宏美さんは、もう疲れて眠ってますし、誰とも会いたくないと言ってるんです。それに……ご本人を前にして言うのもなんだけど、特に、あなたとは会いたくないと言っています」

楢垣が皇子に目を向け、そう告げると胸に鋭い痛みが走った。

「あ、の……会いたくないというのは……？」

「だって、そうでしょう。あなた、昨日、愛海と会ってたそうじゃないですか。なのに、こんなことになって……正直、あなたに対する疑いだって、あるんです」

えっ、それは、わたしが犯人かもって思われてるってこと……？

皇子は驚いた。だが考えてみれば、そういう疑いを抱かれたとしても不思議はない。

「いいえ、あなたは警視庁本部に皆さんといたと一課の方から聞きましたから、犯人じゃないってことは分かってます。ただ、それは僕に限ってのことで……娘を誰かに殺された母親は、そんな冷静にはみなせません」

神野が言った。「それで、あなたが、ずっと付き添いを？」

「そうです。マスコミも、どんどん訪ねてくるし。宏美さんは他に、ご親族もいません。せめて僕が、近くにいてあげないと……」

「宏美さんが、そういった形をご希望なら、無理にというわけではありませんので」

神野は身を引いた。確かに犯罪被害者支援は、警察から押し売りする類のものではない。あくまでも主体は、被害者遺族や、その関係者の方にある。

「では、それとは別に私から、ひとつ、ご提案があるのですが」

神野がそう言うと「あ、その前に」と楢垣が割り込み、そのまま続けた。

「あの……さっき、ちょっと思ったんですけど……僕が……僕自身が、警察の捜査に加わることはできないんでしょうか？」

「と言いますと？」

「犯人の奴、絶対許せないんですよ。せめて犯人くらいは捕まえてやらないと、愛海が本当に浮かばれないじゃないですか」

しかし、被害者遺族や、その関係者が捜査に加われるような法律は今のところ、存在しない。起訴された被告人に対する裁判に被害者遺族も参加して証人尋問、被告人質問および論告を述べる機会を与えられる被害者参加制度が二〇〇八年、被害者遺族の権利向上が叫ばれ続けた末、やっと導入されたにとどまっているのが現状だ。

皇子は、うなだれながら答えた。

「ご心痛は、いかばかりかと存じます……ただ捜査は、危険も伴いますし、警察にお任せ頂くことになっているんです」

犯罪被害関係者と話をする際は、言葉を選ぶのにも細心の注意が必要だった。遺族ケアで大事とされるのは、その心痛を汲み取り、寄り添う気持ちを表すことだとされている。もし法に反することや、首肯しがたいことを遺族らが発言しても、それを否定したり、諭したりするのは、かえって逆効果になるだけとされている。だからといって、無軌道な行為を奨励するわけでもないのだが。その匙加減、やわらかな受け止めをするセンスと思いやりこそ、支援官には欠くべからざる能力だ。

ところが神野は言った。

「いいでしょう。私と一緒に捜査しましょう！」

「えっ……!?」

驚きの声が皇子と楢垣の口から同時にもれた。思いがけない言葉に戸惑った。

「あ、あの……主任……今なんと？」

皇子の問いかけを無視して、神野は続ける。

「我々の部署が捜査することは本来、認められているわけではではありません。しかし、犯罪被害に遭われたご遺族や、その関係者自身が独自に真相を究明すること自体は、ことさらに禁止されているわけではありませんので。もし、あなたに、その気さえあるならば、お手伝いさせて頂きますよ？　勿論、本部の刑事らにはナイショで、ですけど」

神野の本心がわからない。まさか本気で捜査するのか？　常識的に考えれば、遺族関係者の気持ちを鎮める為、あえて迎合するようなことを言ったに過ぎないはずだ。とはいえ皇子自身、犯人を探したい気持ちは重々あったが……。

楢垣は少し思案したようだったが、神妙な表情になると神野に答えた。

「わかりました。いま仕事の方も休みを取ってますので。お願いします」

「よかった、あなたは運がいい。なんなら今からどうです？　プチ聞き込みでも」

「えっ、今から……!?」

またもや驚きの声が皇子と楢垣の口からもれた。

「行くならスーツがいいですね。黙っていれば楢垣さんも刑事に見えるはずなんで」

さすがに皇子は「ちょっとお待ちを」と楢垣に言って、神野を傍らへと引き寄せた。

「ちょっと主任、本気で犯人捜すわけじゃないですよね？　しかも、楢垣さんと」

「なぜだ？　悪人は、とっとと見つけて、地獄へ叩き落としてやるのが世の為だろう」

「や、でも、楢垣さんと一緒に捜すってことは……本部捜査に混乱招いたり、情報を漏らすことにだって繋がりますよね？　そしたら、犯人逮捕だって遠ざかるかも」

「それはない。俺を誰だと思ってんだ。警視総監の息子だぞ。その上――」

皇子は内心、揺れる気持ちを抱えながらも、主張した。

「大目玉食らったばっかりなんですよね？　……わたしは賛成しかねます……」

「では、お前は、可愛い愛海ちゃんが殺された無念を晴らしたいとは思わないのか？」

それを言われると胸が詰まった。

「わたしだって、愛海ちゃんの無念は晴らしてあげたいです。ただ……」

ただ組織の一員として、どうすべきかと規範に則って考えれば答えはひとつだった。

――わたしは捜査班から外された。だから、捜査は決してすべきじゃない。

「ふん、何をつまらんことを」

神野は、皇子の考えていることを表情から読み取ったのだろうか、絶妙なタイミングで、そんな言葉を投げかけてくる。

「では、はっきり指摘してやろう。お前は被害者支援をしたいと言いながら本当は、自分も捜査をしたい、犯人を捕まえたいって気持ちがあったんだ。だから、ダメ元でマルシーへの配置転換を願い出た。では、そもそもの原因は？　それは、この俺が度々、勝手に捜査しているという噂を知っていたからだな。そしてそれに便乗し、堂本愛海を殺した犯人を自ら探せるんじゃないかと、お前は淡い期待を抱いていたんだ」

「それは……」

図星だった。確かに、神野という厄介者が勝手に「捜査ごっこ」のようなことをしているという噂は桜木班長から聞いたこともある。しかも、神野は既に何百件もの事件を解決したなどと豪語していたらしい。と言っても、それは単なる妄言だろう。なぜなら神野が本当に殺人事件を解決したという記録は一切ないから。上層部があえて隠蔽しているというのでもない限り、神野が手柄をあげたことなど、只の一度も存在しないのだ。それでも配置換えを願い出た際、淡い期待を少しも抱いていなかったと言ったら嘘になる。被害者の支えになりたい気持ち自体は本当だ。けれど、上手くすれば自分も犯人を追えるのではないかという期待があったことは否めない。

皇子が反論しかねていると、神野はそれを肯定の意思表示とみなしたようだ。

「やはり図星か。だったら話は早い。一つ、いいことを教えてやるよ。お前の前任者は先日、閑職に飛ばされたんだが、なぜかわかるか？」

「え、だから、その人が捜査情報を漏らしたからじゃ……？」

「情報漏らしたのな、ほんとは俺だ。それに関しちゃ並腰係長も気づいてないがな」

「え……じゃあ、どうして主任は、なんの処分もされずに……？」

「だから言ったろ？　俺は警視総監の息子なんだよ。特権階級ってのは、いつの時代も、権力によって庇護《ひご》される。その上、俺は神だからな。問題が起こっても、責任とるのは、お前になるだろうから、これ以上、悩んだって無駄だぞ実際」

神野の言っていることが一瞬わからなくて考えてしまう。要するに前任者はトカゲのしっぽ切りにあったわけだ。そして、この男は、それを全く気にしていない。

「けっきょく、わたしは、どうあがいても、あなたのお尻拭き係だってことですか？」

「下品な表現を使うな。しかし、俺の行動を阻止できない限りは、そうなるな」

そう言うと、神野は白い歯並びをきらりと見せた。

「そして今から預言しておいてやろう。お前は、きっと警察の職を辞することになる」

どきりとした。皇子は今朝方、ある一つの決意を密かに胸に抱いていた。

「職を辞することになっても、堂本愛海が殺された無念を晴らしたいと願うのならば、そのポケットに入っている鍵で運転手役を務めて、俺たちの足となるがいい」

皇子はポケットに手を突っ込んで、フィアット500の鍵を取り出した。

警察組織の規律に背くか否か……？　や、どっちみち神野現人の横暴を阻止出来ない限り、責任を取らされる運命だというなら、いっそ、わたしも……。

そのとき、背後で部屋を施錠する音がした。

「……では、行きましょうか、聞き込みに」

楢垣が、皇子と神野の背後に立っていた。既にスーツに着替え終え、刑事らしい革靴をしっかりと履いた状態で。

皇子は、フィアット500の鍵をぎゅっと握りしめると、神野にうなずいた。

「では、参りましょうか。愛海さんの命を奪った犯人を捕える捜査へ」

神野の声を聞きながら、皇子は思った。

――こうなったら……わたしは愛海ちゃんを殺した犯人を絶対見つけて捕まえる！

4

五分後、皇子は後部座席に楢垣と神野を乗せてフィアット500を運転していた。向かうは常盤台一丁目の最南端。遺体の発見者が住む古びた高層マンションだ。

けれど後部座席で神野が楢垣に話しかけるたび、皇子はヒヤヒヤしてしまう。神野は犯罪被害関係者を相手にするには、あまりに態度がにこやかすぎて軽率なのだ。

「やー、それにしても楢垣さんは、運がいいですよ。こんなアタックチャンス、誰にも訪れるわけじゃありませんから」

「ちょっと主任、運がいいって何ですか。被害に遭われたばかりの方に」

「莫迦者。そういう意味で言ったのではない」

そういう意味でなかったら、どういう意味があるというのか。

皇子には、さっぱり分からないが、神野はなおも楢垣に言い募る。

「あなたには《チャンス》がありますから。ま、大船に乗った気持ちでいて下さい」

「だから、そんな言い方も失礼ですって」

「失礼だけどな、そんな口のきき方も俺に対して……！」

バックミラーの中で、ムキになった皇子と神野は視線が、かち合った。

「……ったく。いやあ、どうもすみませんね、うるさい奴で」

楢垣に軽く釈明する神野の愛想笑いをバックミラーごしに一瞥する。なんてデリカシーのない人……神野が口を開くたび、皇子は気持ちが重くなる。楢垣も、どことなく苛立っている様子に見えたが、そこは大人の見識で神野の態度をやり過ごすと、

「あの……僕が言うのも変ですけど、勝手に捜査なんかして大丈夫なんですか？」

楢垣が尋ねた。すると軽薄だった神野の声音に、やっと神妙な色が浮かんだ。

「確かに警察内の規定から言うと少々、問題があるのは事実です。以前も我々ケア係の事件捜査が問題となって査問会が開かれたこともありました。しかし、そのとき私は、警察上層部のお偉方に言ったんですよ。自ら犯人を捕まえたい。被害者の無念を晴らしたい。そう切に願う被害者遺族関係者の気持ちに私は、どうしても応えたかった。大体、どうして遺族が捜査に参加しちゃいけないんです。我々の職務は、悲しみに暮れる、か弱き市民の力になることだ！　そうは思いませんか楢垣さん！」

「はあ……まあ……」

「でしょう！　なのに私の上司、並腰って薄らハゲの係長がいるんですがね、幹部連中にペコペコ土下座なんかして。我が身可愛さってやつですよ。全く嘆かわしい限りです」

だが警察は、上意下達が徹底された完全縦社会の組織である。とりわけ妻子持ちの身なら保身に走るのも無理はない。ましてや部下の身勝手が原因なら尚更だ。

だが神野の独演会は収まらない。

「私に反論された上層部は、そりゃもうエラい剣幕で。神野は懲戒解雇だ、マルシーは取

り潰せだなんてのたまる御仁もいたほどです。判断は遂に警視庁トップに委ねられました。私は祈った。日本警察生みの親、川路利良《かわじとしよし》警視庁初代大警視が目指した高潔なる警察魂が、今ここで途切れることなく未来永劫、引き継がれていかんことを！　そして警視総監は沈思黙考の末、こう言いました。『確かに少々問題があるのは事実だ。けど、まあ、いいんじゃない？』って――どうです、なかなか含蓄ある名判断だとは思いませんか！」

「うーん、どうなんでしょう。随分、軽い言葉のようにも聞こえますけど？」

　楢垣は素直な思いを答えたようだが、どうやら、それは神野の意には沿わないものであったようだ。神野は口をとんがらせると、なお訴える。

「いえいえ、それは違うんですよ、楢垣さん。いいですか、組織が硬直化し、悪しきセクショナリズムによって互いの持ち札を伏せ、時に足を引っ張り合うような愚行さえ常態化した捜査組織にとって、私のような『台風の目』が一人くらい居た方が内部の結束も固まろうというものなのです！　そうは思いませんか楢垣さん!?」

　そうは思いませんかと言われても、警察の人間ではない楢垣にとっては、何とも答えづらい質問だろうに。だが神野は返答を待つわけでもなく、更に続ける。

「『まあ、いいんじゃない』――これは実に素晴らしい名判断の言葉でした。勿論、保身なぞには決して走らない私の熱意あってこそだと思われますが。そんなわけで正義は守られたというわけです。以来、私の演説が上層部の頑なな心を溶かした一件は『いいんじゃない事件』と呼ばれ、今も庁内の語りぐさとなっているんですよ。いやあ、まったく、お恥ずかしい限りです」

　そして神野は一人で笑った。何がおかしいんだか。独り善がりに自惚れるにも程がある。

皇子は暗澹たる気持ちになった。陣川警視総監は決して神野のような、ちゃらんぽらんな人間ではないと聞いている。けれど警視総監も、やはり人の子。我が子の処遇には甘くなるのかもしれない。残念ながら神野が、こんな尊大でデリカシーの欠けた性格になったのも、父親が甘やかし放題で育てたからである可能性は高そうだ。

　とはいえ、そんなワガママ息子が屁理屈をこねたおかげでケア係の捜査は、ある程度、黙認されることになったわけだ。警察は厳しい縦社会の組織である。それがゆえ警視総監が白と言えば真っ黒いものでも白なのだった。

「だから、我々が捜査することには何の問題ありません。ナッシングです」

　何がナッシングだ。親の七光で我儘を押し通しただけなのに、と皇子は内心呆れる。

百歩譲ってマルシーの捜査を認めたとしよう。けれど神野が本当に被害者の為を思っているかは疑わしい。この全くもって常識とデリカシーの欠けた男には、何か他に目的があるのだ、きっと。そう、例えば、二時間サスペンスドラマの主人公にでもなったような気分を単純に楽しみたいだけだったとしても不思議はない。ただ、自らの下衆な好奇心で、他人の事件に首を突っ込んでいるかもしれないのだ。

　愛海ちゃんの命を奪った犯人は絶対、捕える。

かといって、神野みたいな唯我独尊男の失言・暴言によって、遺族関係者の感情が傷つけられるようなことがあっては絶対ならない。

皇子はそう考えると、神野の一挙手一投足に一層神経を尖らせた。

＊

やがて皇子が運転するフィアット500は中板橋駅南口方面から踏切を渡って混雑した商店街を抜け、更に石神井川にかかる橋を通って環状七号線に出ると、遺体の第一発見者が住む古いマンションの駐車場へと乗り入れた。

「あれ、このマンションだったんですか？　だったら歩いてきた方が早かったんじゃ？」

楢垣が辺りを見回しながら、拍子抜けしたように皇子に言うと、

「すみません。確かに、そうだったかもしれませんね」

「しかし、ここまで来るのに十分はかかったろう。どういうことだ？」

土地勘のない神野が尋ねると、皇子は答えた。

「このマンションと愛海ちゃんのアパートって、間に石神井川と東武東上線が走ってる関係で、車の通過できる橋とか踏切が近くに無いんです。だから歩けば、せいぜい数分でしょうけど、車で移動しようと思うと、大きく迂回する必要があるもんで」

「にしたって、遠回りしすぎなんじゃないのか、今のは？」

「それは、主任がベチャクチャ変なおしゃべりするから。うっかり一方通行の路地に迷い込んだりしたんです」

「なに？　時間がかかったのは、俺のせいだと？」

神野に食って掛かられそうになっていると、

「そんなことより、発見者の方のお名前って、何ですか？」

そう皇子に尋ねる楢垣は一階の集合ポストに並ぶ各戸の名前を眺めている。

「えーと、待って下さいね。ちょっと変わったお名前だったような……」

「コヤハラさんですか？　や、これ、トヤハラさんと読むのかな？」

楢垣は「601　戸谷原」とネームの張ってあるポストを指さした。

「あ、いえ、502号室の滝品《たきじな》さんです。滝品健作さんが発見者です」

そう言って検《あらた》めていた資料を鞄に戻した。そのとき皇子は、片手を壁についた神野が、どことなく顔色を悪くして胸のあたりを押さえているのに気づいた。

「あれ、主任？　まさか車酔いですか？　ちょっと、ぐるぐる回っただけなのに？」

「莫迦者。車酔いじゃない。係長のプリンが腐っていたのかもしれん……」

「へえ、そうですか。あんな美味しそうに食べてたのに。だったら主任は車で休んでいたらいかがです？」

すると神野は、ぐったりと下に向けていた頭をあげると、

「ふん、冗談じゃない。お前のようなアホ人間一人に任せてたまるか」

すっかり青い顔になっていたが虚勢を張ると、エントランスに向かって歩き出す。

行く先々で失言されても困るから、車で休んでいてくれてもよかったのに。

そんな不満を抱きながらも、皇子は楢垣と共に五階へ向かった。

＊

「え、また警察の人？　またおんなじことを話すわけ？」

五階502号室を訪ねると第一発見者の老人・滝品健作は困惑しつつも、異なる部署なので協力してほしいと皇子が言うと渋々、一同を中へ通して事情を語った。

事件当日の深夜二時すぎ、滝品は飼い犬の散歩に出た。アスファルトが焼けつくように熱くなる真夏は日中、犬を外へ連れ出すのは危険だからだ。滝品が今の時期、いつも同じ時間、同じコースで散歩して事件現場近くのセブンイレブン前を通っていることは一課の捜査の結果、店の防犯カメラ映像で既に確認済みであるらしい。

滝品は、その晩、犬の散歩中、公園内に倒れている女性が見えたので不審に思い、少し離れたところから声をかけてみたが返事がなかった。

「それでね、私、恐る恐る近づいてみました。そしたら、上着の模様が、ああこれは血液だって、もうハッキリわかりました。尋常じゃない量で。警察か救急か迷った挙句、持ち歩いていた携帯電話で救急車を呼んだってわけです。それが深夜二時二十分のことです」

「その話、ちょっと待った」

滝品が話していると神野が突然、割り込んだ。

かと思うと神野は、ウッと口をおさえて「洗面所は、どこだ……？」

滝品は、こちらでどうぞと神野をトイレへ案内する。やがてドアの向こう側から、えずく声が漏れてきた。皇子は、滝品や楢垣に恐縮するやら情けないやらだったのだが。

「無理ないですよ。私も発見した遺体のこと思い返すと、いまだ体が震えますから」

どうやら滝品は都合よく勘違いしてくれているようだった。皇子は、そっと楢垣に目をやってみる。青ざめて、膝の上の拳をぎゅっと握りしめていた。やはり一般市民が――まして被害者と親しかった人間が事件に関して調べをつけることは、相当なショックとストレスになるのだろう。今後も、こういった形を続けていっていいものか。そう考えていると、神野がトイレから部屋へと戻ってきた。

「……返す返すも無念だが、後は、お前たちに任せた。俺には構うな」

神野は、いまだ気分が優れないような顔色で、殉職を遂げる間際のベテラン刑事のような台詞を残すと、ベランダへ一人立ち去った。風に当たって、しばらく休むつもりらしい。あんなにも虚勢を張っていたわりに、とんだ体たらくだ。

そんな中、滝品は皇子と楢垣に語った。

「あの日ね、公園に着く前、全力で走ってく若い男を見かけたんですよ。富士見町の都営アパートが建ち並んでるところでね。格好も普段着だったし、何か慌ててるような感じだったから犯人なんじゃないのかなって……」

「その走ってたのって、この男では？」

楢垣がスマホに出した写真を見せた。

「そうそう、この人この人。面長で特徴的な顔だもんね、間違いないよ」

皇子は驚いた。楢垣が出したのは過去、愛海に対するつきまといで皇子が逮捕したストーカー・尾崎秋斗《おざきしゅうと》の写真だったのだ。当時、警戒の為に愛海の母・宏美にも同じ写真を渡していた。楢垣は、おそらく宏美からデータのコピーを受け取っていたのだろう。そう考えていると滝品が言った。

「実はね、愛海ちゃんとは、ちょっとした顔見知りだったんです。常盤台駅の南口にあるんですよ、『アモール』って小さいスナック。宏美さんがやってるお店で。そこで愛海ちゃんも、よくお手伝いしてましたから。でも倒れてたときは周りも暗かったし。まさか、あの愛海ちゃんとは気づかなかったなあ。いい子だったのに、本当に残念です」

するとサッシを開けて神野が、ベランダから室内へと戻ってきた。

「やれやれ、全く乱れきった世の中ですね。中学生が白昼堂々チューーしてましたよ。しかも、東上線の線路脇に立ち入って」

「えっ、線路脇？」滝品老人が目を丸くする。

「交番に連絡が行くよう手配しました。轢死体なんかで再会したら寝覚めが悪くなりますからね。それと、さっき追っ払った記者のしもぶくれ君にもな。せめて『激写！ 乱れた若者の生態』なんて埋め草記事でも提供してやらにゃ不憫だろ？」

などと神野は皇子にも顔を向けて言い、悪戯好きの悪童のように笑っている。

かと思うと、棚の単行本に目を留め、一冊抜き出した。

「おや、これは滝品さんまで。真面目そうな顔して意外にムッツリさんですか？」

神野は、表紙に『春のうつろい』とある小説と思しき本を開いた。

「むむ、しかも、これは作者のサイン本？」

「ええ、まあ……そこの駅前書店に売っていたので、興味本位で」

「とか言って『谷間のユリちゃん』まであるじゃないですか。エロエロだなー」

そんなことを言って、もう一冊の単行本を取り出すと、

「時に滝品さんは、どちらがお好みなんです、『春のうつろい』と『谷間のユリちゃん』」

「や、それは……まあ、やっぱり『春のうつろい』でしょうか。処女作には、その作家のすべてがあると言いますし……」

「ええ、そうですか。私は断然『谷間のユリちゃん』派ですけどね。だって、こっちの方が断然エロいじゃないですか」

滝品が大いに困惑しているのも構わず神野はベラベラ途切れる間もなく話す。

「にしても、いいなあ、作者のサイン本。これ、私に譲っては頂けませんか？」

やっぱり、嫌な予感が当たった。この天パ頭のおぼっちゃまは捜査をすると意気込みながら、早くも当初の目的が何だったかを忘れているのだ。皇子は言った。

「あの。主任は、一体なんの話をされてるんです？」

「お前、刑事のくせ谷崎ハルトも知らんのか？　今世紀最大の純文学作家だぞ。よし、それでは何も知らんお前に俺が講釈してやる。まず俺が一押しの『谷間のユリちゃん』だ。

これは、もんのすごい胸の谷間の持ち主たるトランジスタグラマーの百合ちゃんが老若男女問わぬ奔放な性に目覚めるムフフな痴態が描かれた大傑作でだな――」

「わたし、そんなこと聞いてるわけじゃないんですけど」

「そうか……まあ、そうだよな」

皇子が睨みをきかすと、さすがの神野も、自分の過ちに気づいたようだ。

ひとつ空咳して場を仕切りなおすと、今度はもう一冊を取り上げた。

「では処女作の『春のうつろい』だが、こちらは極めて貧相なホステスが主人公だ。つまり貧相で色気がなく男日照りの長い女でも充分、感情移入が出来る。確かに、お前にまず紹介すべきは、こちらの方だった。是非、夜のお供に読んでみるがいい」

神野は皇子の貧相な胸を一瞥すると、自信満々に『春のうつろい』を差し出した。

――ううう、そういうこと言ってんじゃないっつーの！　マジでむかつく！

5

「本当に申し訳ありません。神野は警視庁内でも、かなり変わり種の人間でして」

「いえ……そうでなければ、聞き込みに同行させてもらえるなんてことないでしょうから……」

滝品老人の部屋から出ると皇子は楢垣に謝罪した。当の神野はといえば、滝品老人から見事サイン本をせしめたと浮かれていたが楢垣は、ひとまずは鷹揚な態度のままだ。

だが滝品家を出て、４ドア型のフィアット５００の前まで戻ってくると、楢垣に背後から問いかけられた。

「小野さんは……尾崎《おざき》秋斗《しゅうと》、ご存知なんですよね？」

「ええ、彼が愛海ちゃんを付け回していた際、逮捕したのはわたしなので……その節は、お母様の宏美さんにも、お世話になりました」

「小野さんのことは愛海からもよく聞いてます。とても頼りにしていたみたいです」

「そうですか……」

ただ愛海が殺されてしまった今、皇子は楢垣にどんな顔をすればいいのかわからない。

皇子は一年前の今頃、愛海にストーキングしていた青年・尾崎秋斗を逮捕していた。けっきょく愛海が被害届を取り下げたことで事件が起訴に持ち込まれることはなく、以来、愛海に対するストーカー被害は発生していなかった。だが、しばらくおとなしくしていた尾崎秋斗が恨みをつのらせて、今回の凶行に及んだという可能性は少なくない。

「尾崎秋斗は、愛海のストーカーだったんですよね？　今回の犯人も、やはり尾崎秋斗なんでしょうか」

「そうですね……尾崎秋斗は現在、消息不明になっていますので一課が鋭意捜索中です」

状況を説明しながら皇子は心中、穏やかではいられなかった。

「では、小野さんは、どのようにお考えなんでしょう？」

試されている気がした。あるいは楢垣は言外に「あなたのせいじゃないんですか？」と言っているのだ。言葉を慎重に選んで皇子は答える。

「……やはり尾崎秋斗が今回の犯人である可能性は否定できません」

皇子はストーカー事件当時、最善を尽くしたつもりだった。尾崎秋斗も逮捕後、罪を悔い、改心していたはずだった。だからこそ愛海も被害届けを取り下げたのだ。

でも、もし本当に尾崎秋斗が犯人だったら……。

楢垣に、じっと見つめられると皇子は、言葉の接ぎ穂を探して目を伏せた。

「……しかも、行方をくらましている上、現場付近で目撃されていたとなると尾崎秋斗が犯人である可能性は高いかと」

「僕も正直、そう思います。ただ……」

楢垣は皇子に語った。

「愛海、よく言ってたんです。昔、ストーカーされてた男には、もうつきまとわれてないって。あの言葉は本当だったのか、それとも心配かけまいとしての嘘だったのか……」

「ま、恨み辛みが積もって突然犯行に及んだってこともありえますがね」

神野が言うと、栖垣は吐息をついた。

「愛海は……あの晩、コンビニへ買い物に行ったんです。宏美さんが頼んだ買い物を忘れてたらしく……しかも携帯も家に忘れていったので連絡も取れなくて」

「深夜なのに買い物ですか？　それは何時頃でしょう？」

「宏美さんからは、二時前だったと聞いていますが」

「愛海さんは事件現場近くのセブンイレブンへ行くと、ハッキリ言ったんですか？」

「『コンビニへ行ってくる』と。そう言って、出てったとしか聞いていません。というのも、僕は、そのとき、もう隣の部屋で寝てましたから」

神野は名探偵でも気取ったかのように顎に手を当てフムフムと、うなずいている。

「あの……わたしからも、いいですか？」

今度は皇子が栖垣に言った。

「愛海ちゃんは夜一人で外出するようなことは、あったんでしょうか？」

「無闇に出歩くことはありませんでした。やはり夜道は怖いと言っていたので……。とはいえ、宏美さんのスナックを手伝っていたこともあって、一人で近所を行き来する程度のことが全くなかったわけじゃありません」

「では、お母さんに頼まれた物を、なぜ、そんな時間に買いに行ったんでしょう？」

「それがよく……宏美さんも、ことさらには引き止めなかったらしいので」

そのとき楢垣の視線が右下に動いて、体は僅かに斜めに角度を変えた。

「お母さんが買い物を頼んでいた物はなんですか？」

「サランラップだったと聞いていますが……」

「しかし実際、愛海さんは現場近くのセブンイレブンで買い物はしていない……」

神野の言う通り、確かにセブンイレブンの防犯カメラには、どこにも愛海の姿は映っていなかったことを、皇子も桜木班長から聞いていた。

「とすると愛海は、コンビニへ到着する前に誰かに襲われた？」

「確かに現場の公園は、コンビニの裏側にあるわけですし。自宅から素直に歩いていけば、先にコンビニへ到着するはずだ。にもかかわらず愛海さんがカメラに映っていないということは、店に向かう道すがら、犯人と遭遇した可能性は否めない」

「愛海はコンビニへ着く前、犯人に捕まって公園へ引きずり込まれたと？」

「問題は、そこです」

神野は楢垣に示すように指を一本立てると賢者のような仕草で話を続ける。

「引きずり込まれると言っても、力尽くでというわけにはいかんでしょう。なにしろ、コンビニへ至る最短コースは環七です。深夜とはいえ、交通量が少なくない中で犯人がそのような強引な手段に出るとは考えづらい。とすると愛海さん自身が何らかの理由で遠回りとなる道を選んだか、あるいは犯人は顔見知りの人物だったか」

「犯人が刃物をちらつかせて連れて行ったということはないんでしょうか？」

「あらゆる仮説を立て、あらゆる可能性を検証する必要が、あるでしょう」

楢垣は神妙な表情で、神野にうなずいた。

本当なら、共に事件現場へ行ってみることで何か新しい発見も出てくるかもしれなかった。このマンションから事件が起きた公園までは、歩いても三分ほどの距離だろう。マンション前の環状七号線に出れば、二百メートル足らずの位置に愛海が向かったはずのセブンイレブンが見えており、そのすぐ裏手が事件現場の公園だ。

とはいえ楢垣を現場へ連れて行くのは、酷だろう。現場周辺にはマスコミが詰めかけているに違いないし、まだ愛海が亡くなってから二十四時間も経っていないのだ。

「ところで、楢垣さん、他に何か気づいたことはありませんか？　愛海さんが妙な話をしていたとか、様子が変だったとか」

皇子が尋ねると、楢垣はしばし考えた。

「そうですね。あの日の愛海は、珍しく帰りが遅くて、僕の方が家で待っていたんです。あ、ちなみに家の合鍵は毎週水曜に泊まる関係で、僕も渡されていますので」

「愛海ちゃんが家についたのは何時頃だったんですか？」

あの日、皇子と愛海が渋谷で別れたのは夕方五時過ぎだった。まっすぐ帰宅すれば六時から七時の間には常盤台の家に到着しているはずなのだが。

「愛海が帰ってきたのは夜の十時頃でした。疲れた様子でしたけど、どうかしたのかって聞いたら、別にウィンドウショッピングして歩き疲れただけって言ってました。その他は、これといって気になったことはなかったように思いますけど……」

ウィンドウショッピング。疲れた様子というのが、やや気になるが本当にそうなのだろうか。すると楢垣は少し躊躇った後、皇子と神野を見て言った。

「あ、ただ、これは宏美さんから聞いた話なんですが……愛海は一時五十分頃にコンビニへ出かける前、Tシャツに青いパーカーを羽織って家を出てったそうでして」

「え、青いパーカーですか？　灰色ではなく？」

「ええ、青いパーカーだったと聞いてます。でも一課の刑事さんから聞いたんですが……実際、現場に倒れてた愛海は、グレーのパーカーを着てたんですよね……？」

神野と楢垣の目は事件発生後、臨場して愛海の遺体を直接見ている皇子に注がれた。

「ええ、確かに……愛海ちゃんは灰色のパーカーを着てました」

そして青いパーカーは現場からは出ていない。とすると犯人が持ち去ったということなのか？

「……どうして青いパーカーが灰色に……？」

皇子が思わず、つぶやくと神野が聞いた。

「灰色のパーカーは、愛海さんが所有していた物なんでしょうか？」

「板橋署へ行った際、僕と宏美さんで確認しました。確かに愛海が日頃着ていたものだと思います。真っ赤に染まってて、判別するのも一苦労でしたけど……」

もしかしたら宏美はパーカーが愛娘の血液で染まりきっていることにショックを受けて、寝込んでしまったのかもしれない。そう思っていると神野が尋ねた。

「ところで楢垣さんは気づかなかったんでしょうか？　深夜、愛海さんが家から出てくのは」

「いえ、それが……僕が寝てたのは一番奥の愛海の部屋だったんで。愛海が、部屋のクローゼットを開け閉めする音が聞こえたとき、確かに、ふっと目は覚めたんです。ただ、まさか外出するなんて……しかも、あんなことになるなんて思ってなかったら眠気に負けて、そのまま眠ってしまって」

神野が尋ねると、楢垣は目線を落とした。

「……宏美さん、今も引き止めればよかったって後悔してるんです……それで、もう泣いてばっかりで……誰かが、そばにいてやらないと、もう危なっかしいくらいで……それで僕が一緒に。お母さんに何かあったら、僕はもう生きていけません」

夕暮れの中、楢垣の表情は陰影の中に沈んでいた。

「では、今日の捜査は、このくらいにしておきましょうか。記者連中に、また捕まっても厄介ですから、ご自宅まで、お送りしますよ」

そう言って神野は、後部座席のドアを開け、楢垣を車内へ促した。

「あ、ところで楢垣さん、今は愛海さん家に住んでいらっしゃるので？」

車へ乗り込みかけた楢垣に神野が尋ねた。

「いえ……ここ二ヶ月ほど水曜日は、よく泊めてもらっていましたが。水曜は愛海が基本、家にいる日なんで一緒に過ごしたくて……僕、仕事が添乗員で、土日出勤の木曜休みのことが多いんです。それに、あの家の方が職場からも近いんで」

「では事件の発生時刻、つまり十四日の深夜二時前後、あなたは何をしてましたか？」

神野の質問に、楢垣が面食らったように口をつぐんだ。

「ちょっと主任――やめてください。楢垣さんを疑ってるんですか？」

「申し訳ないが、あなたの捜査に協力する以上、こちらの捜査にもご協力願いたい」

皇子を無視して楢垣に言った。初めて目の当たりにする神野の怜悧な顔だった。こんな風に犯罪被害者に接するのは、一課の無知な刑事ならともかく、被害者ケアを標榜する係の警官としては、もってのほかだ。けれど楢垣は息を深々吐き出すと問いに答えた。

「僕は愛海の部屋で寝てました。でも愛海が家を出た十分後、心配した宏美さんに起こされたんです。それで愛海の後を追ったのが二時過ぎです。二時十分頃、セブンイレブンの防犯カメラに僕が映っていたそうですが、それは愛海の行方を捜していた為です。でも、まさか、そのとき、すぐ裏の公園で愛海が殺されてたなんて知らなくて……残念ながら、犯人らしき人物も見かけたりはしていません」

そう言うと楢垣は一人で後部座席へ乗り込み、ドアを閉めた。すると神野が呟いた。

「つまり、楢垣光一も堂本宏美もアリバイを証明できる人間はいないか……」

「お母さんのことまで疑ってるんですか。それだけは絶対ありえません」

「しかし、ストーカー被害を被ったことのある娘の母なら、深夜の外出は最初から引き止めるのが自然だろう？　まして買いに行った物がラップだぞ。なぜそんな物を深夜に買いに行った？　これは、どう考えても不自然だ」

確かに、そう言われてみれば頷かざるを得なかった。なぜ、そんな時間にラップが必要だったのか。皇子は車内で待っている楢垣の横顔に目をやると、神野が言った。

「それにだ、どうして深夜に買い物に行ったのかと、お前が尋ねたとき、楢垣の目線が動いたろう。あれは、嘘をついたときのサインだ。お前は知らんのだろうがな」

「お言葉ですけど、一課で刑事をしてましたから。わたしだって、そのくらいの知識は持ってます。嘘をついたときの視線移動は向かって左です。あのとき、楢垣さんの目線の動きは右でした。正直に話していると考える方が妥当です」

生半可な知識で妙な推理をされちゃ困る。そう思って指摘をしてやると、

「ふん、何を言い出すと思えば。相手が右を見るのは、実体験を想起するときだ。つまり彼は、堂本宏美との口裏合わせを思い出していたと推測できる」

神野の唇が皮肉っぽく歪んだ。

「そして彼の目線は右から、更に下へと流れた。それ以上、追及されたくない不安の証だ。更に、体が斜めになって臍《へそ》の向きが、我々と離れる方向へ動いたろう？　あれも心を閉ざした心理の表れだ。何が嘘は左だよ。莫迦の一つ覚えもいいところだな」

皇子は、あっさりやりこめられてしまって、もはや返す言葉も無い。

神野は、楢垣が乗り込んだのとは反対側のドアに回り込みながら、更に続ける。

「しかも堂本愛海の部屋には、アパート脇のベランダに通じる大きな窓もあっただろう？あのベランダに出れば部屋から抜け出すことだって不可能ではない。つまり楢垣光一は、堂本宏美と結託して何かを隠していることは間違いない」

神野は決めつけたようにそう言うと皇子に鍵を放って、自分は後部座席に乗り込んだ。

——まさか、楢垣さんや宏美さんが犯人だったりするはずはない。

だが皇子は車の鍵を掌の中で弄びながら、頭から閉め出していた事実を想起した。

桜木班長の話によれば、愛海は一年前、生命保険に加入していた。

その受取人は母の宏美で、支払われる場合の額は一千万円であるそうだ。

＊

楢垣をアパートまで送り、フィアット500を運転して本庁へ戻る間も皇子の気持ちは晴れなかった。刑事であれば、アリバイが曖昧である以上、宏美や楢垣が容疑者である可能性を考慮しなくてはならないのだが。

宏美さんや楢垣さんを疑うのは、やっぱりケア係のするべき仕事じゃない……。

上官たちが自分を捜査班から外したのは理にかなっていた。頭では分かっていても愛海の近親者が犯人だと疑うことは、今の皇子には不可能だった。

そうして神野の指示に従って皇子は首都高渋谷線の高架下を走っていく。

事件の起きた経緯に関して神野と意見交換してみたい気もしたが気安く応じてくれる気もしなかった。やむなく無言でステアリングを操った。

繁華街のネオンが眩しくなってきた頃、後部座席から神野が言った。

「なかなか洒落た腕時計をしているな？」

ステアリングを握った皇子の左手には無骨な腕時計が着いていた。

「……別に、Gショックですけど」

それは耐衝撃性や高気圧防水性等にも優れたデジタル式の腕時計で一般的には男性が着けるモデルだったが、皇子は入庁以来ずっとこれを愛用している。

「古そうだな。『スピード』でキアヌ・リーブスが着けてたモデルか？」

「違いますけど、古さで言ったら似たようなものです」

「なかなか男にモテそうな時計だな」

「……それって皮肉で言ってます？」

「褒めてるんだよ。高いところから落としても深海に沈めても、象に踏ませたって壊れないんだろ？　お前と同じだ」

「ありがとうございます。ちなみに、嫌味な上官といたって壊れませんから」

「まあ、そうむくれるな」

皮肉には皮肉で切り返すが、神野は特別こたえた様子もない。

「俺だって、強いのは鼻っ柱ばっかりで、異性にモテるわけでもない下流女子の立場だったら我が身を呪うに決まってる。その上、眉目秀麗にして頭脳明晰な神と一緒にいたら尚更だ」

ていうか、この人、何なんだ？　さっきから自分のこと神様呼ばわりなんかして。

この尊大すぎる態度といい、何かに救いを求める人々だったら、うっかり蠱惑されてしまいそうな自信に満ち溢れた眼光といい、良くも悪くも並の人間とは圧倒的に異なる何かがある。もし本庁の中で出会ってなかったら、新興カルト教団の危ない教祖様か何かかとみなして職質をかけていたところかもしれない。

そんなことを考えていると、赤信号に捕まって六本木交差点の渋滞気味の車列へはまってしまった。

すると神野は、路肩へ寄ったわけでもないのに突然、後部ドアを開け、

「車は本庁へ駐めておけ」

そう言うやいなや車外へ降りて、どこかへふらりと去っていく。

「あ、ちょっと待って下さい。主任は、どちらへ？」

「きらびやかな上流女子たちをはべらせながら、ドン・ペリニヨンをまったり飲める天国だよ。皆が神の到来を待っているんでな」

「貰ったサイン本、お忘れになってますけど？」

「そのまま置いとけ。なんなら、お前に貸してやってもいい。ちょっとは見聞を広めて、

下流脱出を図った方がいいんじゃないのか。では明日！」

悪童のようにハハッと笑うと、神野は歩道へ向けて優雅なステップを踏み出した。ところが、ちょうど走ってきたバイクにあわや轢かれかけ「ばかやろ、俺を殺す気か！」と神野は大いに泡を食ってひと慌て。だが、あっさり気を取り直したかと思うと再び上機嫌に駆け出して、繁華街の光の中へ踊るようにして紛れていった。

笑ったり怒ったり……一体、何なんだ、あの珍獣は……？

後部座席には、滝品老人から譲り受けた小説『春のうつろい』のサイン本が投げ出すように放置されていた。あんなにゴネて手に入れたはずなのに、こんな粗雑な扱いをされていると知ったら滝品老人も、さすがにいい気はしないだろう。本当に移り気というか、いい加減というか、とんだ上官のもとで働くことになってしまった。

とはいえ、未熟なところを色々と助けられてしまったのも事実ではある。

悔しいけれど、今日は、大いに一人反省会をしなくてはならないだろう。

六本木交差点には『マージナルライフカフェ』の六本木店があるはずだった。

本当なら愛海とキャラメル抹茶パフェを食べに行くはずだった店だ。

皇子は、そちらに目を向けないようにすると、きらびやかな交差点を通過した。

＊

その晩、皇子は女子寮への帰路、近くの書店へ立ち寄った。

遺体の発見者・滝品の家で神野が絶賛していた谷崎ハルトという作家について少し知っておこうという気になった。神野から本を借りるのは、さすがに気が引けたが、刑事のくせ知らないのかとばかにされた上、見聞の狭さまで指摘されたとあっては、優秀な警察官を志す身としては黙って見過ごすわけにはいかない。

程なくして小説『春のうつろい』や『谷間のユリちゃん』が平積みになっているのを見つけた。蛍光色で記された手書きポップと、販促用に掲示されたフライヤーに目を走らせると皇子は、多くの知見を得ることができた。

『春のうつろい』は新鋭純文学作家・谷崎ハルトのデビュー作であるらしい。若い娘と定年退職して手持ち無沙汰になった男がおりなす禁断の性愛をセンセーショナルに描いて話題になった作品であるそうだ。

宮崎県出身で現在、目白の高級住宅地在住ということ以外、一切が謎に包まれているミステリアスな作者の話題性に加えて、その文学的価値の高さから賛否両論を巻き起こしながらも、一部の中高年男性の間で熱狂的支持を集めているらしい。「同郷・高原《たかはる》元県知事も絶賛!」などというポップも飾られている。

なんとなく気になって単行本を手にとると試みに、ぱらぱらとページを繰ってみる。

とたんに「屹立する赤き肉茎」だの「誘い猫の恥宮」だの「欲しがりな薄桃色の花弁がわななく」だのと思いがけず猥雑な言葉の羅列が目に飛び込んできて、皇子は慌ててページを閉じた。

こ、これは、あまりに直截な官能小説的表現なのでは……？

純文学というからには、もっと高尚で洗練された文章によってエロティックな世界観が耽美的に描かれているものかと思ったが。それとも、あえての狙いか。そこが、かえって新しいのか。そう考えてみれば、あまりの意外性に衝撃を受けたことは確かに事実だ。

皇子は、さほど読書を好むタイプの人間ではなかった。好んで、よく目を通す活字といえば捜査資料くらいのものだろうか。それ以前の印象的な活字体験といえば警察学校時代、自主勉している内、ついつい座学の参考書を枕代わりにして眠ってしまって、何度も涎でページをズルズルにしたくらいのものである。

そうは言っても皇子は、不真面目な劣等生だったわけではない。警察学校時代は、通称・川路広場で川路大警視の像の前に立って、初代警視総監の警句を何度も噛み締め、心に刻み込んだだものだった。

――声ナキニ聴キ、形ナキニ見ル――

それは市井《しせい》の平和と秩序を守る警察官たる者、真実を見つけ出す為には市民のどんな小さな声にも耳を傾け、どんな小さな情報も見逃してはならないという川路大警視が遺した名言だ。皇子も幼い頃から生前の父に、この言葉をよく聞かされたものだった。確かに見聞を広めることの重要性はわかっているつもりではある。

とはいえ下流女子と揶揄される身の上で、こんな猥雑な小説にこそこそ目を通すのは、さすがに気が引けるし、屈辱的だ。ましてや柔術の腕に覚えはあれど、もう何年も恋人一人いない乙女警察官なのである。それでなくとも、今は重大な殺人事件の被害者支援を行いながら犯人の行方を追い求めている最中だ。こんなものを読むのに貴重な時間を割いていたら誰ぞに不謹慎の誹りを受けずとも、自分の良識が許さない。

大丈夫。知った顔は周りに無い。周囲の関心を惹かぬように慎重に単行本を戻したら、ここから可及的速やかに離脱するべし。

再度辺りを窺って、誰もこちらを見ていないのを確認すると、本を戻して皇子は、そそくさと書店を後にした。思いもよらない一日だった。おまけに免職のリスクまで抱えてしまった。これも全部、あの不遜で横暴極まりない大馬鹿天パ男のせいだ。

けれど、それしきのこと凶悪犯に命を奪われることに比べれば何でもない。

皇子は、書店の店先に並ぶ週刊誌の見出し文字に目をやった。

《「板橋区公園内殺人事件」犯人の行方は？　惨殺被害者少女の散った夢》

とにかく今は、犯人を見つけ出すことに全力を注ぎこむしか無い。

とことん捜査して犯人を絶対に見つけ出して、この手でワッパをかけてやる。

6

翌日も皇子は午後から、神野と楢垣を伴った聞き込みする為、車を走らせた。

まず向かったのは一年前まで愛海が勤務していた文京区大塚五丁目の便利屋だ。

愛海は、この便利屋に勤めていた際、ストーカー被害に遭っていた。今回の凶行前にも何らかの兆候が生じていたかもしれない可能性を考え、皇子たちはやってきた。

愛海が被害を被ったストーカー事件の過去資料を神野が読み終えた頃、到着した便利屋『ヴィーナスサービス』の本部大塚店は新大塚駅に程近い雑居ビルの一階だった。事務所の入り口脇のガレージには、軽トラックが駐車されている。

表玄関から三人揃って入っていく。仕事の依頼窓口に出てきたカーディガン姿で痩身の女性に来意を告げると、すぐに社長本人が事務所の奥からやってきた。

「お忙しいところ申し訳ございません。警視庁の小野と申します」

「また事件のことですか？」

どうやら、こちらも既に捜査本部の刑事が来た後らしい。

「申し訳ありません。板橋区の殺人事件のことで、少し、お伺いできればと」

「仕方ありませんね。どうぞこちらへ」

皇子たちをパーテーションで区切られただけの手狭な応接スペースへと案内すると、神野より更に長身、大柄でカーキ色の作業服に身に包んだ社長・武田剛造《たけだごうぞう》が挨拶をした。

「わたくし、代表の武田です」

武田は両拳を握ったまま、きびきびとした動作で一礼すると、皇子たちにも着席を勧めた。年齢は五十前後といったところか。短く刈り込んだ髪には白いものが混じっているものの、若々しくエネルギッシュな印象だ。縄文系の顔をしたハンサムと言えなくもなかったが、酸っぱいような体臭のきついのが非常に残念な男性だ。

「手短にお願いしますよ。二時から外に出なければならない用事があるので」

「では単刀直入に伺いますが」

まずは、さりげなく鼻に指を当てた神野が口火を切った。

「九ヶ月前まで、こちらで勤務されていた堂本愛海さんに関してなんですが」

「本当に気の毒なことです。ばんばんニュースもやってますし、驚いてますよ。逃げてるストーカー野郎ってのは、まだ捕まってないんですか？」

「我々も行方を追っているところですが。こちらで何か手がかりになるようなことはなかったでしょうか？　愛海さんに関わるようなことでも、それ以外でも」

「それはないね。さっきも聞かれたけど。はい、次の質問は？」

あっさり武田が神野の質問を打ち切ると、今度は楢垣が軽く手を挙げ、尋ねた。

「愛海が……あ、いえ、堂本愛海さんが、こちらに勤めていたとき、何か目立ったトラブルなどは、なかったんでしょうか？」

武田は「トラブルねえ」などと右上に視線を向けると、胸ポケットからスマホを取り出し、時間を確認する様子。それから画面に、吐息を吹きかけると、

「そりゃね、こういう何でも屋みたいな商売ですからね。トラブルは正直、少なくないですよ。ただ愛海は、なかったよね、そういう揉め事。愛想良くて、頑張り屋だったから、指名までつくような人気者だったし。勿論、最近よくある個人情報流出っての？　顧客の情報漏らすようなばかもなかったし。や、うちみたいな商売だと、個人のお宅によく上がるでしょう？　悪い業者と繋がってるんじゃないかとか、痛くもない腹を探られることもあるわけですよ。でも愛海は、かなり口が固かったよね」

武田は、スマホの画面を、携帯ストラップとなっているらしい、ビーズの紐付き丸型クリーナーで拭いながら気のない声で、そう言った。

「あと唯一トラブルがあったとしたら、やっぱり一年前のストーカー事件だよな」

愛海が一年前まで巻き込まれていたストーカー事件の加害者は現在、消息を絶っている尾崎秋斗だ。板橋署生活安全課時代に皇子が担当していた事件でもある。

その尾崎秋斗がストーキングを始めたきっかけは、不幸な偶然からだった。

それは二年前、秋斗が雑司が谷に住む友人の家に引っ越しを手伝いに行った際のこと。不用品の引き取りの為に訪れた作業スタッフの一人が愛海だった。秋斗は気立てのよい愛海にその場で心を奪われた。そして愛海が今、スナック経営する母と常盤台に住んでいると話したことから同じ町へと引っ越した。偶然の出会いを期待して、しばらくおとなしく

していたが、同じ町内でも中々、出くわさないことにしびれを切らし、積極的に愛海につきまとうようになったのだ。やがて秋斗は、自分たちのあるべき姿を恋愛小説として原稿用紙にしたため、愛海に送りつけるようになった。原稿の束はアパートの玄関前や、時にはベランダにまで置かれていた。ストーカーの接近に怯える愛海の前で、皇子は電話による警告を再三、秋斗に行ったこともある。

その後、皇子が秋斗を逮捕したことで、やっとストーカー被害は収まった。

だが、それから三ヶ月後、愛海は急に店をやめてしまったのだという。

実家のスナック『アモール』を手伝いたいからというのが、その理由だった。

「それ以外、気になることはないかな。おい、井川《いがわ》。他は何もなかったよな？」

武田は大声を出してデスクで事務仕事をしていた痩身の女に話しかけた。年齢は二十代後半といったところか。控えめな顔立ちの痩身の女は、ただ無言で、こくりと頷いた。

「そもそも、どうして愛海さんを採用したんでしょうか？」

楢垣が、武田に食いつくように質問した。

「なぜって……普通の理由ですよ。明るくてハキハキしてたし」

「それに美人だったから？」

神野が『ヴィーナスサービス』のサービス案内パンフレットを見ながら言った。武田が明らかにムッとした表情になって睨むと、神野は怒りをいなすように微笑んだ。

「や、そこの事務員さんも中々どうして美しいですし、このパンフに写ってる女性スタッフの皆さんも若くて美人揃いじゃないですか。そういう基準でもあるのかなって」

するると武田は、小馬鹿にしたように笑う。

「あのさ、パンフレットなんだから。そりゃブスより美人を使うでしょう？　イメージですよ。企業イメージ」

「ただ珍しいですよね。御社は都内八ヶ所にある店舗の作業スタッフが全員、女性なんでしょう？」

「売りなんですよ、それが。今は便利屋も乱立してる。だから差別化が必要なわけだ。それで登録制の派遣スタッフって形で女の子を使っているわけ」

「しかし、便利屋じゃ力仕事も多いでしょう？　またどうして女性なんです？」

「くそ、暑いな」

舌打ちすると武田は席を立つ。酸っぱい体臭が僅かに薄くなる。武田は事務所隅の冷蔵庫からペットボトルの麦茶を出すと手荒に開栓して、その場であおった。

「や、失礼。で、なんだっけ？　ああ、女の話か」

麦茶のペットボトルを傍らへ置くと、武田は語った。

「だからさ、今は定年離婚されたり、連れ合い亡くしたりして金持ってるのに独り身って爺さんが、たくさんいるわけだ。でも、そういう寂しい爺さんは、いい歳してキャバクラとか風俗なんか行けないわけでしょう？　プライドだってあるわけだし。でも、やっぱ女の子とは触れ合いたいんだな。じゃあ、どこでその欲求を満たすかっていうと、うちみたいな女だらけの便利屋なんですよ」

「つまり、家事手伝いの名目で仕事を依頼するけど、実際は」

「そうそう、ただ若い女の子が甲斐甲斐しく働いてるのを眺めてたいわけだ」

武田は得意気に、そう言った。

「でも、それじゃ危ないこともあるんじゃないですか？」

営業実態によっては風営法にだって引っかかりかねない。そんないかがわしさを察知して元生活安全課でもある皇子が尋ねると武田は「ないない」と手を振り、笑った。

「さすがに、ないよ。女の子とは密室で、二人きりにはなれない規則だし」

「その原則から外れることってないんですか？」

「外れること？　まあ、たとえあっても警察さんの前では言えないよね？」

冗談のつもりか知らないが、武田はにこやかにそう答えて一人で笑った。

「社長はないんですか？　愛海さんを食事に誘ったり、デートしたことは？」

出し抜けに神野が言った。すると今まで笑っていた武田は途端に不機嫌な顔になる。

「さっきから思ってたんだけど、あんただけ、どうも警察の人には見えないよね？」

すると神野は得意げに「それはどうも。確かに私は並の人間とは違うので」

「でも一応、警察なんだ？　へえ。その趣味の悪いスーツの着こなしといい、てっきり場末のホストかと思ったたな」

得意気になっていた神野の表情にピキピキと音が聞こえそうなほど亀裂が入った。

「ところで武田社長は、愛海さんとの個人的なお付き合いや連絡は？」

皇子は、何やら嫌な予感がして神野が口を開く前に、話題をそらした。

「ないよ。店やめてから一回も。只、うちの社員はあるそうだ。そこの井川不由美《いがわふゆみ》だ」

武田は、痩身の事務員を親指で指さした。

「井川さんが堂本愛海さんと連絡したのは、いつですか？」

痩身の事務員・井川不由美は、伏し目がちに答えた。

「……や、その、三日前です」

「三日前？　ってことは、それ、事件が起きた前日ってことですか？」

「ええ、まあ」

あまり話をしたくなさそうな顔色だ。皇子は、なるべく柔らかな声音で尋ねた。

「電話をしたのは何の為だったんでしょう？」

「や、その……私、冷え性で岩盤浴のチケットがあったんで一緒に行かないかって」

「それで愛海ちゃんは、何と？」

「いえ、ちょっと、あまり興味がないということで、お断りされました」

それは、なんだか好奇心旺盛な愛海らしくはない判断のように皇子は感じた。

「井川さんは、しょっちゅう愛海――堂本さんと連絡してたんですか？」

楢垣が尋ねると、井川不由美は、なぜか目をそらしながら小声で答えた。

「いえ……前に連絡したのは半年以上前でしょうか」

ますます怪しい。そんなに親交の薄い人間を急に岩盤浴に誘うものだろうか？

「あの、そろそろいいですか？　私も、これから出ないと駄目なんで」

一方的にそう言うと井川不由美は応接ブースから見えない場所へ行ってしまう。

皇子と楢垣が困惑していると、武田が言った。

「ま、その他のことは一課の刑事さんにも話してますから。あとは、そっちで勝手に情報共有して下さいよ。私も、そろそろ出ないと間に合わないんで頼みます」

そして武田は鶏を追いやるような仕草で、ソファに掛けた皇子たちに暇を促す。

「あの、愛海さんが担当していた顧客の分かるものを頂きたいんですが」

「ああ、リストね。おい、井川、例のリストだ。刑事さんたちが、お帰りだ」

「いいや、まだまだ帰るわけにはいかんな」

皇子や楢垣は腰を浮かしかけたが、神野は席で腕組みしたまま、そう言った。

「まだ、あんたらには答えてもらわなきゃならんことが山ほどあるんでね」

「そんなこと言われてもねえ、私は知りませんよ、新しい口なんて」

「口だと？　なんのことだ？」

「働き口ですよ。探してるんでしょう？　三流ホストでも働ける場末のクラブを」

武田が、そう言って一人で笑うと、神野が立ち上がって言った。

「俺を誰だと思っているんだ……？」

まずい――また神野のスイッチが入りかけている、と皇子は慌てた。

「というか貴様、人間の分際で誰に向かって物を言っているのか分かって――――！」

「あああ、ちょっと主任！　落ち着いて！　とにかく、ここは落ち着いて！」

糾弾するように指さしながら武田の方へ猛然と向かおうとする神野を皇子は必死に制止した。被害者遺族と一緒に聞き込みするだけでも問題なのに、その上、市民と暴力沙汰でも起こした日には、どんな形で皇子が責任を取るはめになるか分からない。

「ちょっと冗談言っただけじゃありませんか。勘弁して下さいよ。こっちだって仕事の時間を割いて、お相手してるんですから」

武田は悪びれた様子もなく、頬に笑みをたたえると、

「……これだから人間は嫌なんだ……いずれ天罰を下してやる」

神野は忌々しげに、そんな呪詛の言葉を吐き捨てた。

「ひとつ教えてください」割って入ったのは楢垣だ。

「武田さんは、愛海が殺された晩、どこで何をしていましたか？」

尋ねる面持ちに緊張が張り詰めていた。

「あの晩なら、自宅にいましたよ」

「証明できる方は？」

「この場合いないと言った方がいいんでしょうかね。証明できるのは妻だけですが」

とは言っても事件が発生したのは深夜二時過ぎだ。

大抵は自分の家で寝ている時刻ではある。

「これ、ご要望のリストです」

そう言って井川不由美は、プリントアウトされた文書を皇子のもとへ持ってきた。

「井川さんとおっしゃいましたか。そちらの事務員の方は、あの晩は？」

栖垣が尋ねると、井川不由美はうつむき、自信なさげに目を伏せた。

「あの晩は……私も自分のアパートに。ただ、一人暮らしをしているので証明できる人はいませんけど……」

自分が疑われることを恐れているような面持ちだ。すると、

「その上、あなたは」

神野がすかさず言った。

「愛海さんに電話をしていますよね？　しかも、彼女が殺害された犯行時刻直前に」

「え、そうなんですか!?」

栖垣が驚いた。皇子も、初めて耳にする情報だ。神野は今日ここへ来る前、捜査本部の集めた情報をなんらかの筋から引き出してきたのかもしれない。

「井川不由美さん、あなた、午前一時四十五分に、愛海さんに電話をしていますよね？　こんな夜中に一体、なんの用事があって掛けたんです？」

「それは……」

井川不由美と呼ばれた眼鏡事務員の顔色が、ますます悪くなった。

「違うんです。私、ガラケーからスマートフォンに変えたばっかりなんです。それでいま

いち操作に慣れてなくて、間違えて掛けてしまっただけなんです」

「本当にスマホに変えたばっかりなんですか？」

神野が疑わしそうに尋ねると、井川不由美は、少しムキになったように制服のスカートのポケットからスマホを取り出して、一同の前に示して見せた。

「これです。最新の機種ですから、嘘じゃありません」

「しかし、そのスマホカバーに付いているストラップは？」

スマホカバーにはタキシードを着た、とんがりハゲ頭にクリクリお目々の童子の人形が、ぶらさがっていた。

「や、これは、キューピー人形ですけど何か？」

「いえ。ただキューピー人形は、ローマ神話のヴィーナスの子供キューピッドをかたどった人形です。キューピッドは恋愛の神様ですから何か関係あるのかと」

「こんなの日本中どこにでも売ってるものですけど」

そう反論した途端、井川不由美の腹が突如、低く長く激しく鳴った。

「おやおや、お腹が空いたんですか？」

「……ダイエット中なので」

「おいおい、そんな雑談は勘弁してくれよ。もうほんとに時間がねえんだからさ」

武田が割り込んだ。苛立ちをこらえるかのように貧乏揺すりをしている。

「記録によると愛海さんと三分間ほど通話していたようですが？」

「や、だから愛海ちゃんが電話に出たから謝ったんです。間違えてかけちゃってごめんねって。それで、ちょっとだけ近況を語り合って、切ったんです」

「嘘だな」

神野が間髪入れず、断言した。だが井川不由美も、すかさず切り返す。

「嘘じゃありません。本当です。私、絶対、嘘なんてついてません！」

おとなしそうな印象の井川不由美が突然、噛み付くよう反論した。妙に必死だ。何かやましいことでもあるのだろうか。だが本人も、その豹変が不自然と思ったのか、ばつが悪そうに体を斜めにすると「とにかく、私は犯人とかじゃありませんから……」

「はいはい、じゃあ、もういいだろ」

武田が再度、にこやかな表情で皇子たちを追い立てようとすると、

「もうひとつある。あんたには、これだけは言っておきたい」

神野が武田に言った。

「あんた、さっき愛海は何もトラブルを起こさなかったと言ったが、それは客との間のことだろう。あんた自身との間ではどうなんだ？」

「何が言いたい？」

「証言が出てるんだよ、堂本愛海が退職したのは、あんたのセクハラが原因だって。しかも、かなりのワンマンなんだろ？　揉めてクビにされた社員が大勢いるって話だ。いまだ怯えて、あんたのことは何も話したくないと言ってる人間までいるそうだ」

すると武田は、ふうと深々とため息をついた。かと思うと突然。

「何だ、その口の聞き方は！　ふざけてんじゃねえぞ！　何様なんだよテメエは！」

武田がデスクを拳で打ちつけ、激昂した。

皇子と栖垣はあまりの迫力で全身に膝蓋腱《しつがいけん》反射が生じたかのようにびくっとしてしまったが神野は動じず、それればかりか鼻で小さく笑って「俺が何様かって？」

そしてポケットに両手を突っ込み、悠々と立ち上がると武田に言った。

「俺は神様だ」

その刹那、室内にいる皇子たちの頭上に同じ言葉が、ぽっかり浮かんだ。

なに言ってんだ、こいつ……？

だが当の神野は、キマったとでも思っているのか、胸を反り返した堂々たる姿勢で武田に勝ち誇ったような謎の微笑みを送っている。

武田が深々とため息をついた。それは、ディーゼル機関車が走り出す直前に発する蒸気の噴出に似ていた。酸っぱい体臭も、ますます強くなってきた。

「おい、不由美。そこのエンピ貸せ」

武田が指さした事務所の一角には、作業用のスコップが様々な資材と共に立てかけられている。井川不由美が戸惑っていると「早くよこせってんだよ！」

その一喝で井川不由美は慌ててスコップを取ろうとするが要領が悪くて上手く取り出せない。すると焦れた武田は手近のペットボトルを振り回して神野らを追い払う。

「仕事があるから出てけって言ってんだろうが。とっとと出ていかねえと、碌なことにならねえぞ、テメエら！」

職業柄こういう手合いに慣れているとはいえ、さすがの皇子も肝を冷やした。

「楢垣さん、主任、もう失礼しましょう！　た、大変無礼を働きまして――」

「分かってんならベチャクチャしゃべくってねえで出てけ！」

恐竜の巣穴から逃れるようにして、店外へ逃げるようにして飛び出すが、最後に投げつけられたペットボトルが皇子の頭に直撃して地面に落ちた。

「ていうか主任、もうちょっと普通に接することはできないんですか……!?」

武田がワンマン型のオーナー社長に多い激しやすい性格であることは確かだろうが、怒らせた原因の半分が神野の尊大な態度にあるのは明白だ。

「お前こそ、どうして撤退なぞする必要がある？　あんなもの、公妨で逮捕してやればよかろう。どうせ叩けば、いくらでも埃が出るような男に決まってる」

皇子は、ため息をつく。こういう見込み思い込みによる横暴な捜査が、往々にして冤罪を生み出すのだ。だが、そんなことをこの傲岸不遜な男にいくら教え込もうとしても釈迦に説法――いや、牛に経文、馬の耳に念仏というものだろう。

「けど、あの代表の方、アリバイは確かにあるようでしたよ？」

「そんなもの、裏を取ってみなきゃ分かりませんよ。とは言っても今回の事件の場合、アリバイが確かな人間の方が少ないかもしれませんがね」

神野にそう切り返されると楢垣は目を伏せた。自分のことを言われていると思ったのかもしれない。

「ともあれハッキリしたこともある。あの男は元自衛官です。それに子供は二人。五歳以上の長女が一人と、その下はまだ幼児か、妻が妊婦だ。あの男の過去も含めて、そのあたりを狙って裏を取っておけ」

神野に指示を出されると皇子は尋ねた。

「え、でも指輪はしてなかったと思いますけど。しかも元自衛官とか何でです？」

すると「そんなこともわからんのか。一目瞭然でしたよね？」と神野は呆れて見せるが、楢垣は戸惑い、首を傾げている。

「あいつは最初お辞儀をしたときも両拳をグーにしたままだっただろう。握り拳のまま、常に行動するのは自衛官の特徴だ。敵に指を折られることを防ぐ為だが、それが習慣になっているか、元自衛官であることに今も自負があるんだろう。元レンジャーの可能性もあるな。その上、スコップのことをエンピと呼ぶのも、自衛官の間で見られる隠語だ」

「そんなこと全然、気づきませんでしたよ。神野さん、さすが刑事ですね」

楢垣が感心して褒めそやすと、神野は「ふん」といつもの如く鼻で笑った。

「刑事だからといって、みんながみんな、気づくわけじゃないようですがね」

神野に侮蔑の眼差しを送られると、皇子は悔しくて挑発的な口調で思わず尋ねた。

「だったら子供は長女と幼児、あるいは妻が妊婦だって根拠は何なんです？」

「お前も目の前で見ていただろうが、あいつの携帯についていてたビーズアクセ風のストラップ。奴は、あれで脂ぎった画面を拭っていただろう？」

確かに言われてみれば、丸型のクリーナー部分で拭っていたような気もするが。

「あれは、おそらく『父の日』に子供が手作りしてプレゼントした品だ。そういう子供用の専用キットが売ってるんだよ。だが肝心の写真は裏返しになっていた。何か後ろめたさがあるってことだな。となると子供は娘の可能性がより高い」

そして神野は落ちていたペットボトルをハンカチでくるんで拾い上げると、

「それに、この麦茶は無添加の上、ベビー用品を出してるメーカーのものだ。妻が妊娠中か、家に幼児がいるはずだ。爆発性人格障害の傾向もある。こいつで指紋やDNAを採取しておけ。犯歴が無くとも、過去の事件と照合すれば何か引っかかるかもしれん」

「や、でも、それは、さすがに言い掛かりっていうか当てずっぽうじゃないですか」

皇子が反論すると神野は呆れたようにため息をついた。

「ふん、刑事のくせ仮説形成推論法《アブダクション》も知らんのか。話にならんな」

「アブダクション……？　って、何です、それ？」

「知りたきゃ辞書でも引いてみろ。お前に辞書引く頭があるならだけどな」

またもやばかにされた皇子は内心歯嚙みしながら呟いた。ううう、アブダクションなんて意地でも調べてやるもんか。てゆーか、絶対こいつ友達いない。

7

次に面会するのは、行方をくらませている尾崎秋斗の母親・崎子《さきこ》だ。

だが約束した夕方五時までは、まだ間があった。

「寄っていきませんか、事件現場に。……僕は、まだ一度も行ってないので……」

楢垣がそう提案すると皇子は神野を見た。神野は無言で、うなずいた。

皇子は、ステアリングを握り直した。

南常盤台一丁目のコインパーキングに駐車すると一同は事件現場に足を運んだ。

排ガスを浴びながら、車の走行音で騒々しい真夏の環七沿いを歩いていく。

眩い太陽の光が皮膚を焼く。アスファルトの道は熱を帯び、じっとりとした空気は息苦しくなるほどの熱気に満ちている。

ガソリンスタンドの脇を抜け、セブンイレブンを前方に見ながら左に折れる。

事件現場の公園が見えた。マスコミが大挙しているのが一目で分かる。

黄色いテープで規制線が張られたままの犯行現場には見張りの警官が一名立っている。

野次馬根性丸出しで繰り出してきた住人は公園横の坂道で井戸端会議。そこかしこで現場リポートやインタビューが行われ、その背後では、学生服を着た少年たちが互いを押し合ってはしゃぎ、周囲の顰蹙《ひんしゅく》を買っている。

楢垣の様子を窺った。胸の前でガーベラの花束を抱えた手を固く握りしめていた。

「少し、ここで、待っていてもらえますか」

楢垣は、そう言うと花束や菓子などが供えられた殺害現場近くの一角へ歩いていく。その付近だけは、人がおいそれとは近寄らず、ぽっかりと空間が開いて、かろうじて死者を悼む為の厳粛な雰囲気が保たれていた。

その手前では、テレビクルーが高価そうなベルガモの花束を抱えた老婦人にインタビューしている。やはり献花に訪れたのだろう。老婦人は日差しを避ける為か涙を隠す為なのか、目の前に右掌でひさしを作ると涙声で訴えた。

「買い物袋持ってくれたり愛海ちゃん、本当に、いい子でね。大好きだったのに、あたくしみたいな老いぼれが生きて、若い子がこんな早くに亡くなるなんてね……」

老婦人は人生の理不尽を嘆くと、ひさしを作っていた掌の中で俯いた。

その手首で腕時計の鎖ベルトが溢れ出る涙滴のように鈍く乱反射して瞬いた。

楢垣も殺害現場付近の一角にガーベラの花束を供えている。愛海が好きで、よくベランダでも育てていたという桃色の花だ。そして両手を合わせると静かに瞑目する。

……愛海ちゃん、本当にごめん。せめて犯人だけは絶対に捕まえるから。

皇子も、愛海が倒れていた場所に視線を向けると、その場で合掌して目を閉じた。

「ちょっと待てよ、あの女……」

そんな最中、神野がつぶやき、何か考えこんだかと思うと、はっと顔色を変えた。

「え……あの女性が、どうかしたんですか？」

皇子は神野の視線の方向へ目をやった。ベルガモの老婦人は感極まってこぼした涙を長袖ブラウスの袖で拭っている。ことさら不審な点はないようにも思えるが。

「あの女！　人気女子アナの水城姫花《みずしろひめか》だろ！」

指摘されて見てみると老婦人のもっと向こう側で、つぶらな瞳の若い女性がリポートの打ち合わせをしていた。確かに近頃テレビでよく見かける顔だ。その水城姫花が何やら真摯に頷き、顔の横に細長く垂れる黒髪を耳にかける仕草を目撃すると、

「ぐぬおおおお、なんと神々しいまでの可憐さ美しさ！　マジ女神だな！」

神野は、たちまち舞い上がったような笑顔になって、その場で飛び跳ねんばかりの勢いだ。確かに可憐で美しい容姿であることは認めるが。

「主任、自重して下さい。不謹慎にも程があります」

「なにが不謹慎だ。千載一遇のチャンスを逃してたまるか……！」

「栖垣さんもすぐ戻ってきます。お願いですから、おとなしくして……！」

皇子が声を殺しつつ強い口調で言って肘関節を圧迫してやると神野は「イデデ、やめろ。わかったよ！」と騒いだ。よしよし、わかったんなら、それでいい。サーカス団の調教師になった気分で肘を解放してやった。だが神野は懲りていなかった

「ふむ、しかし、あの女……あれはだな、極めて重要参考人である可能性が高い！　やむを得ん。俺が様子を見てきてやるから、お前は待ってろ！」

「だから、ふざけないでくださいよ！」

だが神野は耳を貸さず、どこかへ移動していく水城姫花を追って、立ち去った。

本当に殺人事件現場で抱くべき厳粛な気持ちのかけらもない。

さすがに怒りを覚えていると横合いから楢垣の声がした。

「惨めなものですね。犯罪被害者遺族というのは」

楢垣は、うかれて走っていく神野の姿を静かに遠い目で見つめていた。

「この場に来ると、嫌っていうほど、わかりますよ。愛海が殺されたって、そんなの世間の人間にとっちゃ、しょせん他人ごとなんだって」

全員がそんな人ばかりじゃない。そう信じたくて、周囲に目をやってみたが、薄桃色のベルガモを献花した老婦人も既に去り、学生たちはいまだ騒いでいた。

「愛海とは、ちょうど一年前のツアー旅行で知り合ったんです」

すると楢垣は、遠い目をして皇子に語った。

「僕が添乗員を務めていた『親子で巡る信州・軽井沢の旅』でした。たぶん愛海は、ストーカー事件で宏美さんに心配かけたことを気に病んでいたので、何か母親孝行がしたかったんじゃないかと思うんです。宏美さんと楽しそうにしている愛海が一目で好きになりました。それでツアーが終わった時、決心して僕から連絡先を渡したんです」

皇子も、楢垣との馴れ初めを過去、愛海本人から直接、聞いたことがあった。

「何度かデートを重ねて……交際をオーケーしてくれたときは、本当に嬉しかった。もうそのとき、この人と一生一緒にいれたらって思ってたんです。だから」

楢垣は、ポケットから小箱を取り出した。それは指輪を収める為の箱だった。

「プロポーズしようと思ってました。それで、婚約指輪も用意して……。なのに、なかなか勇気が出なくて、グズグズしてたから……愛海は……」

楢垣は、規制線の張られた犯行現場に目をやった。

「正直、僕は……犯人を見つけたら……この手で殺してやりたいですよ……！」

楢垣は目を涙でうるませると婚約指輪の小箱を握りしめ、絞りだすように訴えた。

楢垣さん……。

楢垣に皇子は半歩寄り添った。今は楢垣の考えを肯定も否定もする必要はない。ただ無言で、そばにいることが何よりも重要だということを皇子は過去、自身が父を殺されて犯罪被害者遺族となったことのある経験から我が身を持って知っていた。

皇子は楢垣の隣で、しばし沈黙を守った。無言の時間が、楢垣の心に平静を戻すのを辛抱強く待った。すると、いつから聞いていたのだろうか。

「わかるなー、楢垣さんの気持ち。私も、おんなじ心境ですよ」

いつの間にか皇子たちのもとへ戻ってきていた神野が言った。随分と軽い口調だ。楢垣の言葉を全否定するより幾分マシだが、共感の態度を安直に示すこともまた相手の不興を買いやすいポイントとされている。だが神野は楢垣の言葉を引き継ぐと、

「贖罪《しょくざい》だなんて言葉、ちゃんちゃらおかしいですよ。人間は妙な言葉を作るものです。

死んだ命を戻すなんてこと、時間を巻き戻さない限り絶対、不可能なのに。そういう意味じゃ、犯人が自殺や死刑で死んでも、罪が贖えるなんてことは絶対ない。人を殺めた人間は死ぬべきなんです。愚かな人間は神が天罰を下してやらなきゃならんのですよ」

何やら持論を説き始める神野を皇子は、ひとまず見守ることにする。

「――ただね。私は、人間の犯す殺人ってやつは、どうにもこうにも嫌いでね」

「……どういうことです？」

楢垣が興味を引かれたように尋ね返すと神野は答えた。

「考えてもみて下さいよ。人が人の手で人を殺めるだなんて想像するだけでも、おぞましい。人間の犯す罪の中で、もっとも下劣なものがレイプと殺人です。どうしても復讐で相手を殺すというなら、せめて不能犯になるような方法ですね」

「不能犯、ですか？」

「ご存知ありませんか？　不能犯というのは『客観的に見て目的を達成できない手段で行われ、因果関係が証明できない犯罪』のことです。例えば藁人形で呪った結果、人が死んでも、それは現代の科学では因果関係を立証できません。結果、不能犯とみなされ、呪いをかけた人間が罪に問われることはない。つまり不能犯こそ完全犯罪。いや、犯罪ですらないことが法律によって定められているわけです。だからね、楢垣さん、復讐するなら不能犯にしましょうよ」

神野は、訳の分からないことばかり言う。自分が神だと言ってみたり、復讐するなら不能犯だと言ってみたり。そのとき不意に皇子の脳裏に蘇る。あの渋谷のカフェで愛海から教えてもらった都市伝説が。死者を復活させ、勅使河原経産相の次男を呪いで殺したという警察官が存在するという。まさか、この男が？　非現実的なことを考えかけて、すぐ打ち消した。そんな幻想世界の魔法のようなことが起こりうるはずない。第一あの電子掲示板の書き込み主の妹が、もし本当に死から復活したというなら既に騒ぎが起こっているはずだ。一体どうしたら死者が復活するというのか。ばかばかしい。そんなこと大真面目に考えるだけ無駄というものだ。

ただ、ひとつだけ神野の言葉を好意的に解釈できるとしたら。

この奇妙な妄言は、楢垣が実際に凶行に踏み切らないようにさせる為の神野なりの慰めのつもりなのかもしれない。

「復讐をするなら、不能犯ですか」

楢垣は、神野に向かってニヒルに微笑んだ。

「だったら僕は、犯人以外に、腕の良い祈祷師も探さなきゃなりませんね。とても見つかるようには思えませんけど」

そして先に歩き出した楢垣の背に、神野はやけに確信めいた口調で言った。

「見つかりますとも。私の言うことを信じて、犯人を無事逮捕できれば、必ずね」

8

「あんな奴、もう息子じゃないよ。疫病神だよ」

居間に皇子たちを上げるなり、ほつれと油染みが目立つ割烹着姿の尾崎崎子《おざきさきこ》は秋斗のことを悪しざまに言った。

部屋はチラシや新聞、公共料金の払込票や宅配便の不在伝票、折り畳まれた段ボール箱などが乱雑に散らかったまま。崎子の荒んだ心を表しているかのような状態だ。

現在、行方をくらましている尾崎秋斗の母・崎子は、北区赤羽志茂四丁目のアパートで一人暮らしをしている五十六歳。普段は、埼玉の私立大学の食堂で調理員として働いている。体型は小太りで恵比寿様のような明るい顔の作りであるにもかかわらず、生気が失われている印象で度々ため息をつくのが癖になっている。更年期障害を発症しているのかもしれない。あだ名をつけるなら「吐息アザラシ」といったところか。

「疫病神と言いますと？」

「だって、そうじゃないのさ。記者は家まで来るわ、心配かけるわ、おまけに他人様の娘さんまで殺してるだなんて。ほんと、もう疫病神に憑かれた気分だよ」

五年前、高校を中退後、自活して小説家になるなどと言って家を出た尾崎秋斗は、印刷工場の仕事に就いたが長続きせず一年半ほど前から近所に住む愛海相手にストーキングを開始した。相談を受けた皇子は怯える愛海の為、警告電話を再三秋斗に行った。それでも迷惑行為は収まらず、けっきょく最後は皇子によって逮捕されたのだ。

その結果、両親の仲も悪くなって崎子の夫・秋太郎《しゅうたろう》は、ちょうど今から一年前、離婚届に判を押して家を出て行ったそうだった。

ストーカー被害は秋斗の逮捕後、皇子の指導のおかげもあって収まり、それから、一年以上の歳月が流れている。母親の崎子も、やっと少しは胸をなでおろしていたことだろう。

ところが、そんなさなか今回の事件が発生したのだ。

「では崎子さんは、ご子息が堂本愛海さんを殺害したとお考えなんですか？」

神野が尋ねると、崎子は躊躇いもせず頷いたので今度は皇子が問いかけた。

「でも、母親なら息子さんを信じてあげたいって思うのが普通なのでは？」

「だって、あの子、息子じゃないもの。血も繋がってないし」

確かにそうだった。皇子は一年ほど前、ストーカー事件で逮捕した秋斗の取り調べした際のことを思い出す。秋斗は幼い頃、両親を交通事故で亡くしていた。その後、幼い秋斗は親類間をたらい回しにされ、最後に辿り着いたのが今の尾崎家だったのだ。崎子とは養子縁組を結んでいるだけで親子としての血の繋がりはないそうだ。

「では崎子さんは、彼が確かに愛海さんを殺した犯人であると？」

「そんな風には考えたくないけど、やっぱり過去が過去だから、何ともね……」

神野の質問に崎子が答えると、今度は皇子が口を開いた。

「念の為、お聞きしますが、崎子さんは事件のあった晩、どこで何を？」

「もちろん、このウチに、ずっといたけど？」

「ウチでは何を？」

「晩ご飯を作って一人で食べて寝ただけ。証明してくれる人は誰もいないわ」

「それでは晩ご飯は、何を食べたか覚えていますか？」

「何をって……そんなこと何か事件と関係あるの？」

「関係ないかもしれませんが……でも犯人ではない方は皆さん、スムーズにお答えになります。やましいことがあると、余計な嘘をついたりするものですし」

「そう言われてもね……おとといでしょう。何だったかしら……」

崎子は記憶をたどるように手狭なキッチンを見回した。

「ああ、そうそう。思い出したわ。カレーを食べたのよ。ガラムマサラとかカルダモンとか使って、ちゃんとルーから作ったの」

「ルーからですか。手間もかかるでしょうに、それはまたどうして？」

「どうしてって言われても、インド人のお店で食べるみたいっていうか。美味しいじゃない。出来合いのルーを使うのとは違って。ねえ？」

皇子は同意を求められたが、なんとも答えようがなかった。刑事になってからというもの、ほとんど自炊というものをしていない。すると神野が口を挟んだ。

「聞くだけ愚問です。こいつ、見るからに料理オンチの顔じゃないですか」

「見るからにって何ですか」

「どっちだっていいわよ。あなた、まだ若いんだし」

崎子が笑いながら答えると、神野は立ち上がって自分の腹を撫でて言う。

「そういえば、なんだか腹が減ったな。おとといのカレーって残ってませんか？」

「あら、残念。今朝方、全部さらって食べちゃった」

「今朝方ですか。となると三日連続カレーだったんでしょうね。その割には思い出すのに随分、時間がかかったんじゃありませんか？」

「あら、何かおかしかった？　歳だからよ。五十六だもの。小さい文字も見えないし、近頃ずっと腰も痛くて。あなたたちみたいな若い人には分からないでしょうね」

そう言って崎子は、腰をトントンと叩いて見せる。

「では、もう一つ。さすが調理員だけあって、数多くの調味料が並んでいますね。けれど埃がかかっているものも少なくない。そして常備されているカップ麺に、ゴミ袋には、その空き容器。現在、家ではあまり料理熱心ではないようですね？」

「そうね。食べてくれる人がいないと張り合いないもの。なんなら持って行ってくれちゃってもいいわよ？　処分するのも面倒だもの」

「おや、もう必要ないと仰る？　カルダモンも必要ありませんか？」

「いいわよ。お肉料理とかするの？　カルダモンをふると、くさみが消えるし。そうそう、お菓子とか、マサラチャイの風味づけにするのもいいわよね？」

そう言う崎子にカルダモンの小瓶を押しつけられると、神野はフムと考える。

「あなた、そうは仰りますけどね、この棚、よく見て下さい。カルダモンやガラムマサラ、セージやクミンなどカレーに用いる香辛料が入った容器だけは綺麗な上、空き瓶もたくさんあるようです。余分に買ってあるものまでありますね。つまり、スパイスカレーだけは今もよく作っていらっしゃるようですが、なぜなんですか？」

「それは……息子の好物だったから……クセみたいなものよ」

すると崎子は、また俯いて深々とため息をついた。

「昔はね、あんなでも、楽しくて、とってもいい息子だったのよ。母の日は、お手紙とクレパスで描いたカーネーションくれたりしてね。でも、どこで間違っちゃったのか、ストーカーなんかして逮捕されて、旦那も出てって、あたしの人生、お先真っ暗よ。おまけに、あんな疫病神背負い込んで、これから、どうして生きていけばいいのよ」

その瞬間、押し黙っていた楢垣が突然、言った。

「僕の恋人だったんですよ、今回殺された堂本愛海は」

楢垣の静かだが、恨むような眼差し。

目が合うと崎子は、たちまち言葉を失い、青ざめた。

すると楢垣が、不穏な空気を発しながら立ち上がる。

「あなたの息子、愛海に長らくストーキングしていたそうじゃないですか？」

「……え、ええ、はい……」

崎子は、恐る恐る楢垣を見上げながらも、むくんだ体を縮めて席から離れた。

「僕は、あなたの息子が愛海を殺したと思ってます」

後ずさりして楢垣と距離を取ろうとした崎子の体が、びくっと止まった。

「……息子さんは一体どこへ逃げたんですか？」

「そ、それは本当に知らないの……」

「あなたがどこかへ匿っているんじゃないんですか？」

楢垣が逃れようとする崎子を追いかけ、その肩を両側から、がっしり掴んだ。

「言えよ！　隠してること全部吐け！　逃げ切れると思ったら大間違いだぞ！」

熱くなった楢垣と崎子の間に皇子は割って入って制止する。

「楢垣さん、ちょっと落ち着きましょうか。ここは我々が――」

「落ち着いてなんかいられませんよ！　こいつの息子はストーカーだったんだぞ。その挙句に愛海を殺して逃げたんだ！　そんな奴、許せるはずがないだろう！　母親だって同罪だよ……何がお先真っ暗だよ……愛海が死んだのは、お前のせいだろ！」

すると崎子は、後ずさりして体を震わせながら床に膝をついて頭を下げた。

「本当にごめんなさい……本当にごめんなさい……！」

「ごめんなさいだと？　やっぱり、あんたの息子が殺ったのか!?」

「それは分からないけど……でも……もしかしたら……でも本当に分からないの！」

崎子は激しく狼狽したように目を泳がせると、声をもらして泣き出した。

「泣いて許されるなら警察いらないんだよ！　あんたが、しっかり教育しないから、こういうことになってんじゃないのかよ！　謝れば済むことだと思ってんのか！」

「楢垣さん！　落ち着いて下さい！　暴力は駄目です！」

崎子に掴みかかった楢垣を皇子は必死に引き離す。

「ちょっと主任も！　手伝って下さいよ！」

だが神野は何やら室内を物色していて、崎子や楢垣のことは全く意に介していない。かろうじて「そっちは任せた」とでも言うように、ぞんざいに手を振っている。

「あんた、何か知ってるんだろ。息子はどこだ！　知ってるなら、とっとと言え！」

そのとき、崎子の割烹着のポケットから異様に大きく甲高いメールの着信音がした。

場の視線が、一斉にそのポケットに注がれた。

崎子は迷いながらもスマホを取り出し、画面を一目見ると、息を呑んで皇子と楢垣に背を向けた。その上またも距離を取ろうとする崎子に楢垣が詰め寄った。

「誰からの連絡ですか？　何かやましいことでもあるんですか？」

「え、いや、別に、そういうわけじゃ……」

「だったら見せてくださいよ。そのケータイを！　今すぐここで！」

怯えた崎子は渋々、食卓の老眼鏡をかけると、パスワードを解除して差し出した。

「……もしかしたら……息子から……秋斗からのメールかもしれません……」

渋谷駅前。スクランブル交差点の中央に今夜19時～20時の間。

コイケマートの赤い買い物袋に現金10万円以上を入れて右手に持て。


画面に表示されたメールには、そう記されていた。

フリーメールだ。差出人の名前はなかったが、状況的に考えて、送り主は秋斗とみて間違いないだろう。

「逃げる為、お金が必要だからって、あたしに連絡してきたのかも……」

「だったら息子をおびき出せ！　俺がとっ捕まえてやる！」

楢垣が激昂して訴えると、崎子は今にも泣き出しそうな表情で皇子に目をやった。

「ちょっと主任、このメール、どうするんですか？」

皇子が尋ねると、公共料金の払込票などの束を見ていた神野が割り込んだ。

「うーん、まあ、いいんじゃないか。我々でおびき出して、とっ捕まえれば」

「本部に報告して応援を求めるべきですよ。たった四人じゃ確保は厳しいです」

皇子が答えると、楢垣が割って入った。

「待って下さい。もし本部の応援ってやつを受けたら、僕は蚊帳の外になりますか？」

「……それは、そうなるかと思いますけど。でも確実に確保できます」

「僕は、自分の手で捕まえたいんだ。そうじゃないと気が済まない……！」

「お気持ちは分かりますが、相手は武装してるかもしれません。危険ですから――」

「楢垣さんの仰る通りですよ。ぜひ我々で尾崎秋斗をとっ捕まえてやりましょう！」

皇子が諫めようとしていると、神野が割り込んだ。

「や、でも主任。これに関しては、さすがに――」

「ま、いいじゃないか。楢垣さんも、お望みなんだし。どっちみち、そのメールの存在は本部も、じきに気づくだろう。我々だけで動くチャンスは今しかない。しかも尾崎秋斗をとっとと捕まえないことには、誰が本当の犯人かもハッキリせんしな。奥さんだって、そう思うでしょう？」

「ええ、そうね……」

崎子は複雑な表情で、うなずいた。すると神野は皇子に続けた。

「そもそも、お前は、ご遺族らの力になりたくて、マルシーを志願したんじゃないのか？だったら今こそ力になって差し上げる絶好の機会だろう」

「でも」

「それとも、お前は楢垣さんの切なる思いを無視するつもりか？」

楢垣本人とも目が合うと、皇子は言葉に詰まってしまった。

確かに犯人を自らの手で捕まえたいのも事実だが……。ああ、もうどうなっても知らない。上手く行こうがヘマしようが絶対、問題になるに決まってる……！

9

夜、十八時五十五分。渋谷スクランブル交差点前に建つQフロント一階の物陰で皇子は容疑者・尾崎秋斗が現れるのを待っていた。

崎子が金の受け渡し方法に関して、メールを送り返してみたが返事はない。

秋斗の電話番号に再三かけてみても当然のごとく通じなかった。

「彼は、母親が警察と共に動く可能性を警戒しているんでしょう。もし周りに、警官らしき人間が見えたら、金を受け取らず逃げ出すつもりかもしれない」

そこで神野の立てた作戦は、神野、楢垣、皇子が、それぞれ三方向に分かれて、通行人の波にまぎれて現れるであろう秋斗が交差点の中央に立つ崎子から金を受け取ったら、すかさず取り囲んで確保しようというものだった。

しかも、迅速に連絡を取り合う為に用いる無線機の不足分を調達する時間もないので、無料通話サービス・アプリをスマホにダウンロードして四人同時通話で連絡し合おうなどと流行りもの好きの女子高生のようなことを言い出した。

もし大人数で網を張っていれば、現れた秋斗を捕まえることは、そう難しいことではないだろう。だが少人数で挑めば、取り逃がさないとも限らない。しかし、自分の手で捕まえたいという楢垣に反対することは、けっきょく今の皇子には出来なかった。

「でも絶対、無茶はしないで下さい。尾崎秋斗は武装しているかもしれません」

「武装って、愛海を殺した凶器を持っているかもってことですか？」

凶器は現場付近から発見されなかった。今も近隣に棄てられていないか捜索中だ。

「何とも言えませんが、その可能性も否めません」

犯人が逆上して、渋谷のど真ん中で刃傷沙汰などに事態が悪化でもしたら一大事だ。取り押さえる以上は絶対に市民に危険が及ばないようにしなくてはならない。

「大丈夫。必要とあらば秘密兵器がありますから。大船に乗った気持ちでいて下さい」

神野は、何のことやらスーツの左ポケットを叩いて見せた。

十九時になった。歩行者用信号が青になる。コイケマートの赤いショッピングバッグを抱えた崎子が、スクランブル交差点を向こう岸に向かって渡り出す。多くの通行人にまぎれ、崎子の姿は見えづらくなってしまう。だが秋斗が現れる気配はない。近くのどこか、交差点が見える場所から警察がいないか確かめているのだろう。辺りを見回すが、それらしい人物は発見できない。今は秋斗が現れるのを、じっと待つしかなさそうだ。

信号が青になる。崎子は、そのたび交差点に出ては中央に立つことを繰り返す。

そうして十分余りが経過。決戦のときは、予想以上に早く訪れた。

十九時十三分。皇子のスマホに「待ちなさい秋斗！」崎子の声が飛び込んできた。

来た！　尾崎秋斗は、どこにいる……!?

皇子は、走っている人間の姿を探すべく交差点の雑踏の中に必死に目を凝らす。

いた！　ダッシュしているグラサン男だ！　尾崎秋斗に違いない！

「止まれ尾崎秋斗！」

だがコイケマートの袋を持って全速力で走ってきていた秋斗は、皇子が威嚇すると慌ててV字にターンした。背中でナップザックが跳ねている。通行人を蹴散らし、ひた走る。そして追いかけてきた母・崎子さえ押しのけると、今度はJR山手線のガード下に向かって走り出す。

「待ちなさい！」

秋斗の逃げた先には神野がいる。まるでブルース・リーのような構え。どっからでもかかってきな。そんな指の構えを見せて、神野は余裕の笑みを浮かべている。

「主任、そっち！」

神野はリズミカルにステップを踏みながら秋斗に接近した。すると秋斗は特殊警棒を取り出し、雄叫び上げながら神野に向かって振り上げた。その途端、秘密兵器とやら出すつもりなのか、神野が構えをたちまち変える。次の刹那。突進する秋斗の攻撃をひらりとかわすと、神野は難なく道を譲ってしまった。えっ、なんで――!?

皇子は目を疑ったが包囲網を突破した秋斗を見送り神野は、ほっと息をついている。

「はああ!?　何やってんですか主任！　このバカ！　役立たず！」

「うるさい、君子は危うきに近寄らんのだ」

そんな神野の呑気な弁明を横に聞きながら皇子は走るが、秋斗との距離は縮まらない。

包囲網を突破された。しくじった！　市民に被害でも出たら取り返しがつかない！

そう思ったとき、一課四係の敏腕班長・桜木がガード脇の路地から現れた。

そして両手を月の輪熊のように開くと、秋斗の前に立ちはだかった。

「よっしゃ来い！　正露丸たらふくラッパ飲みさせてやる！」

桜木は無骨なる運足から秋斗の奥襟を掴むと一本背負いを鋭く繰り出した。一瞬、秋斗が逆さになった。かと思うと地面に叩きつけられて早くも勝負ありだった。

「ちょっと待て！　どうして一課のデカが出てきてる⁉」

駆けつけた神野の前で、桜木や小市ら四係の捜査員らが秋斗の身柄を確保した。

「残念だったな、神野。小野が情報、回してくれたんだよ。お前には内緒でな」

そう、やはり四人体制では不安が残る皇子は、つい先日まで所属していた四係の桜木班長へと応援を要請していた。

秋斗を確実に捕まえる為には当然の選択だった。

「これに懲りて、もう金輪際やめるんだ。刑事は無理だよ。お前みたいな一度も事件を解決させたことのないド素人にはな」

「誰がド素人だ。俺は、貴様ら以上に、もう何百回と殺人事件を解決している」

「またその妄想か」

桜木は、ふっと鼻で笑うと、我儘な幼な子をあしらうように神野に言った。

「お前が刑事部で、何と呼ばれてるか知ってるか？　本部の捜査を乱す《疫病神》だ」

「俺が疫病神だと？　貴様、誰に向かって物を――！」

「また、お父ちゃんに告げ口するか？　俺は、お前が誰の息子だろうと関係ない」

桜木がハッキリ告げると、苛立った表情で神野は言う。

「……今から預言しておく。貴様には、いつか必ず天罰が下される」

「だったら、こっちも、ひとつ教えといてやろう」

桜木が言った。

「お前が今まで散々好き勝手やってきたマルシーだが、近く廃止になるそうだ」

「なんだと……!?」

「昨日決まったらしい。総監も周りから意見されて、お前をかばいきれなくなったんだろうな。もう警察の中にお前のような疫病神の居場所はない」

「だから、俺を疫病神と呼ぶなと言っているだろ……！」

「万一、今度事件のホシを見つけて、疫病神とも呼んでほしくないと思うなら、すぐ連絡するんだ。点数稼げばマルシーの解散も少しは先延ばしになるかもしれんぞ？」

桜木は、そう言って笑うと、他の刑事らと共に去っていった。

「これだから……人間は嫌なんだ……クソっ……！」

神野は歯噛みして、フィアット500を駐めたパーキングの方へと撤収していく。

やっぱり、この人、友達いないんだろうな……。

一人で歩いていく神野の背を眺めて皇子は渋々、後に従った。

10

尾崎秋斗は公務執行妨害で現行犯逮捕され、四係が取り調べをすることになった。

そして栖垣も、事情を聞きたいと呼ばれて桜木たちと立ち去った。

一方、神野と皇子は、警視庁六階の刑事部長室に呼び出しとなっていた。

「神野！　小野！　貴様らは警察組織を何だと思っているんだ！」

「たたた大変、申し訳ありません！」

「赤い蛸《レッドオクトパス》」の異名をとる赤西刑事部長が、最高位の僧侶のように剃り上げた禿頭を、ますます赤くして激怒すると皇子は、平身低頭して謝罪した。だが皇子の横で神野は聞いちゃいられないと言わんばかりにポケットに手を突っこんで、天パ頭をもう片方の手で弄びながら、そっぽを向いている。

「おい、神野！　お前、何なんだ、その態度は！」

「赤西刑事部長、あなたこそ何なんです、その態度は？」

「……私は、お前が警視総監の倅だろうと、甘い顔するつもりは一切ないぞ！」

赤西刑事部長が赤鬼のような怒りの形相となって反論すると、

「そうだぞ神野！　刑事部長に対して、そういう口のきき方はないだろう！」

傍らに控えていた東原参事官も続いて、叱責を飛ばしたのだが。

「東原参事官。あなたこそ、もっと口のきき方を考えてみた方はよいのでは？」

「なんだと、神野……！」

　赤西刑事部長とは好対照を成すかのように雅やかな顔だちの東原参事官も、なめられてたまるかとばかり唇を引き結ぶ。だが神野は、そんな東原の耳元にそっと近づいて囁いた。

「いいんですか、東原参事官。あなたは、参事官に甘んじているような人じゃない。賢明な判断が出来る方だ。だったら、お忘れになったわけではないですよね、私が誰か」

「……そうだな、少し言い過ぎた」

「東原君！」

　赤西刑事部長が慌てると神野は鼻で笑って、勝手に部屋から出ていこうとした。

「待つんだ、神野！　話は、まだ終わっていないぞ！」

「今日のところは、これくらいで勘弁してさしあげますよ」

　神野は足を止めると、踊るように振り向いた。

「ただ、これだけは言っておく。尾崎秋斗を確保できたのは、俺のおかげだ」

　すると赤西刑事部長は、せせら笑った。

「そう言ってられるのもマルシーが存続している間だけだ。昨日の幹部会議で陣川警視総監はマルシーを廃止すると言明したんだ。お前たちが勝手に被害者遺族関係者を連れ出して、そればかりか取材中のマスコミを恫喝したからだ。我々の耳に入らないと思ったら大間違いなんだよ。今回ばかりは総監も本気だ。今から楽しみにしているよ。査問会で、お前が土下座させられるところを見るのをな！」

「うるせー、このタコ」

　天井の隅を向いたまま神野が言った。信じられないほど低レベルな反論に、さすがの赤西刑事部長も呆気にとられて固まった。だが、すぐさま耳まで真っ赤になると、

「ふざけるな神野！　もう一遍言ってみろ！」

「やだなー誤解したら。今のは部長に言ったんじゃありませんって。やー、こいつね、近頃タコ料理にハマってるらしいんですよ。あ、空の凧じゃなくて海のタコね。ツルッパゲで、部下を縛りつけるばーっかで、怒っても顔真っ赤で墨を撒き散らすくらいしか能のない、あの莫迦なタコは茹でダコにして食っちまえってね！」

　えええ何言ってんのよ！　こっちまで巻き込まないでよ頼むから！　皇子が大慌てで否定していると神野に手首をむんずと引っ掴まれた。かと思うと赤西刑事部長の怒声を機関銃の一斉砲火のように背に浴びせられながらも、神野は刑事部長室から勝手に退室。しかも皇子を運命共同体に引き込んで。皇子の心臓はバクバク。汗ジミが滲み出そうなほど脇汗タラタラで、気分は地獄の刑務所から命懸けで脱獄図った囚人だ。

　けれど神野は、余裕のていで両掌を天に向かって掲げて見せると、

「やれやれ、人間ごときにこうも悪罵されるとは……これだから人間は」

「なにばかなこと言ってんですか！」

　皇子は神野に黙っていられなかった。

「相手、誰だか分かってるんですか！　刑事部長ですよ刑事部長！　警視長殿にあんな子供みたいな口、ありえませんよ！　やってることが滅茶苦茶過ぎます！」

「何が警視長殿だよ。階級なんて関係ないね。そんなもの権力を保持したい連中が手前勝手に作ったルールだろうが。俺は、ただ真っさらな真実を口にするだけ」

「なにカッコいいふうに言ってるんですか！　大体、階級なんて関係ないとか言う割、主任だって随分、お父上の権力を笠に着てモノを言ってるじゃないですか」

「当然だ。俺は、お前らと違う。神と人間を同列に論じること自体ナンセンスだ」

そう平然と答えると神野は「ふん」と鼻を鳴らして一人で歩き出した。

「あの、主任」

皇子が声をかけると、神野は立ち止まって振り向いた。

「前から伺いたかったんですけど……主任、何かのご信仰でも？」

「は？　俺は宗教なんてものとは一切、無縁だ。神に宗教は必要ない」

やっぱり、また出た。これはもう直接、尋ねてみるしかない。

「でも、その、何度も口癖みたいに言ってる『神』って一体、何なんです？」

若干、軽蔑気味に尋ねてみると神野は、こともなげに皇子に答えた。

「言葉の通りだが？　俺は人間ではない。俺は、まさしく神なんだ」

さすがに面食らった。おぼっちゃん育ちの自信家も、ここまで来ると、もはや病気だ。

とはいえ、こういう困った場合の処し方は不器用ながら心得ている。皇子は出来る限り自

然なスマイルをこしらえると、

「なるほど……神ですか、あ、はい、よくわかりました。ありがとうございます」

「ちょっと待て！　お前、まったく信じてないだろ！」

「いえいえ、滅相もない。信じてますよー。はい、じゃあ、おつかれさまでーす」

やっぱり、この人、ちょっと頭がおかしいらしい。相手するだけ疲れるだけだ。

愛想笑いして、そそくさと立ち去るが、その背中を神野の声が追ってくる。

「お前は、この事件の犯人が誰だか分かっているのか？」

思わず足を止めてしまう。

「えっ、それって……どういうことです……？」

「俺は、もうこの事件の犯人が誰か、概ね見当はついている。勿論、神だからって千里眼みたいなもんを持ってるわけじゃない。ちゃんと自分の頭で論理的に推理して割り出したんだ。事件を解決する為の道筋だってな。——まったく、どいつもこいつも、身の程知らずな人間どもだ。神に背くと、どうなるか思い知らせてやる」

神野は謎の言葉を残すと、皇子を追い越して廊下を一人で歩いていった。

＊電子掲示板ちゃんねるⅡ・事件板スレッド
【東京・板橋区・公園内女性殺人事件８】より引用

１：**名無しさん@**：08／15（金）14：46：13
　板橋区在住の堂本愛海さん（21）は、８月14日深夜２時頃、殺された。犯人は依然不明。じっちゃんの名にかけて！　さあ、みんなで考えよう！
　①通り魔　②母親　③彼氏　④行方不明中のストーカー　⑤その他（友人、職場）

10：**メダルサンド**：08／15（金）14：52：58
　このスレ、犯人に繋がる情報とかもあるかもよ。俺は犯人じゃないけど。

122：**集計屋**：08／15（金）18：54：48　ID：4eStefjC
　前スレまでの結果を集計すると、④ストーカー説支持が断トツの１００２票。続いて、第２位、①通り魔が３８７票。第３位、⑤その他が３４４票。第４位が③彼氏（大手旅行会社Ｇ勤務）２２０票。第５位、②母親、３２票。

125：**名無しさん@**：08／15（金）18：54：59
　>>122　数えてんじゃねーよカスｗｗｗｗ

200：**ドル箱男**：08／15（金）19：55：33
彼氏が勤務してる大手旅行会社Gって関東●ッドツーリストのことかな？

229：**名無しさん@**：08／15（金）20：05：59
あそこは添乗員イケメンだよね。軽井沢旅行、ときめいた……乙。

350：**名無しさん@**：08／15（金）20：56：42
渋谷でストーカー捕まったぽい。ツイッターで目撃情報多数。

400：**確変ボーイ**：08／15（金）21：40：14
被害者の彼氏、あれ絶対、熟女好き。まなみタン追いかけて殺したんだろ。

500：**打ち子**：08／15（金）22：01：27
そういや保険会社の調査員っぽい奴、近所来てたなー。
親子仲どうだったかって聞かれたから、よく喧嘩してたって言っちった。
事件の晩も、母親が娘を罵倒してたらしい。

600：**コイン待ち子さん**：08／15（金）23：01：27
てか被害者のイケメン彼氏、事件後ずっと被害者宅に居ついてるらしいよ。
他人の母親と、ずっと一緒にいるんだぜ？　ちょっと異常じゃね？

666：**名無しさん@**：08／15（金）23：25：18
てか「イケメン彼氏」って何だよ？　彼氏の写真、表に出てないよな？

985：**集計屋**：08／16（土）03：54：48　ID：4eStefjC
このスレだけの結果集計したら相変わらず④ストーカー説支持88票だけど
なんと第2位が③彼氏65票。しかも第3位は最下位だった②母親、48票。

992：**名無しさん@**：08／16（土）03：58：48
>>985　彼氏とマナミたんの母、票伸ばしすぎワロタwwww
彼氏か、マミーが、殺ってるだろコレ。

999：**ミスターフィーバー**：08／16（土）04：00：00
マジ儲かった**♪♪♪**　今日も絶対、パチスロ行くー！！！！！

11

翌日。皇子は四係の桜木から秋斗の取り調べ状況を知った。

現在、四係が中心となって取り調べを続けているが、秋斗は愛海の犯行に関しては全面否認しているらしい。

供述によれば、事件のあった晩、秋斗はジュースを買う為、コンビニへ行こうと思いたって家を出たのだという。その途中、公園を通ったら偶然、愛海が倒れているのを発見してしまい、通報しようか迷った。だが以前、愛海にストーカーを働いて逮捕されていた関係上、このままでは間違いなく犯人扱いされてしまうと思って現場から走って逃げた。そして一時的に自宅からも離れて身を隠すことにしていたらしい。

「まあ、そんな与太話、信じてる捜査員は誰もいないけどな」

桜木は言った。全面否認しているとはいえ、尾崎秋斗が自白するのは時間の問題だろうと。現在、秋斗の家も、既に家宅捜索中だ。何か物証が出るだろうと話していると、ちょうど報告の電話が入って桜木が出た。程なく、その表情が、がらりと変わった。

「なにも見つからないだと!?　そんなはずはないだろう！　よく探せ！」

だが皇子は、そんな桜木班長の横顔を見ながら予感していた。

——もしかしたら秋斗は、犯人ではないんじゃないのか？

皇子は前日の晩、愛海の事件を話題にしている匿名電子掲示板をチェックしていた。

ネット住民の多くは、あらぬ妄想を膨らませ、好き放題に書き込んでいた。

遺族や、被害者と親しかった人たちが読めば、どんな気持ちになるのか、そういった配慮を欠いた書き込みばかりだ。この手の書き込みが一人歩きして拡散していけば、犯罪被害者遺族自身がネットを見ないようにしていても思わぬ形で本人の耳に入るものだ。

皇子は、暗澹たる気持ちになった。そして中でも特に悪質と思われる、ちゃんねるⅡの書き込みに関し、発信元の特定を同じ捜査一課四係だった小市民《こいちみん》太郎《たろう》に依頼した。

「えー、こんなの書き込んだ奴、特定して何か意味あるんすか？　こんな掲示板、掃いて捨てるほどあるんだし、全員調べてたら、キリないっすよ？」

「や、それはそうなんだけど、ただ一件、気になる書き込みがあったんだよ」

それは「メダルサンド」「ドル箱男」「確変ボーイ」「打ち子」「コイン待ち子さん」「ミスターフィーバー」といったハンドルネームを自称している書き込みだった。

「小市君は知らない？　このハンドルネームって全部、パチスロに関係してる用語から名付けられてるの。だから実際は、全部同じ人が書いてるんじゃないかって」

ちゃんねるⅡの各書き込みに付与されるＩＤは一定時間が経過すると変化していく。その為、一人が複数の人物を装って書き込みすることも可能なのである。

「だけど、これが一人だったら、何か問題でもあるんすか？」

「この書き込みしてる人って内容見ると、どうも栖垣さんや宏美さんの近所住民って感じがするんだよね。しかも、何かを知ってるんじゃないかって」

「俺も聞き込みしましたけど近所住民からは、なんも有力な情報出てないっすよ」

「でも何か理由があって秘密を隠してるとか……とにかく気になるの。お願い、調べて」

＊

小市に頼み込んで、何とか電子掲示板に関する調査を依頼した後――。

愛海の通夜の打ち合わせで葬儀会館を訪れていた楢垣と落ち合うと、神野と皇子は伝えた。被疑者・尾崎秋斗による犯行だと裏付ける決定的な物証は現在のところ出ていないこと、その為、殺人罪での逮捕には現在のところ至っていないということを。

「まさか、他に犯人がいるってわけじゃないですよね？」

「それは今の時点では何とも。ただ……」

便利屋からもらったリストをもとに愛海が過去に担当した客の足取りも洗ったが、不審者は、いまだ浮上していなかった。偽名を使っていたり転居していたり連絡先の記録が不正確だったりで、どうしても足取りを掴めない人物が一部いるのだ。

だが、それとは別に、秋斗が犯人だと信じたくない理由が皇子にはあった。

皇子は板橋署の生活安全課にいた頃、愛海につきまとっていた秋斗を一度、ストーカー規制法違反の容疑で現行犯逮捕している。そして取り調べの末、秋斗は泣きながら、もう愛海に迷惑をかける行為はしないと誓って、念書も書かせていた。だから今更になって秋斗が愛海を殺したとは思いたくない気持ちもあった。

とはいえ、そんなことを楢垣に話せば、あらぬ誤解を招くだけだ。余計なことは伝えない方がよいだろう。今は捜査の進展を待つしかない。そう思っていると神野が言った。

「何も心配はありませんよ。愛海さんを殺した犯人は、この私が必ず逮捕しますので。それゆえ愛海さんは無事、この世に復活することができるのです」

「この世に復活する？」

楢垣が首を傾げると、皇子の中で赤ランプが点灯した。

「主任、その話は、身内の間だけにしときましょうか」

「いえ、いいです。聞かせて下さい」

皇子が止めに入ろうとしたが、楢垣は話の先を促した。

とはいえ神野に好き勝手に世迷い言を垂れ流させるわけにはいかない。

「あの、申し訳ありません、楢垣さん。近頃、神野は過労の為か精神的に不安定なところがありまして。どうか、ご勘弁を。今日は、もう失礼しますので」

そう言いながら神野を強引に連れて行こうとしたが、

「俺は精神不安ではない。お前は黙ってろ」

神野が皇子を突っぱねた。まずい。そう思ったときには既に遅かった。

「申し遅れましたが、実は私、神なのです」

「神って……あの、神様の神ですか？」

「さすが楢垣さん。慶大を出ているだけあって飲み込みが早い」

神野は意気揚々と話を続けた。

「ここだけの話ですがね、マルシー、つまり我々の部署が犯人の逮捕にこぎつければ、その事件でお亡くなりになった被害者を特別に、ある方法によって蘇らせることができるのですよ。私の上層に位置する神と、そういう取り決めになっているので」

楢垣は全く話を理解しかねた様子で戸惑っていたが、かろうじて神野に尋ねた。

「……そういう取り決めになっていると言いますと？」

「そこを説明すれば長くなります。またいずれの機会でいいでしょう。ともかく死者の復活の為には殺人犯の逮捕が不可欠なのです。無論、誤認逮捕ではいけません」

「あの……死者の復活というのは？」

「言葉通り、死んだ人間が生き返るということですが？」

「それは……なんというか……魔法？　奇跡みたいな？」

「そうですね。さしあたっては奇跡という表現が適切でしょうかね」

楢垣の眼差しに霞がかかったように見えた。ずばり神野に不信感を抱いている。やはり話をさせるんじゃなかったかと悔いが浮かぶ。だが今更どう繕ったらいいのか分からず、話に割り込んでいくきっかけも掴めずいると神野は、なおも話を続ける。

「もっとも私は、まだ修行中の身ですから水を葡萄酒に変えたり、海を二つに割るなどの奇跡は起こせません。それでも犯人を逮捕して上官の力を借りることで唯一、復活の奇跡とお仕置きだけは――あ、ちなみに復活の方法は時間を巻き戻しさせまして――」

「神野さん、あなた、ふざけてますか？」

突然、楢垣が話を遮った。

「ええ、まあ、ふざけるのは好きな性分ですが、今の私は至って真剣です。見て下さい、私のこの真剣な目を！　嘘偽りの類は神の名に誓って一切申しておりませんし――」

神野はドヤ顔でそう答えるや突如、楢垣に顔面を殴られ、もろくも床に吹っ飛んだ。

「……何が神だよ！　ふざけるのも、大概にしろ！」

皇子は血の気が引いた。楢垣は、肩をいからせて倒れた神野を睨みつけている。至極当然の怒りである。どこの世界に、こんな与太話を信じる人間がいるものか。

「ほ、本当に、失礼を致しました！」

踵を返そうとする楢垣に、せめて神野の代わりにと皇子は深々と頭を下げた。

「ありえないだろ。ここまでばかにされたのは初めてですよ……！」

楢垣は目に涙をにじませながらも、怒りを露わにして訴えた。

「……やっぱり、あなたたちにとっちゃ他人ごとなんでしょうね。一瞬でも信用した僕がばかでしたよ。人の不幸を……あんたら名探偵気取りのオモチャにするな！」

楢垣は、床で倒れて蹲ったままの神野を怒鳴りつけ、目の淵を手の甲でひと拭いすると立ち去った。後悔先に立たず。とうとう、やってしまった……もっとも、避けねばならないことを……この横暴極まりないばかな天パ頭のせいで犯してはならない過ちを犯してしまった。皇子は時間を巻き戻したい気分だった。

けれど神野は、のろのろと起き上がると、言った。

「くそ……なんで俺が殴られてなくてはならん。俺は真実を話しているだけだろうが。やはり人間は、自分の目線でしか物事を判断できない。あまりに自分勝手で愚かな——」

「自分勝手は誰ですか！」

皇子もまた怒りに任せて神野の胸ぐらを掴んで揺さぶり訴えた。

「あんな気の狂ったこと言われれば楢垣さん、傷つくに決まってるじゃないですか！　そんなことも分からないなんて……自分勝手は、あなたの方でしょう！　……あなたは警官としても不適格ですけど、そもそも人間として終わってます！」

皇子は胸ぐらから手を放すと神野を捨て置いて、その場を去った。

すると神野の往生際の悪い声が後から追ってくる。

「そうだよ。俺は人間失格だろうよ。でも仮に、お前が神だったら、お前なんか余裕で神様失格だ。人間失格と神様失格の二択なら、俺は人間失格の方がまだマシだ。だから俺は悔しくなんてないんだからな！　なんつっても俺は神なんだから！　どっからどう見ても神なんだからな！」

どこが神だよ。どっからどう見ても、頭のイカれた狂人だろうに……。

こんな男とは、もう一秒たりとも一緒にいたくない。そう思って角を曲がった。

犯罪被害関係者の力になりたくてケア係を志願したはずなのに。力になるどころか、ひどく傷つけた。あの男の言動にだけは注意していたはずなのに。とうとう恐れていたことを起こしてしまった。くそ、何をやってるんだ、わたしは！

同じ警察官として、あまりに情けなくて申し訳なくて、怒りで頭が熱くなる。

葬祭場の女子トイレに入った。水道を思いきりひねる。顔にバシャバシャと水を叩きつけた。叩きつけても叩きつけても中々、頭は冷えなかった。

それにしても、あのバカ男、人を生き返らせるなんて話、どうして――？

皇子は再び思い出した。愛海と最後に会ったとき、電子掲示板ちゃんねるⅡの妙なスレッドを読ませてもらったことを。よくは読まなかったが、あのスレッドには確か「神」を自称する妙な警官に妹を生き返らせてもらったなどと書かれていた。当然そのような怪奇現象が起こるわけがない。あの手の掲示板によくある妄想的な書き込みに過ぎないに決まっているが、神を自称して憚らない神野の妄言との奇妙な一致は何だろう？

そう考えたとき皇子は、ひらめいた。そうだ。あの男こそ、スレッドの書き込み主だったのではないか？　警察官の立場としていち早く知り得た事件発生の報を用いて、自分の妄想を不特定多数の人間に披露して、その反応を見て楽しんでいたに違いない。しかも、マルシーは仕事をするなと上から言われて時間を持て余していた神野が、いかにもやりそうなイタズラではないか。あるいは神野があのような妄想に本気で憑かれている可能性も否定できないが、ともかくそういう事情なら辻褄は合う。

まったく、自ら望んだこととはいえ、とんだ部署にやってきてしまった。

皇子は、鏡の中の自分に確認する。水滴で乱れた顔に問いかける。

愛海ちゃんの遺体を見て、寮に帰ったあの日、わたしは決意した。事件だけは解決する。犯人だけは逮捕する。手段は可能な限り問わない。

そして無事に犯人が逮捕できた暁には、わたしは――。

トイレに通夜の弔問客と思しき女性が入ってきた。

皇子は、トイレを後にした。――ともかく今は、事件の真相を見つけなければ。

それが楢垣や、愛海の母・宏美、そして殺された愛海自身の為になることだ。

だが、もし尾崎秋斗が犯人ではないのだとしたら一体、誰が……？

皇子は、ひとまず秋斗の母・崎子を再度、訪ねてみることに決めると歩き出した。

だが葬祭場の出入口に、ばつが悪そうに立って待っていたのは――神野だった。

「お前に話がある」

「わたしは、あなたに話はありません」

神野の前を通りすぎようとすると強引に行方を阻まれ、車の鍵を押し付けられた。

「何ですか、これは？」

「見て分からんのか。俺の車のキーに決まってる。そしてキーを渡したからといって、何もお前に俺のフィアット５００をプレゼントしたわけではないということくらい少し頭を働かせれば、さすがのお前でも分かるだろう」

「運転しろと？」

「分かりきったことを、いちいち聞くな。これだから人間というものは」

「運転手役は一切お断りですから」

鍵を返して神野の前を今度こそ前を通りすぎようとするが、阻まれる。

「おい待つんだ。アホ人間」

またもや無体な言葉が投げかけられた。

「わたしは、アホ人間じゃありません。小野皇子って名前が、ちゃんとあるんです」

構わず前を通過した。このアホ上官から一秒でも早く遠くへ離れてしまいたい。一秒だって同じ空気を吸うのも嫌だった。

「では小野何某《なにがし》」

反射的に足を止めてしまった。くそ。何も今、止まらなくても。上意下達を徹底的に仕込まれてしまっている自分の体が嫌になる。

「犯罪被害者ケア係・主任として命ずる。俺の車を運転するんだ」

「嫌だと言ったら？」

「即刻クビだ」

「横暴過ぎます」

「人間が馬に跨って競争させる遊びに比べれば鞭をくれてやらないだけ幾分マシだ」

自分を神と同一視しているからこその発言であると分かると、ため息がもれた。

皇子は命じるような口調で神野に言った。

「だったら約束して下さい。その意味不明な神様気取りをやめて、亡くなった被害者が生き返るなんて不謹慎な話も絶対、人前ではしないって」

「約束するまでもないな。俺だって、顔面に好んでアザを作る趣味はない」

「それから、わたしのことをアホ人間とか下流女子呼ばわりするのもお断りです」

「なぜだ？」

「呼んだら、わたしが、あなたを投げ飛ばすからですよ」

「ならば是非も無いな」

一ミリくらいは反省したのかと思って鍵を奪い取ったら、神野は言った。

「ただし、一つ断っておくが、俺は神様気取りなんじゃない。本当の神なんだよ。そこのところ理解しておいてほしいものだよ、どこかの、下流女子のアホ人間にはな？」

傲岸男。威張りん坊。妄想狂！　それならそれで、こちらにだって考えがある。

「そうですか。じゃ、あなた、本当に神だっていうなら、痛みとか感じないはずですよね。さあ、どうぞ。早く乗って下さい！　神様気取りのおぼっちゃま！」

神野の耳をグイグイ引っ張り、フィアットの助手席にケツを蹴りあげてブチ込んだ。

「イデデデ、罰が当たるぞ！」と神野が慌てて叫んでいたことは言うまでもない。

12

皇子と神野は、秋斗の母・崎子に関し、アリバイの裏を取ってみることにした。

そして、まずは事件に関係する地域の聞き込みなどをして情報収集することに。

その三時間後。皇子と神野は新たな事実を掴んでいた。

「主任、まさか……」

青ざめる皇子に神野は言った。

「ふん、神の目の付け所に狂いなしだ。では行くぞ、尾崎崎子のもとへ！」

再度訪ねると崎子は、皇子と神野をむしろ歓迎するかのように居室に上げた。

「今度は何の用？」と聞かれると「少し心配だったもので」と神野は雑談を開始する。

仕事はお盆休み中の崎子は息子の逮捕を受け、ずっと家に籠もっていたと話した。

「やー、しかし腹がへったよなー」

神野は、話の脈絡をぶった切ると、画面を伏せるようにして持っていたスマホを食卓の真ん中へでんと置き、片手で腹をさすりながら崎子に言った。

「お母さん、調理員なんでしょ？　何か、作って頂くわけにはいきませんか？」

「そうは言われてもね」

「出来れば食べてみたいなあ。お母さんが香辛料から作った本格的なスパイスカレー」

「そうね。大変だものね、刑事さんも。それじゃあ、カレーでも作りましょうか」

崎子が張りきって台所に立ち、調理の準備を始めると神野はそれを眺めて尋ねる。

「さすが手際がいいですねえ。秋斗君とも、よく作ったんですか？」

「あの子は食べるの専門よ。ろくに自炊だってしないんだから」

「でも、好物のスパイスカレーくらいは自分で作るでしょう？」

「無理無理。あたしがいなきゃ、あの子は何にも出来ないの」

笑って、そう言うと崎子は包丁を握って、玉ねぎをカットし始めた。

すると神野は、それを横から覗いて言った。

「やっぱり左なんですね。奥さんの利き腕は」

「……それが、どうかしたの？」

「愛海さんは背中と腹部を刺されていたんです。しかも合わせて三箇所も」

「ちょっと、やめてよ。そんな話」

「いずれも刺されていた箇所は遺体の向かって左側です。つまり、犯人は左利きだったと考えられます」

「でも絶対、左利きだったとは言えないんでしょう？」

「そうですね。ですから奥さんが犯人だったと、そう断言することはできません」

「……奥さんか。あたし、もう奥さんとは言えないんだけどね」

崎子は、そう苦笑して調理を続けると、なおも神野が言いつのった。

「今ご近所を回って調べさせてもらいましたが……奥さんが離婚された夫、秋太郎さんは、若い愛人とめでたく再婚なさったそうですね」

「……そうね。おめでたくね」

「そういう噂というのは、ご本人が思っている以上に周りの人の耳には入っているんですね。その愛人、殺された愛海さんと同じくらいの年齢だって話も聞きました」

崎子の表情がこわばった。それでも神野は気にせず続けた。

「夫は愛人に狂って人生狂わせて、息子まで愛海さんに狂って人生狂わせた。家の男が、同じような女に二人も狂って、崎子さんも、さぞ嫌気が差したことでしょう。だからといって許されないことですよ。たかが、それくらいのことで愛海さんを殺すのは」

崎子の手が止まった。息を呑むのが背後からでも分かる。かと思うと崎子は笑った。

「あたしが愛海さんを殺したりするわけないじゃない。冗談やめてよ」

「冗談ではありません。なにせ、あなたは愛海さんのことを恨んでいましたからね。あなたのご友人からの証言もあります。つまり、あなたは、愛海さんが自分の息子を狂わせたんだと思い込んでいた。そして、いつしか自分の夫を狂わせた若い愛人の姿を、ちょうど年代が同じ愛海さんに重ねていたんだ」

「強引よ。そんな馬鹿げたことあるわけないじゃない。大体、あたしは、事件があった晩、五時半に帰ってきてから、ずうっと、このウチにいたんですから」

「カレーを作って一人で食べて、寝ただけ、でしたね？　それでは、どうして宅配便の配達には出なかったのでしょう？」

神野は自分のポケットから宅配便の不在伝票を二枚、取り出した。

「これ、奥さんの家の不在伝票です。処分されても困るので実は少しの間、預かっていたんですがね、見て下さい。これから事件が起こるという日の十八時と二十一時、それぞれ別の宅配業者が、この家を訪ねているんです」

「どうしてそんなことが言えるのよ」

すると神野は、不在伝票に張られたシール面の一部を指さした。

「見てください。ここ、小さいですけど、見えますか？」

「ちょっと待って」

崎子が食卓を見回すと、神野が言った。「捜し物は、これですか？」

神野が、いつの間にか胸ポケットに入れていた崎子の老眼鏡を差し出した。

「伝票のここ、このシールの発行時間が印字されているんです。つまり業者がこの家を訪ねた時間です。こんな決定的な物を放置するなんて迂闊でしたね。でも、ご存じなかったんでしょうね、時間が打刻されているなんて、あなたは老眼ですからね」

老眼鏡をかけた崎子が目を細めて伝票を見た。その目に驚きの色が浮かんだ。

「これでハッキリしましたね。あなたは、この家にいなかった」

「違うわよ。偶然トイレとお風呂に入ってたの。だから、受け取れなかっただけ」

「いいえ、それは嘘です。既に宅配ドライバーに確認済みです。お風呂場は勿論、こちらのお宅は電気が一切点いていなかったそうですから」

崎子が何やら反論しかけたとき、皇子の電話が鳴った。

並腰係長からだった。皇子は電話に出ると、頼んでいた調べ物の結果を聞いた。

電話を切ると、神野に言った。

「確認がとれました。事件が起こる日の十八時頃、尾崎秋斗が住むアパート最寄り駅の防犯カメラに崎子さんの姿が映っていました」

それを聞くと崎子の表情が、見る見るうちに蒼白になった。

「秋斗君の住んでる部屋の近所住民も証言していましたよ。秋斗君の部屋からは事件当日、カレーの香りがしてたって。しかも、市販のルーを作ったような香りではなく、インド料理店で食べるような特徴的な匂いだったと聞いています」

「それは、あの子が自分で作って――」

「あの子は食べるのが専門で、スパイスカレーも作れない。そうでしたね？」

神野が先んじると、崎子が目を落とした。神野が続けた。

「ちなみに秋斗君の家にスパイスの容器は一つもありません。つまり事件当日、あなたは秋斗君の家にスパイスを持参してカレーを作っていたんです。なのに自分の家にいたと嘘をついた。一体それは、なぜでしょう？」

うつむいたままの崎子の手が震えていた。その手には包丁が握られたままだ。

「あなたが自宅にいたと嘘をついたのは、あなたが愛海さんを殺したからです。事件後、かつて愛海さんにストーキングを働いていた秋斗君は自分に容疑がかかると思いました。けれど、母親の罪を訴える踏ん切りもつかなかった。だから、ひとまず逃げたんです。そして、あなたは、それに乗じて、自宅にいたなどと嘘をつきました。自分への疑惑が少しでも生まれないようにと考えて」

「そんなことは――――！」

崎子が反論しかけたが、神野が掌をかざして、それを制した。

「ですが、あなたは警察の捜査力を軽く考え過ぎました。秋斗君が、いつまでも逃亡し続けられる筈がないんです。なのに、あなたは嘘をついた。それが、けっきょく裏目に出ました。――やはり、余計な嘘をつくと碌なことにはならないですね」

「だけど、なんで、あたしが愛海さんを殺さなきゃいけないのよ！」

崎子が反論すると、神野は続ける。

「では、お尋ねしますが……あなたと、ご主人の離婚が成立したのは、ちょうど一年前だと仰っていましたね。正確には去年の何月何日ですか？」

「……八月十三日だけど」

「そうです。あなたが息子さんのアパートを訪ねた日は、ちょうど一年前、離婚が成立したのと同じ日付けだったんです。悲しい思い出がある日のことです。一人で過ごすことを嫌った奥さんは、思わず常盤台に住む秋斗君のもとを訪ねたんですよね？」

「訪ねたからって、それが何？　殺すこととは関係ない」

「けれど、その晩、あなたと秋斗君は喧嘩になったんです。離婚されたのは、秋斗君が逮捕されたせいだとあなたは主張した。彼は彼で『そんなことだから離婚されて、若い女のもとへ逃げられるんだ』などと、あなたをなじって家から出てけとでも言ったのでしょう。それでショックを受けたあなたは深夜、部屋から出ていった。ただし、それは自宅へ帰る為ではなくて、愛海さんを殺して全ての恨みを晴らす為でした」

「そんなの……！　そんなの、あなたの勝手な妄想じゃない……！」

「そうです。私の勝手な妄想です。ですから、もう少し続けます。あなたは逆恨みしていた。全ての不幸の元凶が愛海さんであるとしか思えなかった。あなたは、夫にも息子にも追いやられて惨めだった。老いて一人になって孤独だった。このまま誰からも愛されず一生一人なんだと絶望していた！　だから、あなたは刃物を持って愛海さんの家へと向かったんだ。そして買い物に向かった愛海さんを身勝手な逆恨みで殺害したんです！」

「うるさい！　だって、しょうがないじゃない！　全部あの女のせいなんだから！」

崎子は持っていた包丁で玉ねぎを叩き切ると、そのまま神野たちに刃を向けた。

だが悲しみがこみ上げてしまったのか、今は自分一人しか利用することのなくなった食卓へと置くと、ポロポロと涙を流して、その場に崩れた。

神野は、ずっと画面を伏せて食卓に置いてあったスマホを取ると、誰かに言った。

「……お聞きの通りだ。マルヒは確保してやったぞ。入ってこい」

神野がスマホに話をすると、部屋の玄関ドアが開いた。携帯を持った桜木や小市が他の捜査員たちを伴って現れた。どうやらスマホは、ずっと通話状態になっていたらしい。

「え、どうして班長たちが……？」

皇子が驚いて尋ねると、桜木は神野を指さし、説明した。

「コイツから、さっき連絡を受けたんだ。それで、外で張っていた。ま、コイツが、どこまで刑事ごっこが出来るのか、お手並み拝見ってところだな」

小市が神野に代わって尾崎崎子に同行を求めた。すると桜木は、神野に言った。

「今回は、小回りのきくお前の方が、たまたま一足早かっただけのことだ。捜査本部だって尾崎崎子こそがホンボシだと思って、ちょうど動いていたからな。ゆめゆめ、勘違いするんじゃねえぞ、俺にも刑事が務まるだなんて。お前は疫病神なんだから」

「疫病神か……」そう言って神野は鼻で笑うと「ともかくマルヒは、そっちに渡す。尾崎秋斗の居場所特定を先取りされた挙句、ホンボシまでとなれば、四係班長の面目も丸潰れだろうからな。しかも、先を越された相手が、疫病神では尚更だよな？」

「お前こそ、マルシー潰されるのが怖かっただけだろうが。それで点数稼ぎに回ったんだろ？　お前みたいな高慢ちきな僕ちゃんの居場所は他には、どこにも無いからな？」

「ふん。せいぜい自分の手柄にして部長に、いい子いい子でもしてもらえ」

神野は、桜木に捨て台詞を吐くと、崎子の部屋から一人で出ていった。

13

皇子は先を歩いていく神野の後を追って西蓮寺の脇を通り、閑散とした住宅街を抜けて北本通り沿いのコインパーキングが見えてきても、ずっと考え続けていた。

そして駐車したフィアットの前まで来たとき、皇子は言った。

「あの、主任……」

「この辺りに、どこか美味い甘味処はないのか？　頭使ったから腹がペコペコだぞ。お前、ちょっと、あれ使って、グルナビで検索してみろ」

駅員がマイクを持つような仕草して呑気なこと言い出す神野に、皇子は告げた。

「本当に崎子さんが犯人なんでしょうか？」

「そんなことよりグルナビだ」

「何がグルナビですか。犯人の方が大事です」

「何を言っている？　犯人なら今、とっ捕まえてやったばかりだろうが？」

「や、確かにそれは、そうなんですけど……」

だが皇子には一つ気がかりなことがあった。

「あの、けっきょく愛海ちゃんのパーカーは何だったんでしょうか？」

「『愛海ちゃんのパーカーは何だったんでしょうか？』」

神野が口の前に持ってきたスマホに問いかけた。音声コンシェルジュ機能を使ったらしい。程なく無機質な人口音声が回答した。スミマセン、ヨクワカリマセン。

「だそうだ。取り調べは桜木たちに任せればいい。そのうち何か自供でもする。とにかく俺たちの次の任務は、エンジェルプリンを超える最強のスイーツを探すことだぞ」

「ちょっと、ふざけないでくださいよ……！」

皇子が少し強い口調で言うと神野は、やれやれといった調子で小さくため息。

「確かに、主任がおっしゃった推理は正しいような気がしました。でも、やっぱり、ちょっと気になるんです」

「何がだ？」神野が嫌そうに問いかけた。

「だって崎子さんは、母親じゃないですか。血が繋がっていないとはいえ尾崎秋斗の育ての親です。多分、いいお母さんなんです。家に行ってカレーを作ってあげるくらいなんだから。そんなお母さんが愛海ちゃんを殺すだなんて」

「でも調理員だぞ？　刃物の扱いなら慣れてるだろうよ」

「真面目に考えて下さい」

皇子が咎めると、小さくため息つくが、構わず続ける。

「そもそも秋斗君も、渋谷で逮捕された後の取り調べのときは、話してなかったんです。お母さんが自分の家に来てたってことを。それって、お母さんが疑われないようにしてたってことですよね。二人は決定的に不仲だったわけじゃないと思うんです。息子と、そういう関係でいられる母親が、本当に人を殺めたりするんでしょうか？」

「母が息子をかばってるとでも言いたいのか？　だったら根拠は？　証拠は？」

「や、それは……」

神野の言葉通りのことを想像していたが、さしたる証拠は見つけられていなかった。

「ふん、推理も陳腐なら、只の思いつきとは。そのくらいガキでも出来るぞ」

「でも、ちゃんと調べてみないとわからないじゃないですか。わたしは、やっぱり納得がいかないっていうか、引っかかるっていうか……」

「最強のスイーツ。板橋区」

神野が、またもやスマホに問いかけた。すると程なく画面に検索結果が現れる。

「おお、こんなにも店があるのか。すごい機能だな。お前より断然使えるぞ」

はしゃぐ神野に皇子は、ムッとする。

「主任は気にならないんですか。事件の被疑者が冤罪なんじゃないかって」

「なるほど。俺の推理にケチをつけようってわけか。俺の美貌や頭脳に嫉妬したから」

「そんなんじゃありません」

「俺の隣で黙ってただけの奴が、よく言うな」

「それは……」負け惜しみの言葉が思わず口をついて出る。

「主任の指示に従ったまでですから」

「ふん。なるほどな。だったら俺が改めて指示を出してやる。今度は、この『神馬屋』って甘味処まで運転するんだ。俺は、この名物どら焼きを食ってみたい」

「今は勤務中ですから。それに、あなたの運転自体、する気になれません」

子供っぽい抵抗かとは思ったが、皇子は神野に背を向けた。

「やっぱり、お前は向いていないな、警察官には……。特に刑事には。――親父さんが言ってた通りだ」

はっとした。すぐさま振り向いた。

「父を知ってるんですか？」

「小野竹臣《おのたけおみ》警部のことは俺も並腰係長も、よく知ってる。優秀な刑事だった。蕎麦が好きだった。Gショックを愛用していた。お前が着けているのは小野警部の形見の品だろ」

その通りだった。父の無念を忘れない為、ずっと父の腕時計を着けていた。

「だが小野警部は殉職した。そして、お前が警察官になることにだけは反対だった」

それを言われると皇子の胸は、鈍く痛んだ。皇子の入庁を反対していたのは、ただ警察官が危険と隣合わせの職業だから、という理由だけではなかった。

「お前と、こうして接してみて合点がいったよ。お前は警察官に向いてない。なぜか？理由をハッキリ言ってやろうか？」

「嫌ですよ。あなたみたいな神様気取りに」

「何度言ったらわかる。神様気取りではない。俺は――」

「それに、あなたは無茶苦茶で横暴で、被害者の気持ち逆撫でするばっかりじゃないですか。そんな人にだけは絶対、何も言ってほしくありません！」

「だったら尚更、言ってやる」

　思わず神野を見た。必死に自分を守ろうとして張った心の弾幕もバリアも呆気なく崩されて、神野の獲物を狙う獣のような目つきに気持ちがうろたえた。

「俺が、お前だったら堂本愛海を死なせることは無かった。しかし、お前はミスを犯した。彼女の異変を見過ごしたんだ。気づくチャンスはあったはずなのに。お前のような無能なアホ人間に出会って堂本愛海は本当に運が悪かった。お前さえ優秀なら、堂本愛海が殺されることは絶対に無かったんだからな！」

14

皇子は、父のことが好きだった。

父・小野竹臣は捜査一課の刑事で、いわゆるノンキャリアの叩き上げだが、質実剛健を旨とする物静かな気風だった。

何が起きても決して声を荒げることはなく、茶を飲むときでさえ背筋を伸ばしていた。それでいて窮屈そうにしているわけでもない。

話すときは、いつも、どことなく力の抜けた哀感漂う微笑みをたたえていた。

若くして係長にも抜擢された。刑事の御多分にもれず、めったに休みはなかった。

それでも皇子は父のことが好きだった。

一緒にいるだけで、なぜか安心した。

「ねえねえ、わたし、どうしたら、もっと強くなれるかな？」

「そうだな。皇子は、もっと不動智を持った方がいいかもしれないな」

中学二年の夏。皇子は、神伝不動流《しんでんふどうりゅう》の師範でもあった父に、そう言われた。府中の道場で柔術の稽古をつけてもらっていた際のことだ。

「え？　フドーチ？　なんだっけ、それ？」

「柔術の教義の中に、こういう言葉がある。敵に対するに爰《ここ》に敵ありと、念の起る時は動ずるもの顕《あらわ》る。動するに至ては一心むなし。敵とみて――」

「あ、ごめん。それ、日本語で言ってくんない？」

　蝉の鳴き声のけたたましさに気を取られ、稽古着の袴をつまんで風を通しながら口を挟むと、父は、いつもの泣いているみたいな表情で苦笑した。

「――しかも身不動、虚霊にして、安く対する処、本体そなわれるなり。是不動智と云う。つまり何が起こっても動揺しない。いつでも神気に満ちた心で物事にのぞめば万事が上手くいくだろう。そういう意味だ」

「なるほどねー。シンキに満ちた心ってことか」

「シンキの意味はわかってるか？」

「ん？　えーっと……それって、国語のテストに出る言葉？」

　父は笑いながら首を横に振った。

「たまには辞書を引いてみなさい。少しは自分で動かないと身につかない」

「はーい」

　けっきょく辞書は引かずじまいだった。それでも繰り言を言うような父ではなかった。茶を飲んで一人で型の稽古を始めた父を見ながら憧れた。いつか父のような立派な刑事になりたい。市民の平和と安全を守れる警察官に、わたしもなりたい。

　幼い頃から、そんな思いをずっと抱いてきた。けれど父に打ち明けたことは一度もない。皇子の母も姉も、父の職業を歓迎していないようだったから、言えば反対されるのは分かりきっていた。いつも活発で、逆に表現すれば常に落ち着きがなくて、どことなく夢見がちな皇子は、堅実で現実的な考え方を持つ母と姉には、ややもすると批判されがちだ。笑われて孤立するような立場になりつつも剽軽《ひょうきん》な道化を演じているが、父が不在の家庭は少々息苦しく居場所がないように感じられてしまうのも事実だった。

でも、お父さんなら絶対、喜んでくれるはず。

稽古の帰り、サーティーワンで抹茶アイスのシュガーコーンを買ってもらった。

バス停までの道を父と並んで歩きながら気持ちが弾んだ。たまに父と過ごせる日はあまりにも嬉しくて年齢がいつもの半分くらいになってしまう。

皇子は中学生ながら、抹茶アイス抹茶アイスと子どもじみた即興歌を口ずさみながら、ひとしきりスキップするとアイスをなめた。

「あ、ねえ、お父さんはアイス、よかったの？」

「いいよ。お父さんは甘いの、苦手だ」

それでも、父にも嬉しそうな顔をしてほしい。そんな一心で皇子は、決意と共に打ち明けた。

「あのね、お父さん。わたし、将来は、お父さんみたいな刑事になるよ？」

きっと喜んでくれる。そう思って照れながら父の顔を下から覗き見た。

真顔だった。

いつも微笑みをたやさない父が。

変だなと思った。喜んでくれるはずなのに。どこかで赤ん坊の泣いている声が聞こえた。

「あのね、わたし、中野の官舎にいたときから、ずっと思ってたんだよ。お父さんみたいな警察官にいつかなりたいって。それで柔道も始めたし、男の子がケンカしてても、わたしが、いっつも仲裁してあげちゃうの。それに、いつも交番の前、通るたび尊敬してるよ。お巡りさんはすごいなって。みんなの笑顔と平和を守るお仕事なんてカッコいいなって」

「駄目だ」

一目見て、そんな言葉を投げ返されるんじゃないかと予感していた。だからこそ饒舌になった。一生懸命、熱意を伝えようとした。なのに全く通じていなかった。

「駄目って、どうして？　わたし、お父さんと同じ職業になりたいんだよ」

「皇子は、警察官になっちゃいけない」

日頃、頭ごなしに理不尽なことを言う父ではなかった。だからこそ解せなかった。

「どうして？　警察官が危ない職業だってことは、わかってるよ。でも、お父さんも、いつも言ってるでしょう。見て見ぬフリするな。困ってる人は助けてあげろって。それに誰かが警察官になって頑張らないと、世の中の困ってる人は助からないでしょ？」

「人の助けになる職業なら他にもある」

「でも、わたしは――！」

真夏の光を浴びた抹茶アイスが右手の甲にとろけて垂れてきた。それでも言った。

「でも、わたしは警察官になって、悪い人たちをいっぱい捕まえたいんだよ。困ってる人たちを助けたいんだよ。お父さんが、いつもやってるみたいに――――！」

「皇子には無理だ。絶対なるな」

絶句した。ショックだった。そんな簡潔で一方的な言葉で父に切って捨てられるとは思っていなかった。あまりにも驚いて、言葉を継げなかった。

真顔だった父は、ふと我に返ったようだった。

「ほら、折角の抹茶アイスが溶けてる。食べてしまいなさい。今日は、もう帰ろう。アイスを買ったことは、お母さんとお姉ちゃんには内緒だぞ」

あんなにも好きだった父の微笑みが急にあざとく疎ましいものに見えた。

「どうしてそんなこと言うの……！」

気がつけば逆上していた。

「わたしは……わたしは、ただ、警察官になって……」

涙声になってしまって続かなかった。思いがけず目から熱いものがこみ上げた。けれど鼻をしかめてこらえようにもうまくいかず、涙を拭おうにも指が汚れているし、もう片方の手には稽古着を抱えているから、やむなくTシャツの裾でアイスを拭いてしまったが値段が二千八百円もしたことや拭っても手がべたついたままであることに気づくと何もかもが儘ならないと感じて、とたんに喉の奥から苦い嗚咽があふれ出た。それゆえなのかわからないが、逆上すると同時に抹茶アイスを地面に投げつけてしまったことが皇子は今更ながらに悔やまれた。無意識のうちに驚くほど幼稚な反抗を示した自分に嫌気が差したが、後悔してもアスファルトの硬い地面でひしゃげて汚れたアイスは決して元には戻らない。

「皇子」

父が言った。いつもなら優しい言葉を投げかけてくれるようなタイミングだった。

「公共の場所を汚しちゃいけない。まして食べ物を粗末するなんてもってのほかだ。ちゃんと綺麗に片付けてから帰ってきなさい」

父は皇子を静かにひと睨みすると背を向け、一人で歩いていった。そんな、待ってよ、お父さん！　心の中でそう叫んだが、声には出せなかった。父が一人でバスに乗って行ってしまうと、全てが嫌になって皇子は、その場でまた泣いた。

それが父と楽しく過ごせた最後の日だった。

父は、それから程なく殉職した。

＊

――お前さえ優秀なら、堂本愛海が殺されることは絶対に無かったんだからな！

神野の胸をえぐるような言葉に胸を掻き乱されながら皇子はタクシーを拾った。

「板橋署へお願いします」

「あら？　もしかしてお客さん、刑事さん？」

陽気なドライバーのようだったが、話の相手をする気にはなれなかった。皇子の放つ空気を察して、ドライバーも無駄口を叩かず中山道周りで車を回した。

神野は皇子を辛辣に罵倒して絶句させると、自分でフィアット500を運転して立ち去った。なんでも『神馬屋』とかいう和菓子屋へどら焼きを買いに行くらしい。

なによ、あんな奴……あいつこそ警官不適格者だっていうのに。

中央環状線と池袋線の合流する高架沿いに建てられている板橋署につくと皇子は、捜査本部へ直行し、桜木班長の姿を探した。尾崎崎子に任意同行を求めたはずだから署内にいるはずと考えて探しまわると、ちょうど刑事課の入り口から桜木が出てきた。

「あれ、小野か。どうかしたのか？」

「実は、班長にお願いが……」

もうお前の班長じゃないけどな、と言うと桜木は正露丸を一錠水なしで飲み下す。

「もし神野のことで気を遣って来たっていうなら、気にするな。俺は、あんな奴のこと何とも思っちゃいない。今回は、たまたまあいつの星回りがよかっただけだ」

「あの、尾崎崎子は今……？」

「取り調べをしているところだ。自白を取り直すのに若干、苦労してるが、凶器の遺棄場所もそのうち口を割るはずだ。じきに逮捕状を請求することになるだろう」

「え、じゃあ、あの人が犯人で間違いないんですか？」

「凶器が見つかってみないと断言できんがな。というか、お前は何を気にしてる？」

桜木が警戒した眼差しを皇子に向けた。つい先日まで同じ四係の捜査員だったとはいえ、今はもう異なるセクションだ。ましてや捜査班から外されている皇子に情報を漏らすことは桜木といえど自重するだろう。

「わたしに、尾崎秋斗と話をさせてもらうことはできませんか？　彼は何かを隠してるんじゃないかと思うんです」

「奴が犯人だということか？」

「まだわかりません。でも、それを確かめたくて」

桜木は、ひとつため息をつくと、皇子に微笑んだ。

「マルシーは大変か？」

「……捜査本部《チョウバ》の皆さんに比べれば、どうということは」

「そんなことはない。犯罪被害者遺族や、その関係者をケアすることも、これからの警察にとっては大事な仕事だろう。それが時代の流れだ」

皇子は無言でうなずいた。

「だがな、やはり疑うのが仕事の刑事の立場では、ケアと言われても限界がある。遺族だって疑わなきゃならん。どうしたって傷つける。どんな哀しそうに見えても号泣していても、そいつが犯人だったなんてこともザラにあるしな。子供を殺した犯人が親だったなんてことすらある。普通は絶対ありえないことだが、ありえてしまうのが俺たちの仕事だ。だからこそ、お前たちのようなケア専従の警察官が必要なんだ」

皇子は段々、桜木の言いたいことが分かってきた。

「つまり、自分の仕事にだけ専念しろと？」

「そう噛み付くな。俺は、お前を心配してんだ。事件が解決したら飯でも食いに行こう。神野の愚痴なら、いくらだって聞いてやる」

そう言ってひとつ微笑むと桜木は、喫煙所の方へ歩いていこうとしたが、

「班長、お願いします」皇子は我慢できなかった。「尾崎秋斗と話をさせて下さい」

「そう焦るな」

咎めるように桜木は言った。

「尾崎崎子が正式に逮捕されれば、秋斗は公妨が起訴猶予になって釈放される。どうしてもと言うなら、そのとき話せ」

本当なら今すぐにでも話をしたい気分だったが、仕方がない。

皇子は一礼し、背を向け、去ろうとすると背後から桜木の声がかかった。

「お前、サツ官、辞めんじゃねえぞ」

皇子は足を止めて、思わず振り向いた。

「サツ官、長いことやってれば、被害者を救えなくて自分が死にたくなるようなことが一度や二度は出てくるもんだ。みんな、そうやって傷ついて、でも歯食いしばって根性出して、正露丸飲んでみようかなとか思ったりして、そうやって無理して踏ん張ってんだ。それに、あれだろ、失敗は成功のもとっていうだろう?」

「でも……」

皇子は、左腕の無骨な腕時計を一瞥して言った。

「その失敗で、死んでしまった人は戻ってきません」

「……だから、俺たち刑事が、必死に駆けずり回ってホシを上げてんだ」

「でも死んでしまった人は──」

「だったら死なせないようにしろ」

柔和だった桜木の声音が険しくなった。

「……誰一人、死なせないようにするのがサツ官の仕事だ。でも死んじまったもんは、しょうがない」

「しょうがない？　しょうがないんですか？　被害者遺族は、そうやって世間の片隅に追いやられて加害者ばっかり優遇されて、でもそんな状況変えたくても力になってくれる人もほとんどいなくて、そうやって枕濡らして生きてくしかないって──」

「どうしろって言うんだよ！」

桜木の言う通りだった。ここで桜木相手に取り乱しても意味がない。

「……すみません……」

頭を下げると、桜木は深々と息を吐いた。

「ともかく俺たちは全力でホシを上げて送検する。そうすりゃ被害者だって浮かばれるんだ。お前は余計な心配しなくていい」

桜木は、立ち去った。もしかしたら皇子を勇気づける一言を言ったつもりかもしれない。けれど桜木の背中を見送る皇子の気持ちは寂寞《せきばく》としていた。

犯罪被害者遺族と、そうでない人間の間には、やはりどうしても埋められないほど深い溝がある気がしてならない。

犯人を見つければ、被害者は浮かばれる？

犯人が捕まえれば、愛海ちゃんは本当に浮かばれるんだろうか？

そりゃ犯人が見つからないより、見つかった方がいいのはわかってるけど……。

既に時間は午後三時を過ぎていた。皇子は、スイッチを切り替えた。

ともかく。

ここでグダグダ言ってる暇があるなら一分一秒でも早く事件の全容を解明するんだ。それは誰に何を言われようと、わたしの使命なんだから。

「ここだけの話、皇子さんの為なら、おれ、桜木班長だって怖くありませんから」

公園で小市民太郎《こいちみんたろう》は、そんな虚勢を張ってみせる。

桜木班長と別れた直後、皇子は板橋署内にいた小市を裏手の公園に連れ出した。そして本部のこれまでの捜査状況を聞き出した。尾崎崎子の身柄を確保できた安堵の為か、小市の口はいつにもまして軽かった。

15

八月十四日明け方、板橋署に設置された「板橋区公園内殺人事件特別捜査本部」は、在庁番についていた桜木班こと殺人犯捜査第四係の係長・桜木が率いる十一名の捜査員、および板橋署刑事課一係、更に第十方面管内にある志村署、高島平署、更に第二機動捜査隊の捜査員を加えた総勢五十三名という態勢だった。

捜査本部長である赤西刑事部長の檄のもと、捜査一課第三強行犯担当管理官・佐久間《さくま》の采配により捜査員は地取り、鑑取り、ブツ取り、特命の四つに分けられて情報を集めた。その結果、被害者・堂本愛海の友人、知人、母親の手伝いをしていたスナックの客の中には、その全てにおいてアリバイが確認できたわけではないが、際立って怪しい人物は存在しないことが判明している。

遺体の発見者であり、スナックの常連でもあった滝品健作《たきじなけんさく》には、犯行を犯す機会がなかったわけではない。

だが、とりたてて動機らしいものは発見されていなかった。

また愛海に事件直前、電話をしている便利屋『ヴィーナスサービス』の事務員・井川不由美《いがわふゆみ》に関しては、電話を掛けた時点で自宅アパートがある板橋区小豆沢近辺にいたことは携帯基地局の記録によって証明されていた。

だが実際のところタクシー等の交通手段を用いれば、電話を掛けた後に出発しても、犯行推定時刻の午前二時前後に現場にいられなかったわけではない。

そのことから、井川不由美のアリバイは無いものと断定されている。

一方、同便利屋の代表・武田剛造《たけだごうぞう》に関しては、捜査員が練馬区氷川台の自宅に住む妻の紗栄子《さえこ》から事件当夜、共にいたとの証言を得ている。

通常、家人によるアリバイ証言は身内をかばうことが少なくないと考えられる為、強い証拠能力を持たない。ところが武田に関しては、隣家の住民からも同様なアリバイ証言を得ていた。

隣家の世帯主・佐々木老人は事件当夜の深夜二時前、武田家の開け放たれた窓から聞こえる物音で目を覚ましている。それはベッドの軋みや喘ぎ声、また幼児の泣き声等だった。

隣家の佐々木老人は物音のやんだ二時半頃、深夜ではあったが武田家を直接、訪れて注意を行った。このとき玄関から出てきた武田と直接、顔を合わせていたのだ。

だが佐々木老人は後に語った。武田家とは、これまでも、たびたび騒音問題でトラブルになっている。時には武田が怒鳴り散らしたり、暴れる物音などで付近住民が、虐待やDVが行われているのではないかと心配することさえあったという。

　また武田が井川不由美の住むアパートの部屋に出入りしている姿も、たびたび目撃されていた。愛人関係が疑われたので捜査員が直接、関係を尋ねた。だが武田も井川不由美も仕事の打ち合わせをしただけで交際しているわけではないと主張していた。ちなみに井川不由美の交友関係は極めて乏しく、親しい友人や異性などはいない。捜査員が調べた限り、ほぼ職場と自宅を往復するだけの生活のようだった。

　一方、愛海が便利屋勤務時に担当した顧客に関しては、地道にアリバイの確認が行われた。だが、そのほとんどは犯行推定時刻が深夜であることも手伝って、確たるアリバイが存在するものの方が、かえって少数派ではあった。

　ただ愛海との間にトラブルが生じたような顧客は、ひとまず見当たらなかった。

　一点、留意すべき点としては、愛海が担当した顧客は、他の登録スタッフに比べても、圧倒的に男性が多いということだ。

　男性の年齢は、下は不登校などで相談相手を求めている十代から、二、三十代の会社員、自営業者、また六十代以上の男性からの個人指名も数多くあった。

　仕事の中には、家事の名目で依頼されていながら、その実際の目的は、おしゃべりやデートなどだったのではないかと思われるものも相当数、存在した。

　それらの幾つかは偽名や匿名希望で依頼されていた。また公衆電話から架電されていたり、連絡先の記録が不正確等の理由で個人を特定するのが不可能なものも少なくなかった。受け付けを担当していた井川不由美は、屋外での待ち合わせするような形でもって依頼されていたので、ことさらには個人を確認することはなかったらしい。

武田からも警戒を指示されるようなことはなかった旨も供述している。

愛海が担当した中で、そういった顧客に対して性的サービスを行ったり、不適切な関係を結んだりしたことは現在のところ、確認はされていない。当然、日報にもそういったことを窺わせるような記録は残っていなかった。

愛海の特に親しい友人、また同じ便利屋内の登録スタッフ等にも確認を行った。だが愛海が職務上、知り得た情報をみだりに他言しているようなことは一切なかった。

遺品整理や対話等の中で知りうる情報が、個人のプライベートな部分に深く踏み込んでいることが多いことも影響してか、愛海は守秘義務の意識を相当堅固に持っていたようだ。

犯行推定時刻前後、コンビニエンスストア「セブンイレブン」に向かう愛海の目撃者探しが重点的に行われたが、確かな証言と言えるものは上がってきていない。

もし環状七号線沿いを歩いて向かっていたとしたら交通量も比較的多く、時間帯としても人が目立つ時間である。事件の報道はテレビでも連日行われていたから、事件当夜、環状七号線を走ったドライバーからの目撃証言が数多く寄せられるのではないかと期待されたが、僅かに二件「横断歩道をコンビニ側に渡っている女の子を見たような気がする」という心もとない情報が寄せられただけだった。

目撃証言の少なさから、かえって推測されたのは、愛海が環状七号線沿いという表通りではなく、一本裏路地にあたる石神井川沿いの住宅地内を通ってコンビニを目指したのではないかということだった。

裏路地の方が一見、静かで人の目も少なく危険性が高いように思えるが、もしかすると、万が一のとき咄嗟に飛び込める人家の玄関やインターホンが切れ目なく並んでいることの方に安全性を見出したのかもしれないと考えられた。

だが、それが災いし、公園に至るまでの愛海の目撃情報は極端に少なかった。

また愛海が母・宏美《ひろみ》と住み、事件当日、恋人の楢垣光一《ならがきこういち》が泊まりに来ていた自宅アパートの住民、およびその近隣からも有力な情報は寄せられていなかった。

遺体となった愛海が着用していた灰色のパーカーに関しては衣服の首元、袖口等に付着していた微物を鑑定した結果、確かに愛海のものであることが確認された。

とすると、愛海が青いパーカーを着て出ていったとする母・宏美の証言は何だったのか？　その疑問に対する答えは、いまだ出ていない。

だが捜査員の中には見間違いや記憶違いを疑うもの、また何らかの裏工作や、捜査の撹乱を狙ったものではないかと考える捜査員も少なからずいた。

なお愛海が、ちょうど一年前に加入していた生命保険は、もし支払われることになれば一千万円が受取人の宏美に入ることになっている。

スナック『アモール』の経営が近年、赤字傾向にあり、宏美が現在、抱えている借金は五百万円程度であるから、これらは全て返済される。つまり、刑事の見立てで言ってしまえば、母親の宏美にも殺害の動機は有りということになる。

スナックの客としても訪れていた保険のセールスマンは愛海本人が少なくとも表向き「今までお母さんに苦労かけたから」などと言って自らの意思で加入し、当時、奇特な娘さんだなと感じたことを記憶していた。母子関係は特に悪くは見えなかったと言うのだが。

尾崎秋斗《おざきしゅうと》の部屋が家宅捜索された際は、一冊の大学ノートが発見されていた。

そこにはストーカー事件で逮捕された後も、今なお愛海に対して未練を抱いている心情が断片的な詩のように、不定期に綴られていた。整然とした文字で改悛の情が並べ立てられたかと思えば、自分を逮捕した皇子に対する恨みや、恋情を分かってくれない愛海に対する憤懣も書き殴られて、その心理状態は極めて不安定であると思われた。

また尾崎秋斗に関する目撃証言もあった。一ヶ月ほど前、スナックの前で見送りをする愛海に絡んでいた酔客に対し、愛海が立ち去った後に接近し、ちょっとした小競り合いを起こしていたというのだ。尾崎秋斗は、どうやら遠くから見守るというストーカー行為を完全にやめたわけではなかったらしい。この酔客は《カメラを所持した若い男性》であるという特徴以外は不明だ。特命担当となった捜査員が、行方を追っていたが、現在のところ特定には至っていない。

更に愛海と交際中だった楢垣光一の過去も調べられていた。

楢垣光一は小学二年生の頃、中学の教員だった母親を水難事故で亡くしており、それ以来、父子家庭で育ってきている。家族に対する欲求が強く、ちゃんと母親のいる家庭を早く持ちたいと学生時代から級友らに対しても、よく話していたそうだ。

事件当夜の愛海外出時、楢垣は、ずっと愛海の部屋で眠っていたが深夜二時頃、愛海を心配した宏美に揺り起こされたと証言している。以後、楢垣は近所を捜索し、その姿は事件現場近くのセブンイレブンの防犯カメラに午前二時十分頃映っていた。

ちなみに愛海は外出の際、携帯電話を家に置き忘れていっていた。

また夕方、渋谷で皇子と別れた後の愛海は、JR池袋駅を夕方六時前に下車して夜十時前に最寄りの東武東上線中板橋駅の改札を通ったことがカードの履歴から分かっている。だが池袋でウィンドウショッピングをしていたような目撃情報はなく、夕方六時から九時半頃までの間、愛海がどこで何をしていたのか依然不明のままだった。

「こうなってみると結構、みんなに動機になりそうなことがあるんですよね」

板橋署の裏手の公園で、小市が皇子に言った。

「ただ、どれも決め手に欠けるっていうか」

何かもうひとつ新たな事実が浮かべば……何か証言やアリバイが崩れるとか。

「でも皇子さん、もしかして尾崎崎子《おざきさきこ》以外に犯人がいるとか思ってるんですか？」

「や、今のところ、確たる根拠があるわけじゃないんだけど……」

むしろ冷静に考えれば考えるほど、自供した尾崎崎子が、やはり犯人である可能性は決して低くないように思えてくる。

「じゃ、どうして捜査しようっていうんです？」

「そうだね。それは……」

尾崎崎子が犯人なのか、それとも他にいるのか？　それは皇子にも、さっぱり見当がつかなかった。けれど、まだ解けていない謎が幾つかある。それをハッキリとさせないまま、事件を終わらせてしまうわけにはいかない。

「とにかく、わたし、ハッキリしてないことは全部ハッキリさせておきたいの」

「ですよね。いや、わかりますわかります」

小市が、特に上官に対して、よく使っているお決まりワードを口にした。

「確かに、ハッキリしてないことってのは、やっぱ何でもハッキリさせておきたいもんですよ！　シマウマのシマは黒字に白なのか白地に黒なのかーとか、タコはどうして自分の足を食べちゃうのかなーとか、皇子さんは僕のこと、どう思っているのかなーとかとか？」

上目遣いで照れたみたいに皇子を見上げたが、あえてスルーで対応することにした。

「小市君は、誰だと思う？　もし尾崎崎子が犯人じゃなかったと仮定した場合」

「仮定した場合ですか。うーん、そうですね。まあ、やっぱり、捜一のデカ的に考えると一番怪しいのは、井川不由美なんじゃないですか？　電話してるし」

小市は、ぎこちなく苦笑いしながら皇子に答えた。

「あ、そういえば、あの便利屋で井川不由美と同僚だったって人、いまだ聞き込み出来てないんですよ。ずっと家にいて勤めは持ってないみたいなんですけどね」

小市は、少し周囲より高くなっている石段に乗って皇子を僅かに見下ろすと、

「皇子さん、これから、おれと一緒に聞き込み、行きません？」

＊

いま小市が組んでいる所轄の刑事も、被疑者の身柄確保を受けて事務手続きに追われ、手が空いているとのことだった。

都営三田線に乗って西巣鴨駅まで移動し、住宅街を歩くこと、およそ十分。滝野川七丁目に元『ヴィーナスサービス』登録スタッフの毛利《もうり》月子《つきこ》の自宅はあった。

「ごめんください。警察です」

一戸建て住宅のドアホンを鳴らすと、引き戸を開けて中から顔を出したのは、六十絡みと思われる母親だった。

「あの、月子さんに少し、お話を伺いたいのですが、ご在宅でしょうか？」

相手に警戒させないように皇子は柔和に話しかけたつもりだったが、

「あいにく月子は外出中で……」

母親の表情はぎこちなかった。何かを知っている。反射的に、そう直感した。

「では、恐れ入りますが、ご帰宅を待たせて頂くことは可能でしょうか？」

「いえ、それは」

「娘さんは、どちらへお出かけですか？」

小市が問い詰めるかのように割り込むと、母親の目に警戒の色が浮かんだ。

「あの、月子に何の御用でしょうか？」

やはり月子は家にいるようだが。けれど、このままでは話を聞き出せない。

「半年前まで娘さん、便利屋『ヴィーナスサービス』の大塚店にお勤めでしたよね？」

小市が皇子に先んじてそう言った。母親がひるんだ隙に「じゃ、ほんの一分でいいんで」と小市が公権力に物を言わせ、家に上がろうとすると、

「あ、やめて下さい……！」

母親が慌てて制止した。無理もない。皇子の前でいいところを見せようとして焦ったのかわからないが、小市のやり方は強引すぎだ。

「え、ちょっと待って下さい。我々は、ちょっとお店を辞めた事情をですね」

「別に事情なんかありません！」

「小市君、待って。わたしが話す――」

皇子は小市に取って代わろうとしたが、遅かった。

「事情が無いってことはないでしょう。逃げるように辞めたって話じゃないですか？」

「お話することは何もありませんから……！」

ピシャリと引き戸を閉められた。

施錠をする音まで続くと小市は、ため息をついた。

「……いつ行っても、こんな調子だそうですよ。ほんと非協力的で困るよなあ」

このバカ！　皇子は内心で小市を一喝した。

実際のところ警察の名を出せば、大概の無理は通ってしまう。正規の手続きを踏むなら捜査令状が必要となるような問い合わせに関しても、捜査の為と言えば、令状なしで協力してくれる企業や個人は少なくない。それが世間で騒がれている事件となれば尚更だ。だが例外もある。それは、相手が警察に不信感を抱いている場合と、公にはしたくないような何らかの情報を内に秘めている場合だ。

そして、そういった暗部にこそ事件解決の急所が眠っていることが多いのだが。

「何か隠してるんですかね、店で何かトラブル起こしてたとか？」

「月子さん、どうして、ずっと家の中にいるんだろう？」

皇子はカーテンの閉め切られた二階の窓を見上げた。ピンク色のフリルがついているところを見ると、おそらく月子の部屋だろうが、中で人影が揺れていた。

「やっぱ、あの便利屋が臭いんじゃないの？」と小市が急に馴れ馴れしくなる。

「だって、あの武田って代表、いかにも何かやってそうな悪人面じゃない？」

あるいは井川不由美との間に、何か揉め事でもあったというのか？

そのとき小市の携帯が鳴った。電話に出ると、どうやら通話の相手は桜木班長だったらしい。何かペコペコ頭を下げながら小声で話していたかと思うと、

「あ、皇子さん、それじゃ、俺、署に戻りますね。ちょっと急がないと……」

やはり小市は、勝手に持ち場を離れるべきではなかったようだ。

「何かあったら、いつでも頼ってください！　連絡待ってますから！」

そして小市は、ハツカネズミのように背中を丸めて走っていった。

さて、わたしはどうするか……。

これから便利屋を尋ねることもできなくはないが、時間が時間だ。井川不由美と行き違いにならないとも限らないし、有用な情報を確実に引き出す為には、少し考えをまとめる必要もあるだろう。

とすると、やはり行く場所はひとつだ。

皇子は、滝野川の住宅地を東武東上線・北池袋駅方面に向かって歩き出した。

16

夕暮れ、一人で歩いていると急に心細くなってしまう。

中二の夏、父に「警察官になるな」と言われて逆上し、地面に投げつけた抹茶アイスを掃除してから薄暗闇の中、一人で帰路を辿ったときも皇子は、そこはかとなく感じとっていた。何か楽しかった一つの季節が終わって、まったく異なる色合いを持った人生が音もなく忍び寄ってきているような不吉な気配を。

「どうして、わたしは警察官になっちゃいけないの？」

家に帰り着いた皇子は、その晩、書斎でGショックを磨いていた父に尋ねた。

「わかってるよ。お父さんは、わたしのことが心配なんでしょ？　警察官は危ない仕事だからって。でも危ない仕事だなんて、わたしは、ちっとも怖くない。怖くたって逃げたりしない。わたしだって、そのくらいのことは、ちゃんと考えてるし」

父はGショックを脇に置くと、まっすぐ皇子の方に体を向けた。

「確かに、お父さんは皇子のことを心配してるよ。でも反対するのは、それだけが理由ってわけじゃない」

嫌な予感がした。皇子には無理だ。そう吐き捨てた父の横顔が頭をよぎる。

「皇子は、警察の中で、どんな仕事が一番、世の中の役に立ってると思う？」

「それは、どの仕事も大切だとは思うけど……でも、やっぱりお父さんみたいな捜査一課の刑事じゃないかな。花の一課っていうくらいだし。テレビドラマだって刑事といったら一課でしょう？」

「そうだね。確かに一課の刑事は、特別視されてるようなところがある。警察の中でも、エリートだなんて思われてるしね」

「だったら、やっぱり」

「でもね、一番偉いのは、事件を未然に防いだ人だ」

「事件を未然に防いだ人？」

言われている意味が、いまいち理解できなかった。

「例えば、町のお巡りさんとか、生活安全部の人たちとか、交通部や、そういった仕事を縁の下で支えてる内勤の警察官たちも、捜査一課より、ずっと偉い」

「え、どうして、その人たちが一番偉いの？」

勿論、町のお巡りさんなども立派な職務を日夜負っていることは分かっていたけれど、捜査一課の刑事より偉いと言われると、すぐには得心がいかない心持ちだった。

「酔っぱらいの喧嘩の仲裁をしたり、不良少年を補導したり、犬や猫を傷つける人を注意したりっていうのは世の中から、あまり表立って感謝される仕事じゃない。勿論、それに巻き込まれたりした人から、お礼を言われることも、たまにはあるけど」

「うーん、まあ、殺人犯を逮捕する方が、やっぱり偉い感じがするからね」

皇子が素朴な感想を言うと、父は苦笑した。

「勿論、殺人犯を捕まえるのは大事な仕事だ。一度、人を殺した人間は、また殺しに手を染める可能性が、ぐっと高くなる。だから、それはそれで大事な仕事だ。でもね、やっぱり一番偉いのは、事件を未然に防いだ人だと思うんだ」

「それって、どういうこと？」

皇子が尋ねると、父は躊躇ったように目線を落とした。けれど、やがて息をついて皇子をまっすぐ見つめると、父は言った。

「一度死んでしまった人は、二度とこの世には戻ってこれないからだ」

にわかにはピンと来ない言葉だった。それは、そうだ。死んでしまったら元には戻らない。わざわざ中学二年生に言葉にして話すほどのことではないと皇子は思った。

「いいかい？　事件を未然に防ぐといっても、それは誘拐された人を監禁場所から助け出すようなことばかりを言ってるんじゃない。町のお巡りさんが、喧嘩の仲裁をしたから殺人事件に発展しなかった。その不良少年を補導したから、いじめられてる同級生が自殺しなかった。世の中、本当は、そういう風に出来ているんだ」

「うーん、ごめん。ちょっと言ってる意味が……」

よくわからなかった。父は幼稚園児でも分かるような、そんな単純な道理を話しているわけではないはずだった。

「人は、起こらなかったことには気づかない。でも、もしそのお巡りさんが、喧嘩の仲裁をしなかったら？　不良少年を補導しなかったら？　もしかしたら事態が悪化して、本当に殺人事件に発展していたかもしれないんだ」

　語っている父の熱が、徐々に高まっているのがわかった。

「それに皇子も毎日テレビで、どこかの誰かが殺されたってニュースを見るだろう？　それを見て、皇子は悪いことをしたなって思うかい？」

「え、自分が責任を感じるかってこと？」

「そうだ。たとえ世界の裏側で起こった殺人でもだ」

「や、そりゃ、早く悪い犯人を捕まえてよとは思うけど……」

　まったく意味がわからなかった。父は、ちょっと生真面目過ぎるのではないかと思った。けれど父は、真剣な顔をしたまま続けた。

「世の中は全部、繋がっている。負の感情は人から人へリレーされてく。それが一箇所に溜まりに溜まって、とうとう決壊したとき、殺人事件は発生するんだ」

「じゃあ、なに？　事件が起きたら社会のせいだって言いたいの？」

　それは納得の行かない考えだった。

　悪いのは、人を殺した犯人自身に決まってる。

「違う。お父さんは、そういうことを言ってるんじゃない。皇子が今日、誰かに感じのいい挨拶をすれば、それが世の中の人たちを少しでも幸せにして、どこかで起きるはずだった殺人事件も消えてなくなるかもしれないってことなんだ」

分かるような気もした。でも、そんな風に考えるのは、やっぱりしんどすぎるし、行き過ぎであるような気もしてならない。いちいち笑顔を振りまくたび、世界の裏側のことまで気遣うなんて聖人や神様じゃあるまいし、不可能だ。

「お父さんが言ってることも分かるけど……やっぱり、分かんないな……」

素直な思いをそのまま告げつつ、父に失望される予感もしていた。

見れば父は、どこか悲しみが張りついたような、いつもの微笑になっていた。

「そうだね。それが普通の考えだ。皇子は何も間違ってはいない……」

父が何を言わんとしているのか分からなかった。

けれど、ひどく寂しそうに見えた。なんでも心が通じて、分かり合えているような気がしていた父が、やけに遠かった。

「とにかくね、皇子には余計なことを考えず、楽しく幸せに生きていってほしいんだ。出来れば、周りの人を楽しい気持ちにしながらね。そうすれば、お父さんみたいな警官にならなくたって世の中の力にはなれるから」

「だけど、警官になったって、楽しく幸せに生きることはできるでしょう？」

「……警官になったら、皇子には無理だ」

またその言葉が出た。ショックでもあったが、むしろ皇子は先ほどよりも苛立った。

「無理って、なんで？　わたしが辞書も自分で引かないようなバカだから？」

父は、困り果てたように首を横に振って、ため息をついた。

「それで、皇子が警官になることを諦めてくれるなら、それでもいい」

父は、もう話を終わりだと言わんばかりに立ち上がった。風呂にでも入るつもりなのだろうか。皇子の気持ちが収まっていないのも無視して、歩き出す。

「ちょっと待ってよ。全然わかんないよ。それって一体、どういうことなの？」

追いかけながら背中に何度も針を突き刺すように言ったら、父が振り向いた。

「皇子は、自分の不注意で人が殺されでもしたら、耐えられるか？」

「……耐えるしかないと思う」

「でも殺された人の家族はどうなる？　皇子と同じように耐えなきゃいけないのか？　それは耐えられるようなものだと思うか？　お前は責任を取れるのか？」

父に圧倒された。いつもは冷静な父の心を何かが、熱く掻き立てていた。

「責任は……分からない。でも傷を負った人は、わたしが支えていけばいいと思う」

皇子が答えると、父の目に動揺が走った。そんな眼差しは初めて見た。

「駄目だ。絶対に、それだけは駄目だ」

「どうして？」

「出口が無くても支えられるのか？　一生背負うのか？　それがお前に出来るのか？」

そうなってみないと分からなかった。想像してみても限界がある。

皇子は首を横に振った。分からないという意味だった。

父は、背を向けたまま皇子に言った。

「皇子には、生きてほしいんだ。楽しく普通の人生を。――だから、お前は警察官にはならず普通に生きろ」

その目が、なぜか潤んでいるようにも見えたことを皇子は今でも印象的に記憶している。けっきょく皇子は、なぜ父が警察官になるなと主張したのか、はっきりとは分からないままだった。中学生の皇子にとっては理不尽な押しつけとしか思えなかった。それで、あるとき父の言いつけを守らず、自宅の外へ出た。

それがきっかけとなって皇子の父は、犯人の凶弾に倒れることになったのだ。

＊

東上線の中板橋駅を北口に出ると、まっすぐ事件現場の公園に足を向けた。

うっかり気がつかなかったが、桜木から留守番電話が入っていた。おそらく小市から捜査情報を聞き出したことが桜木の耳にも入ったのだろう。留守録を聞く気にも、すぐ折り返す気にもなれなくて、スマホを肩掛けバッグにしまいこんだ。

途中、カフェのような店構えの小ぢんまりとしたフランス料理店の中に、笑顔で乾杯をしている家族連れの姿が見えた。誕生日祝いか何かなのだろうか。父が亡くなって以来、ますます母や姉とギクシャクした関係になった皇子は、あんな風に家族と乾杯をした覚えがない。それでも皇子は、父の遺志を引き継ぐつもりで父のGショックを腕に着用し、母の反対を押しきって警視庁に入ったのだ。

そして父を殺害しながら、いまだ捕まっていない犯人をいつか自らの手で検挙する。

そう誓って今日まで日々の職務に勤しんできたのだが――。

やはり、わたしは警察官になってはいけなかったのだろうか？

石神井川を渡って環状七号線を横断し、セブンイレブンの脇を抜けると、愛海が殺害された公園へとやってきた。報道陣の姿は、思いがけず減っていた。容疑者の逮捕が間近という情報を受けて各局とも、板橋署の方へ人員が回されているのかもしれない。

今も黄色いテープが張られたままの場所を見た。

ここに愛海は倒れていたのだ。

皇子は改めて遺体発見現場に合掌した。

そして愛海が刃物を刺されたと思しき箇所から振り返って周囲を見渡してみる。

現場は公園といっても、完全に樹木に覆われているわけではなく、中から外の通りや住宅、立ち並んでいる都営アパートが見通せる。つまり人を殺害する場所として絶好の条件が揃っているかというと、そうとは言えない。

犯行推定時刻は深夜だったとはいえ、コンビニのすぐ真裏と言ってもよい場所だ。誰かに犯行を目撃されてしまう危険性が低いとは決して言えない空間だったが、なぜこの場所が選ばれたのか？　犯人にとって何か不都合は無かったのだろうか？

そのとき、気がついた。公園は奥の柵を乗り越えれば環七通りへ抜けられる。

つまり万が一、誰かに目撃されたとしても袋の鼠になってしまうようなことはない。

地形的に開けていて袋小路になっていない分、逆に逃走しやすい空間だと考えることが出来そうだ。逆にレイプなど、ある程度の時間にわたって人目を忍ばなければならないような犯行には決して向かない空間だ。

とすると犯人は、最初から愛海を殺すことが目的だったのか——？

そこまで考えたとき、十字路の先から二人の人影が、こちらを見ているのに気がついた。

コンビニとはまた別の方向、古めかしい一戸建て住宅が建ち並んでいる通りの先に二人寄り添うようにして立っていたのは——目を凝らしてみて驚いた。

あれは楢垣さんと、宏美さんだ——！

事件現場を遠くから眺めるような位置に立ち尽くしている宏美と、皇子は確かに目が合った。かと思うと宏美は踵を返して、立ち去ってしまう。それに楢垣が付き添うような形で共に去っていく。手には、どういうわけだか新聞らしき束を持っている。

ここまで、はっきり目と目が合っていながら無視するわけにはいかないだろう。

皇子は宏美と楢垣の後を追いかけた。

「……堂本さん……！」

宏美が皇子に背を向けたまま、足を止めた。楢垣が、まず先に振り返る。その様子を見て、渋々といった緩慢な動きで宏美も、皇子の方へと振り向いた。

二人とも、目の中に憤怒の思いがうっすらと浮かんでいるようだ。

「このたびは、本当にご愁傷様でした」

何を口にしても、愛海の死の前にあっては軽すぎる発言になってしまう気がしながらも、何とか言葉を紡いで頭を下げる。

「……あの、わたしは、もう帰庁しますので……もしお邪魔をしたようでしたら、申し訳ございません」

まだ愛海が殺された現場を目にしていなかった宏美が、楢垣の付き添いを受けながらやってきていたのかもしれなかった。

「……もし、わたしに出来ることがあれば、遠慮無く、何でもおっしゃって下さい」

そう言い終わるや否や、宏美は楢垣の手から新聞をひったくるように奪うと、

「愛海はね、やっぱり、あなたのせいで死んだのよ……！」

刺々しい声で乱れた感情を露わにしながら、新聞記事を皇子に押しつけた。

受け取って見ると、それはマイスポ——いわゆるタブロイド紙の夕刊で、その紙面の見出し文字が、皇子の視界に飛び込んだ。

《警察の不祥事！　事件直前、被害者と渋谷でパフェした女刑事の甘い大失態！》

え、これって、まさかわたしのこと——!?

その刹那、神野がＩＣレコーダーをぶち壊したむくつけき記者がマイスポだったことを思い出す。まさか個人的な恨みだけで記事にしたわけでもなかろうが、皇子が愛海と渋谷

で会っていたという情報がどこかから漏れて、すっぱ抜かれた。おそらく、そういうことだろう。急いで記事に目を通す。警視庁の女刑事Oが事件発生の約十時間前、渋谷のカフェで被害者・堂本愛海とパフェを食べていた。そんな目撃情報を本誌は掴んだ。そこから垣間見えるのは、たびたびストーカーによる凶悪反抗を未然に防ぐことのできない警察の甘い捜査姿勢だ。被害者は女刑事に何か被害相談をしていたのではないか？　だが警察は、その失態を明らかにしていない。それが今回の凶行の原因だったのではないか？　警視庁には猛省を望む。そんな内容だった。

先ほどの桜木からの電話も、この記事に関する何らかの連絡だったのかもしれない。

「私はね、あなたのことひと頃は随分、信用してましたよ。愛海のこと本気で心配してくれて、ストーカーの被害から本当に守ってくれてるんだと思ってましたよ。なのに、これはどういうことなのよ――！」

楢垣が、やるせないといった表情で、声を荒らげる宏美を静観していた。

「あなた、愛海から何か相談されたんじゃないの？　それをあなたが無視したんじゃないの？　パフェなんか食べて一体、何様のつもりよ！」

ストーカー被害なら、もうないって愛海ちゃんは言ってたんです――そう釈明したい気持ちもあった。だが娘を失って目に涙を浮かべて怒っている母親の前では何ひとつ反論できなかった。結果が全てだ。それに愛海は別れ際、皇子に何かを言いよどんでいるような様子があったことは事実だ。

「あなた、こんな失態しでかしといて、よくも警官、続けてるわね……？」

皇子が警官でいること自体が耐えられない。そんな宏美の憎しみに満ちた眼差しを見た瞬間、父の言葉が頭をよぎった。

——お前は警察官にはならず普通に生きろ。

もしかして、こうなってしまうことをお父さんは予感していた……？

皇子には警官の職務は手に負えない、いつか犠牲者を出すに違いない、そう予感していたから、あんなにも強く厳しく警官になることを反対していた？

なのに、わたしは……父の言いつけを破って、警官になって刑事になった。

だから愛海ちゃんは死んだ？　わたしなんかと出会ったばっかりに殺された？

神野に言われた言葉が、皇子の心に駄目押しをした。

——お前さえ優秀なら、堂本愛海が殺されることは絶対に無かったんだからな！

「……本当に……申し訳ございませんでした……」

無意識のうちに言葉が口をついて出た。

「謝られたって意味がないのよ。警察のくせ、何やってるのよ。人が死んじゃう前に何とかするのが、あなたたちの仕事なんでしょう!?」

その通りだった。初めて父の言っていた言葉の意味がわかった気がした。

殺人事件の捜査は、それ自体が既に圧倒的な敗北だ。殺人だけは絶対、未然に防がなくてはならない。殺人だけは絶対にあってはならない犯罪なのだ。

「愛海はね……優しい子だったのよ。私のこと軽井沢の温泉連れてってくれたり、お味噌汁作ってくれたり。夫が亡くなったときだって……愛海がいたから生きてる意味があったのに……！　しっかりしてくれなきゃ困るじゃないのよ……！」

「……本当に……申しわけ……」

急に胸が塞がって、言葉が喉でつっかえた。そうかと思うと胸に刺すような痛みが走って、しっかりしなければと思えば思うほどに両目に涙が溢れてきた。

「なによ！　泣けば済むとか思ってるわけ！　愛海は、もう絶対戻ってこないんだから！　あなたみたいにメソメソ泣くことだって、もう出来ないんですからね！」

今にも卒倒しそうな宏美の上下する肩に楢垣が、そっと手をかけた。

宏美も泣いていた。皇子も自重しなくてはと思いながらも涙を止めることができなかった。やがて宏美が楢垣に付き添われて去っていく。皇子は足から力が抜けて、その場に崩れた。マイスポの紙面に涙がこぼれた。じんわりと小さな染みが広がった。それは、皇子を嘲笑う口の形のようにも見えた。

やっぱり駄目だ。わたしは絶対に犯しちゃならないミスをしでかした。

警察官になるってことは、人を守るってことは、そのくらい重くて大きなことだったんだ。お父さんの遺した言葉の意味を、わたしは全然分かってなかった……。

17

皇子は、その空間を必死に脇目もふらず走っていた。

けれど恐怖の為だろうか。皇子は突然、足がもつれて転んでしまった。

手に持っていた学生鞄が激しく転がって、中身が散らばる。

栗色のブレザーの袖口が裂けていた。スカート越しに膝も擦りむいていた。

中学二年生の皇子は、上がる息を何とか抑えて柱の陰に身を潜ませた。

暗闇を追ってくる犯人は、手にサバイバルナイフを持っていた。

死が思いがけず日常の中に潜んでいたことに皇子は身震いする。父の言いつけを守らなかったからだ。心の底から後悔しながら犯人の気配に全神経を集中させた。

先ほどまですぐ背後に足音は迫っていたように思えたが——今は静寂。

けれど、どこかに潜んでいる。それとも、いつの間にか撒くことが出来たのか？

「皇子！　どこにいるんだ！」

後方にあったらしい扉が勢いよく開く音がして思いがけないほど近くで声がした。

父の声だ。助かった。そう思って柱の陰から反射的に飛び出した。

全速力で走ってきたと思しき父の姿が見えた。皇子に気がつくと「こっちだ！」

緊迫の表情の中にも僅かに安堵の色が浮かんだ。皇子は父のもとへと駆け寄ろうとした。

けれど、そのとき。

――がちり。

撃鉄を引き起こす重い音がした。かと思うと、薄気味悪い笑い声が背中越しに、こだました。全身におぞけが走った。血の気が引いた。恐怖に打ち震えながら振り向いた。

ガスマスクで顔面を覆った犯人が皇子に拳銃を向けていた。

皇子は息をのむ。それと同時に犯人の指が動いた。犯人がトリガーが引き絞るその間際になっても、恐怖と緊張のあまり皇子は体を動かすことが出来なかった。

「皇子……！」

父が名前を呼んでいたような気もするし、銃声混じりの叫びを聞き間違えただけなのかもしれない。次の瞬間、皇子は受け身を取ることも出来ず地面に倒れていた。混乱した。だが、すぐに思い出す。父に突き飛ばされたのだ。だったら父は、どうなった？

すぐにニューナンブM60の発射音が耳をつんざいた。

父と犯人が拳銃を撃ち合っていた。

第一両手把持《りょうてはじ》の形で膝打ちしていた父の体が突如崩れた。硬いアスファルトの上に鮮やかすぎる花火が咲いた。

「お父さん……！」

皇子は咄嗟に倒れた父に駆け寄った。だが、すぐに恐怖がぶり返してきて、犯人の方を見た。犯人は覆面をしていたが、その内側でニタリと笑った。そんな気がした。

だが犯人も腕を負傷したのか、足元の地面に血液が垂れている。

犯人は拳銃をしまうと皇子のことは捨て置き、悠然と逃走していった。

腹を撃たれた父は虫の息だった。口から血を吐いた。終わりが近いことが、あまりにも明白だった。父は否応なく震えていた皇子の手を思いのほか力強く握りしめた。

「……皇子……生きろ……」

父の瞳孔が震える。眼の焦点が合っていない。

まるで皇子の背後に開ける天国か何かに語りかけているような眼差しだった。

「……奇跡なんだ……生きてるだけで」

その一瞬、父の焦点が皇子自身の姿に奇妙に定まったようにも見えた。

かと思うと、見る見る内に皇子の手を握りしめていた指から力が抜けた。

父は、草木があっという間に枯れて朽ち果てるかのように腕を地面に投げ出した。

「そんな、嘘でしょう……お父さん！」

皇子が体を揺すっても、父は口と目を半開きにしたままの無惨な表情。

「お父さん！　お父さん！　お父さん！」

もはや微動だにしなかった。

命が失われ、今まで生きていた肉体が物体に変わる瞬間を見た。そんな気がした。

＊

――皇子は自分のうなされる声で目が覚めた。

寮の自室だ。ひどく寝汗をかき、体は悪寒に包まれ、頬には涙がこぼれていた。

どうやら、父を亡くした際の光景を夢で見ていたらしい。

父を亡くして以来、同じ悪夢を見ては苦しむことが、たびたびあった。

皇子が中学二年生だったあの日、自宅の近所に猟奇犯が現れた。

学校を出て帰宅していた皇子の携帯電話に父から連絡があった。早く家に帰るのだと。

だが皇子は父に認めてもらいたい一心で刑事を気取って不審者の発見に努めた。そんな素人の真似事があだとなった。

父を殺した犯人は捜査の甲斐もなく、けっきょく今も捕まっていない。

皇子は警察官になって刑事になってから、父を殺した犯人の所在を追うべく、当時の捜査資料に目を通す機会を得たことがある。

銃の弾丸には線条痕と呼ばれる溝が発射の際、微かに刻まれる。これは弾丸の指紋とでも呼ぶべきもので、用いた銃によって、それぞれ異なる。弾丸に残った線条痕を調べてデータベースで検索すれば、過去に発生した犯罪の中で同じ線条痕の弾丸が残された事件、すなわち同じ拳銃が使用された事件を特定することが出来るのだ。

皇子は都内各所で発砲事件が起こるたび、父の事件のものと線条痕が一致していないかを頭を下げては教えてもらうようなことを繰り返していた。それが自分の班が担当する事件でなくても首を突っ込んだ。ちょうど半年前も、銀座で発生したクラブ経営者射殺事件の現場である老舗クラブ「フルール・ド・リス」で押収された弾丸が、父の事件の線条痕と一致していないかを教えてほしいと鑑識官の玉川警部補に直訴した。だが捜査一課長の長塚に見咎められた。けっきょく、これまでのように調べをつけることが難しくなってしまった。それでも皇子は、線条痕の照合を諦めてしまうつもりはなかった。

犯罪被害者遺族の心を傷つけるという過ちを犯してしまった昨日までは――。

――どうして……どうしてこんなことになってしまったんだろう……。

父の殉職を夢に見た皇子は涙を拭う気にもなれず、紫色の朝焼けが差し込む光の中、そのまま寝床で横になりながら昨日の記憶をたぐった。

昨日の夕暮れ時、宏美にマイスポを突きつけられた。その後、皇子は留守録を残していた桜木班長に電話した。要件は、やはりマイスポのこと。現在、上層部が対応を協議中につき、自宅謹慎していろとの指示だった。皇子は命じられた通り、単身者寮の自室に戻った。責任の取り方を考えようとしたが、宏美をひどく傷つけてしまった後悔に胸が潰れ、うまく頭が回らなかった。その内、スーツ姿のまま眠ってしまった。

そして父の殉職の光景を夢に見たのだ。

＊

ひとまず皇子は、誰もいない寮の共同浴室でシャワーを浴びて汗を流すと、地下倉庫のように薄暗く、静かな浴槽の中で膝を抱えた。

そして改めて自分と向き合った。

マイスポにあのような記事が出てしまった以上、遠からず刑事部長らに呼び出しを食らった挙句、進退を迫られる事態にも充分なりうる。

それに新聞紙上で愛海が殺されたきっかけを作った張本人と烙印を押された皇子が警察組織にしがみつき続けること自体、宏美の気持ちをかき乱してしまうに違いない。

本当は今夕、愛海の遺体が司法解剖から戻され、やっと通夜が行われるが、皇子は出席しないように言われていた。確かに今、皇子が参列してもマスコミの恰好の餌食になって益々、宏美の感情を逆撫でするだけだ。

自身の捜査したい気持ちと犯罪被害者遺族の感情、どちらを選ぶべきなのか……？

浴室の割れてしまったタイルを眺めながら考える。

やがて自身も犯罪被害者遺族である皇子は思い出した。過去、警察の失態がもとで発生した殺人事件の中には、時に被害者自身や遺族に責任を転嫁するような発言をして保身に回った警察官を被害者遺族が恨み続け、やがて絶望して自ら命を絶ってしまうような事例が一度ならず存在したことを。

これまで被害者遺族の感情は、犯人検挙より、どこか後回しにされてきた面があることは否めない。むしろ場合によっては犯人逮捕の為なら、遺族の心情など犠牲になってもやむを得ないと思われていたきらいさえある。

だが、これからの警察は、そうであってはいけないのではないか。

それに、わたしさえ優秀なら、愛海ちゃんは今も笑顔で生きてたはずなんだ……。

浴槽の中で膝を抱えた皇子は悔しさのあまり、一人うつむいて涙した。

父も死んだ。愛海ちゃんのことも救えなかった。

停電でぷつんと切れたテレビのように突如、命を失った。

みんなみんな、わたしのせいだ。

＊

夕方、皇子は捜査一課長の長塚と赤西刑事部長から呼び出された。

警視庁詰めの記者らとの接触を避ける為、皇子は四谷署へ向かうことになった。

くれぐれも記者たちに見つかるなと釘を刺された。

四谷署の署長室に通されると、そこで待ち受けていた赤西刑事部長、長塚一課長、佐久間管理官から記事内容に関して事実であるのか否かを詰問された。事件発生日に報告した通り、愛海から新たなストーカー相談は受けていないが、それ以外のことは概ね事実であると皇子は告げて謝罪した。

それと共に皇子は、赤西刑事部長に警察手帳と共に、辞表を出した。

愛海の遺体を発見した日も、早朝の寮で責任の取り方を考えた。辞職も頭によぎったが、事件の解決も待たず組織を離れるのは、さすがに無責任であろうと考え、今日まで鞄に忍ばせながらも神野と共に捜査してきた。だが記事が出て宏美を再度傷つけたとあっては目に見える形で責任を取らねば示しがつかない。

皇子から辞表と警察手帳を受け取ると、赤西刑事部長は眉根も動かさずに言った。

「では本日付けで受理する。残務を終えたら二度と桜田門の敷居を跨ぐな」

皇子は直立不動の姿勢からお辞儀をすると、署長室を後にした。

＊

本庁の前には記者たちが詰めている恐れがあった。だが、犯罪被害者ケア係の並腰係長には一言挨拶せねばなるまいと考えて帰庁した。

神野の姿はなかった。皇子は、ほっとしている自分を感じながら部屋で待っていると、程なく喪服を着た並腰係長が戻ってきた。愛海の通夜に出ていたのだ。

「小野さん、なんだか、大変なことになっちゃったね」

親戚の伯父さんのように並腰係長が言った。勿論、マイスポのことだった。

「さっき、刑事部長に直接、辞表を渡してきました」

経緯を打ち明けると、並腰係長はしばらく黙って聞いていた。

だがひと通り話し終えると、しみじみと頷いていたケア係の長は皇子に言った。

「……そうか。それは大変だったね」

「そんなことはありません。わたしの責任です」

「小野さんは、偉いよ。責任逃れするばっかの人が多いのに」

「いいえ、当然の決断をしたまでです」

「……無理しなくても大丈夫。ここには、小野さんを責める人は誰もいないから」

「……いいえ、います……」

子供のように否認を繰り返す皇子の言葉を促すように、並越係長は小首を傾げた。

「……神野主任は……無能なわたしを見限りました」

悔しさと自己嫌悪でまた目頭が熱くなるのを感じて、なにくそ泣いてなるものかと唇を引き結んだ。

「今、うっちん茶、淹れるね」

優しく微笑み、茶を淹れてくれる並腰係長の背中を見ながら、ほんの束の間、父のことを思い出した。父も柔術の稽古の合間に、道場の給湯室で皇子の為よく茶を淹れてくれたものだった。

並腰係長のうっちん茶を飲むと、少し心が落ち着いた。

「警察辞めたら、どうするの？」

「まだ、何の考えもありません」

「……そうか」

「でも、やろうと思っていることは、ひとつあります」

それは愛海の遺体を見たときから、心に誓っていたことだった。

「事件がちゃんと解決して疑問点が無くなるまでは、個人的にでも調査を続けます」

「じゃあ、それで辞表を……？」

「……それだけじゃありませんけど……」

宏美の顔。楢垣の顔。愛海の笑顔。様々な顔が頭のなかを去来した。

「……小野さん、辛い思いしたもんね。愛海さんと、すごく親しかったんだからね」

並腰係長の言葉が胸に迫った。

涙腺を弛ませないように眉間に力を込めて、うつむいた。

すると程なくして視界に二冊の本が滑りこんできた。二冊とも表紙には「谷崎ハルト」の名前。遺体発見者である滝品の家で見たのと同じ本だった。

なぜ、わたしにこんな小説を差し出すのか。そう思って、係長を見上げた。

「これ、神野君が餞別だって……」

「え……？」

「マイスポの記事見たとき、是非、読むべき本だから渡しとけって……」

皇子は、おずおずと二冊の小説を受け取った。

谷崎ハルト処女作『春のうつろい』
谷崎ハルト第二作『谷間のユリちゃん』

どうしてこんなエセ純文学エロ小説を、こんなときに読まねばならないのか？

そして、なぜこの本を餞別に選ぶ？　しかも、わたしが警察を辞めると見越して餞別を用意するなんて、どこまでおちょくるつもりなんだ。

受け取った本をデスクの上に置いた。徒労感でいっぱいになり、嘆息がもれた。

「わたし、あの人、嫌いです……」

最初から分かりきっていることではあったが、言葉にせずはいられなかった。

「傲慢だし、気ままだし、横暴過ぎます。とても、わたしには……」

正直、捜査能力でも神野に劣っている気がしていた。神野はアブダクションとやら難解な捜査用語も出していた。だが泣き言のようにそれらを口にするのも悔しくて皇子は言葉の接ぎ穂を見つけることが出来ずに佇んだ。すると並腰係長が口を開いた。

「……確かに神野君は、無茶苦茶だよね」

「そうなんです。おかしいんです。普通じゃないんです。だって自分は神だとか言ってるんですよ。まったく理解が出来ません」

「そうだね。その点は、あたしも全く同感です」

並腰係長が苦笑した。

「ただね、不思議なことに……彼と一緒にいると、思っちゃうときがあるんだよね」

「思っちゃう？」

「……彼は、本当に神様なんじゃないかって」

「もし、あんな人が神様だったら世界中の人が泣きますね」

皇子が即答すると並腰係長は、壁にかかったダーツの的から矢を引き抜いた。

「確かに、あたしも彼には手を焼くことばっかりでね」

中心部の輪に沿って刺さった矢を並腰が片付け始めると、皇子もそれを手伝った。

「でも神野君って犯罪者に対する執念みたいなもの、あれで結構強いしね」

直ちに同意する気になれなかった。

「この小説、読んでるときも、なんだか、すっごく難しい顔をしてたんだよ」

この小説を？　この三流エロ小説を難しい顔で？

「もしかして事件のヒントか何かなんじゃない？」

「まさか」皇子は、すかさず答えて、ダーツを抜いた。

「あの人にとっては、事件を捜査するのなんて、ただの道楽か暇つぶしなんですよ」

不意にダーツを一本、打ちたくなった。

「事件の捜査してたって、プリンでゲロゲロになったり、車から飛び出して轢かれかけたり、女子アナ見かければ追っかけ回したりしてるんですから。あんな人が神様だったら、わたしは、もう神社にお参り出来ません……！」

そう言いながら狙いを定めてダーツを投げたが、大きく外れた。

無言で苦々しい思いを噛み締めていると、柔和な顔で並腰係長がダーツを抜いた。

「小野さん、お父さんも言ってたでしょう？　大事なのはフドーチとシンキの心」

フドーチとシンキ？　すぐに気がつく。不動智と神気。それは柔術の用語だが。

「あの、神気って昔からよくわかんなくって。どういうことなんでしょう？」

「不動智の心で事態に向き合う。そのとき、体と心に満ちるもの――それが神気」

そう気取って並腰係長がダーツを投げると見事、的の真ん中に命中した。

「あらら、すっごい偶然。人生初だよ、真ん中刺さったの」

はしゃいで笑顔になる並腰係長を見ると、皇子は気持ちが少しほっとした。

帰り際、並腰係長が皇子に言った。

「明日、堂本愛海さんの葬儀、あたしと一緒に参列しようか？」

「え……でも……」

愛海には是非、会いたかった。ただ自分が葬儀会場へ行くことで世間を騒がせたり、宏美や楢垣の心をかき乱すのではないかと思うと、どうしたらいいか分からない。

「今日、行ったとき、少しそのあたりの話もしておいたから。大丈夫だと思うよ」

皇子は並腰係長に感謝しながら、明日一緒に葬儀へ行くことを約束した。

「では、短い間でしたが、お世話になりました」

「あ、忘れてるけど？　餞別二冊」

お辞儀して立ち去ろうとした皇子に並腰係長が谷崎ハルトの単行本を差し出した。

仕方がない。立つ鳥、跡を濁さずってことで受け取っておくか。

神野の餞別二冊を受け取ると、警視庁の外に出た。

正面の三叉路を桜田門側に渡ると、本部庁舎を見上げる。

短い警察人生だった。本当ならば父のような立派な刑事になって、人々の平和と安全を守りたかった。だが、もう二度と警察には戻れない。

餞《はなむけ》の言葉をひと言くれるわけでもない本部庁舎に、皇子は心の中で敬礼すると、地下鉄への階段を逃げるみたいにして駆け下りた。

＊

電車に乗ると、思いたって「神気」の言葉の意味をスマホで調べてみた。心身の力。辞書サイトには、そっけなく、そう書いてあったが父が言っていたのは、こんな単純なことではない。

そのとき、電車が揺れた。

餞別二冊の重みで肩に鞄の紐が食い込んだ。神野は、今夜も六本木界隈で飲めや騒げでドンチャンしているのだろうか。神野の言葉も思い出し、ついでに「アブダクション」という言葉も検索してみると、論理学の解説サイトが見つかった。

アブダクションとは、アメリカの論理学者チャールズ・パースが提唱した帰納、演繹を補完する第三の推論方法であるそうだ。通常は「仮説形成」とか「飛躍的推論」などと訳されるアブダクションの神髄は《ささいな、それでいて真理を含む一端》を発見し、その水面下に眠る真理を《飛躍的想像によって仮説形成》した後、その仮説が確かに真実だと裏付けることで証明する推論方法であるとのことだった。

例えば、ニュートンが「木から林檎が落ちる」という《ありふれた一端》に着目し《「万有引力が存在する」といった仮説》を飛躍的な発想によって形成した後、それを実験・計算等で裏付ける過程が仮説形成推論法《アブダクション》に該当する。

ポイントは、日常に埋もれがちな《ささいな一端》を見落とさず《価値ある事実》として見出す観察力と直観力。気づく力といってもいい。

更に重要なのは、その一端を礎に《様々な仮説を形成する自由で飛躍的な発想》だ。

コペルニクスやガリレオ・ガリレイの功績を紐解くまでもなく、このアブダクションにより見出された自然科学や物理学上の真理、あるいは事件の真相等は数多ある。

そういった大きな利点がある反面、こういった真実に対する接近方法に馴染みの薄い人々からは史実が既に証明済みであるように「こじつけだ」「詭弁だ」といった誹りを招きやすい推論方法でもあるらしい。アブダクションは、特に初期の仮説形成段階において「必ずしも、そうとは言い切れない可能性」を孕みやすい為である。

確かに皇子にも心当たりがあった。

神野は便利屋を訪れた際、武田の家族関係や前職を推理していたが、皇子には、まるで当てずっぽうを並べているようにしか聞こえなかった。

だがアブダクションは《帰納や演繹では掴めない真実》を、海と霧の向こうに新大陸があると信じて突き進んだコロンブスのように見抜きうる強力な推論方法である。

そう論を結ぶ解説サイトを読むと、皇子は窓外のネオンを見ながら考えた。

まるで常識に縛られない自由奔放すぎる神野《あいつ》のように、想像の翼で広い大空へと飛躍し、アブダクションを自在に操れば、こんなわたしでも、獲物を仕留めるハヤブサのように真実を捕獲することが出来るのだろうか？

＊

寮に戻った。

並腰係長の言に従い、神野から借りた『谷間のユリちゃん』を試しに開いてみた。

ぱらぱらと文字を拾うと、書店で立ち読みした『春のうつろい』に負けず劣らず、若い巨乳娘の性愛描写が、ねっとり扇情的に描かれていた。

しかも二十代前半のヒロイン・百合ちゃんは老いも若きも、更には男女のこだわりさえなく取っ替え引っ替え、様々な相手とあらゆる性の悦楽に身悶えする様子だ。

いかにも都合のいい妄想といった感じで、げんなりしてくる。

更に過去、子供を捨てたという経験を持つ老いた元銀座のクラブママに接吻され、百合ちゃんが欲情しだす姿までもが描かれると皇子は、いい加減ついていけなくなって本を閉じた。

やっぱり、この手の小説の文学的価値って理解出来ない。事件のヒントであるはずもないと思って投げ出したが、本の小口に隅が折られたページがあるのが目についた。

もしや神野が注目したページなのか？　何となく気になって再び開くと、本文の中の「ストーカー」という文字が目に飛び込んできた。

どうやら若いヒロインが、ストーカーに狙われる展開があるようだ。少し気になり、読み進めた。今度は「原稿用紙の束を渡された」という文章が記されていた。

まさか、これは――？　妙な予感が走る。真実の一端が見えた気がする。

皇子は猛然と『谷間のユリちゃん』を読んだ。そして読破すると愕然とした。

『谷間のユリちゃん』には、ヒロインが原稿用紙に手書きされた自作の恋愛小説をストーカー男に送りつけられて苦しむ場面が描かれていた。

それは、まさに尾崎秋斗が愛海を苦しめた際のストーカー被害そのままだ。

しかも今更ながら気づくが、ヒロインの百合ちゃんは低身長ながらグラマスな二十代前半の女子だった。しかも、八重歯がチャームポイントだとも書いてある。まるで愛海をモデルにしているかのようにも思えてくる。

これは単なる偶然なのか？　あるいは必然？

必然だとしたら谷崎ハルトは、なぜ愛海の被ったストーカー被害を知っていた？

そして、それらを知っていた理由は何なのか？

そうだ。今こそアブダクションだ。仮説形成だ。
もし、谷崎ハルトが愛海ちゃんの知り合いだったとしたら、真実は一体……？
皇子は葬儀へ向かう前、確認しておかなければならないことがあると思った。

18

翌朝、谷崎ハルトの小説を二冊とも読みきると、皇子は寮から小市に電話していた。

「わかりました！　それじゃ谷崎ハルトの素性が確認できたら連絡します！」

小市の快活な声がスマホから、うるさいくらいに漏れてくる。

「その代わり、事件が終わって帳場が解散したら、メシつきあってくれますよね！」

それとこれとは別だという気もするが。「う、うん、まあね」

面倒くさいので皇子は曖昧な返事をしておいた。

「ありがとうございます、皇子さん！　警察クビになったからって無問題《モウマンタイ》ですよ！　皇子さんには、小市民《こいちみん》太郎《たろう》という男がいますんで！」

やはり警察の身分が無くなると、これまで当たり前に出来ていたことのハードルがぐんと高くなる。刑事なら楽に開示してもらえていたような情報も、単なる一般市民の立場では明かしてもらえない。適当にあしらっていた小市のアプローチにも、それなりの配慮をしなくてはならないことに今更ながら気がついた。

「あ、ちなみに皇子さん、お肉とお魚、どっちが好きですか？」

「え？　あ、うーん、お魚かな」

「わ、すっごい偶然。おれとおんなじ！　やっぱり皇子さんなら赤身でしょ！」

「や、白身かな」

「ですよね！　おれも白身大好きなんです！　ちりめんじゃこサイコーっすよね！」

ん？　ん？　何を言ってんだ、この人は？

疑問の答えは、すぐに出た。

「じゃ、伊東のちりめんじゃこが美味しいお店、予約しとくんで！」

「え、まさか静岡の伊東――？」

「だいじょぶだいじょぶ。無問題ですよ。日帰りで行こうだなんて言いませんから。温泉にゆっくりつかれる宿も探さないとなー。じゃ、また後で！」

「ええぇ、ちょっと待ってよ！」

電話は一方的に切れた。まったく……こっちの立場が弱くなった途端、急に強気になり出した。愉快なリスかプレーリードッグかコロボックルみたいな男の子くらいにしか思ってなかったけど案外、油断できない奴だな、小市民太郎。

ちりめんじゃこの為に、わざわざ伊東まで温泉旅行だなんて、ありえない。

そのとき、皇子は何か引っかかりを感じた。

ん？　温泉旅行？　伊東？　ちりめんじゃこ？　観光地ならではの名物……？

ばらばらに散らばっていた情報が思考の流れに逆らい、引っかかっている。

皇子は腕組みして考えた。次の瞬間、頭の中でスパークが起こって一つの答えが頭に生まれた。輝きの向こう側にキューピー人形の微笑みが見えた気がした。

「……もしかしたら……！」

皇子は、またもや電話をかける。すると小市民太郎はすぐに出た。

「はい、こちら捜査一課の小野民太郎！」

「小野……？　えっ、てゆーか、なんで勝手に婿入りしてんの！」

「ナイスツッコミっすね皇子さん！　もう、おれとM1グランプリ出ませんか！」

「そんなことより大変なの！　小市君に、もうひとつ調べ物をお願いしたいの！」

＊

皇子は黒いスーツ姿で寮を出ると、便利屋『ヴィーナスサービス』へやってきた。

愛海の葬儀は夕方からだ。それまでには、まだ時間がある。

大丈夫、それまでに事件にきっちり片を付けてやる……。

腹に力を込めると、照りつける日光を振り払って表玄関から店に入った。

「ごめんください」

簡素な受付窓口に、痩身の事務員・井川不由美が幽霊のように、ふらりと現れた。

「えっ、どうしたんですか、その眼帯」

左目に眼帯を付けた井川不由美を見ると、思わず開口一番、尋ねてしまった。

「実は、ものもらいが出来てしまって……」

青い顔で俯き気味に語る面持ちは、まるで四谷怪談のお岩のようだ。

困惑げに答える井川不由美を見ながら思った。やっぱり、これは何かある。

「あの、武田なら只今、外出しておりますが」

「いえ、いいんです。今日は、井川さんにお話があって伺ったので」

「え、私に、ですか……？」

「ちょっとした確認です。すぐに済みますので」

その瞬間、密かに小さく息を呑んだ井川不由美を皇子は見逃さない。

「では、どうぞこちらへ。今、お茶を淹れますので……」

皇子を応接スペースへ通すと、井川不由美は、ぎこちない足取りで立ち去った。

合皮のソファには掛けず、皇子はオフィスの中へと目をやった。

ふだん武田が使っているであろう大きなデスクには書類が乱雑に広がっている。読みかけと思しき袋とじグラビア付き週刊誌も同じ場所に放置されていた。

事務スペースには、デスクが三つ並んでいるが、現在使用されているのは井川不由美のものだけである。こちらは整頓されて、余計な物は一切置かれていない。井川不由美の質素で控えめな性質を象徴しているかのような状態だ。デスクを見る限り使用主が、どういった趣味の人間かはイマイチ掴みづらい。それは、まるで自由な意思を剥奪されてしまったかのようにも見えた。

「それで、お話というのは何でしょう？」

井川不由美は、どういうわけだか、足を引きずって歩いていた。

そして皇子の前に茶を差し出すと向かいに浅く腰掛けた。

「すみません。お仕事中に突然一人で押しかけて」

「いえ、大丈夫です」

その途端、井川不由美のお腹の音が長く切なく鳴り響いた。

「あ、すみません。ちょっとダイエット中なんで……」

「気にしないでください。わたしも、よく鳴っちゃうタチなんで」

互いに少し笑い合う。滑り出しは悪くない。気持ちがほぐれれば本音も出やすい。

「そうそう、井川さんは堂本さんの彼氏が、どんな方だかご存知でしたか？」

「え？　いえ、特には……」

「ご面識は？　顔写真、見せてもらったことがあったとか」

「いえ、そういうことは特にはないです」

「でも、ご同僚だったわけですよね？　愛海ちゃんなら、彼氏が出来たって話くらいしてたんじゃないかと思うんですけど？」

「ええ、まあ、確かにそれは……堂本さんが退職する前に言ってた気がします」

これで何とか第一段階は終了だ。皇子は次なる一手に出ることにする。

「あ、そのキューピーちゃんの人形、可愛いですね！」

表情の乏しい井川不由美の顔に、少し驚きの色が浮かんだ。

「いいなあ。ちょっと見せてもらってもいいですか？」

スカートのポケットの合間からぶら下がっているタキシード姿のキューピー人形を指さすと井川不由美は、困惑しつつも、赤い紐を引っ張り、取り出した。

「へえ、携帯ストラップになってるんだ。いいなあ。どこで買ったんです?」

「や、まあ、母と旅行に行ったとき……」

「あ、これ、ご当地キューピーってやつだ。知ってます知ってます。伊勢海老の着ぐるみ着てる伊勢海老キューピーとか、沖縄だったらゴーヤの格好したゴーヤキューピーとか色んな観光地で売ってるんですよね?　その場所にしかないデザインで」

キューピー人形付きのスマートフォンを持った井川不由美は、うなずいた。

「あれ、でも、このキューピーってタキシード姿?　花婿さん?　ご旅行って、どこへ行ったんです?」

「や、その……よく覚えていません」

「もしかしてお母さんに買ってもらったんですか?　それとも自分で?」

「え?　自分でですけど……」

「それ、本当に?」

「ええ、本当に……」

なぜそんなこと聞くのだろうと井川不由美は戸惑いながらも、ふと俯くと、

「……なんか、すみません、いい歳して、こんな子供みたいなもの……」

「いいえいいえ、全然。いい歳なんてことないですけど……」

皇子があえて言葉を切ると、目を伏せていた井川不由美が顔を上げた。その瞬間にすかさず言った。

「ただ、今のお話だと、お母さんと行った旅行なんですよね？　本当に覚えてないんですか？　いつ、どこに行ったのか」

井川不由美の目が少し下を向く。

「や……その……結構、昔なんで……あ、でも二、三年前だったかな」

そろそろいいかと皇子は思った。

「井川さん、亡くなった愛海さんも母親と旅行に行ってたこと、ご存知ですか？」

「あ、いえ……そうなんですか？」

「でも当時、ご同僚だったのに愛海ちゃん、何にも言ってませんでした？　親孝行ですよね。一緒に軽井沢に行ったんですって、温泉旅行」

「そうですか。あまり、記憶には……」

「でもオススメのツアー旅行、井川さんから教えてもらったってお話ですよ？」

「え……？」

実は、そんな話、誰からも聞いてはいなかった。もしかしたら愛海の母なら、愛海から聞いていたかもしれないが、今の状態で確認をとるのはデリカシーに欠けるだろう。ここはカマをかけてみるより他にない。

「や……どうだったかな。私が教えた記憶はない気がしますけど」

「そうですか？　おかしいですね。でも、わたし、ちょっと調べてみたんです」

皇子は、小市から先ほどメールで送ってもらって、プリントアウトしたばかりの用紙を取り出した。

「これ、関東グッドツーリストのツアー旅行参加者名簿なんですけど」

そう言っただけで井川不由美の表情が青ざめた。

「愛海ちゃんが、この旅行会社で軽井沢ツアーにお母さんと行く前、井川さんも母親と、同じ軽井沢ツアーに行ってるんですよね？」

井川不由美は、はっと目を伏せ、困ったような表情だ。

「あ、ちなみに二、三年前じゃなくって、ちょうど一年前ですね。なのに、行き先も覚えてないなんてことあるんでしょうかね？」

「や、さっきは、ちょっと混乱してて……」

「じゃあ、そのキューピー人形、いつどこで買ったか、そろそろ思い出しました？」

「あ、はい……そのとき、軽井沢で買いました」

「ですよね。軽井沢限定品ですもんね。そのウェディングキューピーの人形は」

皇子は、あらかじめネット上で調べをつけていた。外観からは地域が連想しづらいがタキシード姿のウェディングキューピーは確かに軽井沢だけの限定品である。

「それで、けっきょく、お話って何なんです？　私、仕事も溜まってるんですけど」

井川不由美が唐突に切り出した。何か聞かれたくないことがあるようだ。

「あなたが行った軽井沢ツアーの添乗員は、楢垣さんでした」

「――――」

井川不由美が目を伏せた。

「井川さん、あなたは、その後も関東グッドツーリストの旅行ツアーに一人で二度ほど参加しています。そのときの添乗員も楢垣さんでした。しかも、記憶している社員がいたんですよ。あなたが、旅行会社の窓口で『楢垣さんが添乗員のツアーに参加したい』って伝えていたことを」

「それは、ただ楢垣さんが親切で、感じがよかったから……」

「それだけの理由で追っかけみたいなことは普通はしません」

皇子が断言すると、井川不由美は唇を内側に巻き込んだ。それは反論したいが、出来ない心境の表れだろう。

「あなたは軽井沢ツアーで出会った楢垣さんに好きになったんです。それで舞い上がる気持ちでウェディングキューピー人形を買って今も肌身離さず持ち歩いているんです。そのキューピー人形は男女セットで売られてますから。あなたは、おそらく花嫁キューピーを自分に、花婿姿のキューピーは楢垣さんに見立てて買ったんです」

決めつけたように言ってみたが、井川不由美の目には動揺がはっきり表れた。

「しかも、スマホって専用カバーが無いと携帯ストラップを付けられないのに、そこまでして付け続けてるなんて余程、大事にしてる証です」

井川不由美は顔をそらせて表情を隠している。

「楢垣さんは多分、一年前のツアー参加客だった井川さんのこと覚えていません。あなたが旅行の際は眼鏡を着用していたからだと思われます。そのことはツアー会社が撮った記念写真でも確認できています」

皇子が小市から受け取っていた写真を示すと、井川不由美は言葉を失った。

「でも井川さん、本当は分かっていたんですよね？　この前、わたしと一緒に聞き込みに来た男性が楢垣さんだって。愛海ちゃんの彼氏の楢垣さんだって。なのに、どうして知らないフリをしてたんですか？」

「や、それは、あの添乗員さんだって確信が持ちづらかったというか……。大体、私、楢垣さんが愛海ちゃんの彼氏だなんて知らなくて……！」

「それは嘘です」

皇子は息を整えると、立ち上がった。

「あなたは、楢垣さんが添乗員であるツアーに、ぱったり行かなくなっています。ちょうど、愛海ちゃんが楢垣さんと付き合い始めた頃からです」

とするならば二人の交際を知って諦めたのだとも考えられる。

「しかも愛海ちゃんは、あなたの紹介で同じ軽井沢ツアーに行ったはずなんです。偶然、同じツアーに行ったとは考えづらいですから。その上、そこで知り合った添乗員が彼氏になったら、愛海ちゃんは、あなたに話すと思うんです」

「そんなこと……」

井川不由美は目を伏せ、下半身の向きを皇子の方から遠ざけた。

皇子は思い出す。最後に渋谷で会った日、愛海は「友達の悩み事とか、何かあったら電話とか、してもいい？」と皇子に言った。更に、友達と喧嘩でもしているのかと尋ねた皇子に対し「や、喧嘩じゃないけど……あたしも、まだハッキリしたことは知らなくて」と愛海は答えた。それは愛海自身が、これから友達と会って悩み事を聞く為だったのではないか？　だとすると、その相手は事件前日と事件直前に愛海に電話していた井川不由美である可能性は決して低くない。

「あなた、事件が起こる直前の夜六時か七時頃、池袋あたりで愛海ちゃんと会ってたんじゃないですか？」

俯いていた井川不由美の顔が驚いたように上がった。その瞬間を逃さなかった。

「事件の前日、あなた、愛海ちゃんに電話してますよね？　そこで愛海ちゃんに悩み事を相談したくて会う約束をしたんじゃないですか？　でも会ったとき、あなたは知ったんです。自分が一目惚れしてた楢垣さんと、愛海ちゃんが結婚間近であることを」

すると頭上からの舌鋒に耐えかねたのか井川不由美は皇子を押しのけ、立ち上がる。

「待って下さい、井川さん……！」

よろめきながらも距離を取ろうとする井川不由美は足を止めた。振り向いた。

「……私は愛海ちゃんと会ったりなんかしていません！」

怯える様子だった井川不由美が断言した。

「大体、私に、そんなことしなきゃいけない理由はありません……！」

そんなこと？　愛海に対する殺人のことを言っているのかと、すぐ気がついた。

「もし、あなたに動機があるとしたら、それは嫉妬です。あなたは、幸せそうな愛海ちゃんに嫉妬をしたんです。でも愛海ちゃんが添乗員さんと交際したことを、あなたは以前から知ってたはずです。だから一度は身を引いた。自分も、楢垣さんを好きだったことは隠し通したまま、身を引いたんです」

「だったら私が、愛海ちゃんを殺すはずないじゃないですか……！」

井川不由美が必死になって否認した。やはり何かある。そう直感した。

その刹那、緊迫した場に不似合いな空腹の音が再度、二人の間にこだました。

「井川さん……わたし、以前、警察の生活安全課ってところにいました。少年少女の揉め事とか、男女間の争い事とかをよく担当してたから分かるんです」

井川不由美は、何を言われるのか察したかのように皇子を見た。

「かばってるようですけど井川さん、さっきから左足を引きずっていますよね？」

「そんなことありません」

井川不由美が茶を淹れに行ったとき、戻ってきたときのぎこちない足取りを皇子は思い出しながら問い詰めた。

「誰かに蹴られたりして、筋を痛めていたりするんじゃないですか？」

「どうして、私がそんなこと……」

「その上」皇子は井川不由美に訴えた。

「今日も、前に来たときも、おなかをよく鳴らしてましたよね？　それは、ドメスティック・バイオレンスを受けてる方に頻繁に見られる特徴です」

「違います。これは、ただ、ダイエットをしてるだけで――」

「――絶食を」

言葉の間隙に割り込むと、痩身の井川不由美は青ざめながら息を呑む。

「命じられているんじゃないですか？　そういうＤＶも時折あります」

「……命じられてるって……誰にそんなことを……」

「あなたの顔面を殴りつけた人にですよ……！」

皇子は井川不由美の左目の眼帯を剥ぎ取った。隠されていた左目蓋の周辺は痛々しいまでの紫色になっている。明らかに物もらいによる症状ではなかった。

「……違うんです。これは物もらいだったんですけど、壁にぶつけて……」

必死にごまかそうとする井川不由美に、皇子は言った。

「バレてるんです、本部の捜査で。あなたが武田社長と不倫の関係にあることも、ＤＶ被害の疑いがあることも……」

井川不由美が悲しげに顔をそらして、俯いた。

「……こんな、乱暴なことして、すみません……でも、わたしは、あなたが人知れず苦しんでるなら、ちゃんと力になりたいって……本当に心の底から思ってますから」

井川不由美が一瞬、皇子を見やった。

そして、どこか苦しみをこらえるように目を細めて顔をそらせた。皇子は思った。井川不由美は、愛人である武田に日常的に暴力を振るわれ、レイプまがいの苦しみを受けている可能性も否めない。だがDV被害者は、周囲への相談や密告が加害者にバレた際の報復を恐れるあまり、悩みを一人で抱え込みがちだ。それどころか加害者の罪が発覚しないよう、自ら周囲に隠すようなことすらある。よしんば相談したとしても周囲へ他言することを厳しく禁じるケースも、よく見られる。

愛海ちゃんも、それで不由美さんの悩みを他言できなかったんじゃ……？

だが今、井川不由美を問い詰めたところで、きっと本当のことは言わないだろう。

皇子は奪った眼帯を、そっと差し出した。井川不由美は、それを奪い取るように受け取ると、皇子に背を向け、目に付けた。しばし沈黙があった。

それから井川不由美が皇子に横顔を見せたまま、呟いた。

「……よく言いますよね……偽善者のくせに……」

返ってきた言葉は、期待に反するものだった。

「あなた、どうせ思ってるんですよね？　……私が、ウェディングキューピーとか買っちゃって甘い結婚夢見てるような寂しい女なんだって」

鋭い瞳が皇子を見据えた。

「そのくせ、泥沼不倫なんかにハマった挙句、DVに苦しんでるばかな女だって……それで嫉妬に狂って愛海ちゃんを殺したんだって！　私が、そういう惨めでどうしようもない女だって、どうせあなたも思ってるんでしょう……！」

静かながら詰問するような強い口調だった。今度は皇子が息を呑む番だった。

図星だ。確かに、わたしは、そう思っていた。けど――。

その考えは間違っていたのか？

「大体、証拠はあるんですか？　私が殺人犯だって証拠はあるの？　私が暴力を振るわれてるって証拠は何かあるわけ……!?」

あるのは、情況証拠だけだった。決定的な物証などは発見できていない。

「ああ、そう。無いんだ。だったら私が犯人だなんて百パー言えねーはずだよな！」

左目に眼帯をした井川不由美は目を見開いて顎を突き出し、もはや般若の形相だ。

DVの被害者というより、むしろ加害者が暴力をふるうときのサディスティックな顔貌だった。態度が豹変し、言葉遣いすら人が変わったようになっているのが痛々しい。

――負の感情は人から人へリレーされていく。それが一箇所に溜まりに溜まって、とうとう決壊したとき、殺人事件は発生するんだ。

そんな父の言葉が思い返された。今の井川不由美は、まさに負の感情の掃き溜めになっているかのようだ。殺人を犯している可能性。ある。皇子は、そう踏んだ。

あのとき、わたしはガキだった。父の真意が理解できず、犯罪は社会のせいじゃない、そんなの理解できないだなんて、てんで的外れな答えをしてた。わたしは悪くない。悪いのは犯人。わたしに責任はない。そんな小さなことばかりが気になっていた。

でも父が言いたいのは決して、そんなチンケなことではなかった。

暴力を受ける者は自らも暴力に心を支配されていく。

それで誰かが一人でも命を失うなら、それは社会全体の敗北であり、失態なんだ。

誰にも命を失ってほしくない。

全ての犯罪被害者を救いたい。

もうこの世界から一人の殺人者も出したくない。

そう願った。

けれど、その方法は分からず、井川不由美の罪を立証する知恵も決定打も今の皇子は持っていなかった。

19

すごすごと便利屋を後にすると皇子は、桜木班長に電話した。

そして伝えた。尾崎崎子が犯人ではないかもしれない可能性があるのだと。だが桜木は、皇子の根拠をろくに聞くこともなく言った。

「焦るのもわかるが尾崎崎子は今日の午前中、正式に逮捕された。供述通り凶器も見つかって鑑定も、もう済んだ。奴がホンボシで間違いない」

それとも覆すような証拠でもあるのかと問われると、皇子は返事できなかった。

「お前の気持ちも分かるが、捜査のことは諦めろ。もう警察の人間でもないんだろ。下手に動かれて、こっちに支障が生じても困るしな」

井川不由美のことを伝えようかと躊躇している内、桜木は話を切り上げ、電話を切った。警官でなくなった皇子が動くことを桜木は全く歓迎していない。たとえ情報を伝えたとしても今の様子からすると、まともに取り合ってくれそうもない。

南常磐台の葬儀会館へ向かうことにした。

事件は、ひとまず別の角度から追うことを考えなければならないだろう。

丸ノ内線新大塚駅から池袋まで行くと、東武東上線の成増行き普通列車に乗り換えて約十分。ときわ台駅で下車をする。

北口に回ると、まず宏美の経営するスナック『アモール』に立ち寄ることにした。

路地に入ると辺りは一層、薄暗い。飲み屋横丁のはずだ。けれど夕暮れ時に足を踏み入れると廃墟街に迷い込んだかのような錯覚に陥る。どの店舗も設置された空調の室外機が砂埃を被っていた。いずれも東上線の線路を背にして軒を連ねている。急行列車が通過すると家屋の窓ガラスが小刻みに揺れた。いつか倒壊するのではないかと不安にさせる老朽ぶりだ。その中に雉《きじ》トラ柄の野良猫が室外機の上で寝そべっている店を見つけた。それが、宏美が愛海と共に営んでいた店『アモール』だった。

他の店よりは、ずっと店舗の外観にも清掃が行き届いており、品がある。

門扉には「ＣＬＯＳＥ」の札がかかっている。当然、営業はしていない。

尾崎秋斗は、この前で愛海に絡んでいた若い酔客と揉み合いになっていたらしい。

首からカメラを下げた男とは一体、誰だったのだろう。

店の前に出されたままの鉢植えは花を咲かせることもなく、葉も蕾も干からびて弱っていた。その傍らに幾つか花束が供えられている。その中に仏花があった。常連客の労務者がなけなしの三百円で買った仏花を手向ける様子が頭に浮かんだ。店の前にはベルガモのような高価な花は一束たりとも供えられてはいなかった。

尾崎秋斗の住むアパート周辺に移動すると聞き込みを行いながら、事件に関する情報を頭の中で整理した。母と、かつてストーカー事件を起こした息子。息子は夫婦の離婚を誘発し、母はメールで逃走資金を要求された。二人の関係性に思いを馳せた。

聞き込みした情報から一つの仮説に到達した頃、待ち合わせ時間になった。

喪服姿の並腰係長と駅の北口で落ち合った。並腰係長はガラパゴス携帯のワンセグ機能で、テレビのニュース番組を見ている。画面の中では赤西刑事部長が記者団の前で無事、容疑者の逮捕に至ったことを報告していた。

「発見されたって凶器の鑑定結果は、どうだったんですか？」

「うん、供述通り大学の調理員用ロッカーから果物ナイフが発見されてね。指紋が本人とぴったり一致だってさ。供述翻したりして調書に自白を取り直すのは少し手こずってたみたいだけど。情況証拠に自白と物証。これだけ揃えば、もう間違いはないだろうね」

けれど皇子には、いまだしっくりこない点が幾つかあった。一昨日、神野に話した際は直感止まりだった不審点も、何がどうおかしいのか今では整理がついていた。

「尾崎秋斗は釈放されたんでしょうか？」

「その内、されるんじゃないかな。そこまで聞いてこなかったけど」

いずれにせよ、話が出来るのは今日の夜ないし明日の朝になるだろう。

尾崎秋斗に直接、問いただせば決定的な何かが浮上してるはずだ。

「葬儀の前に寄って行きたいところがあるんだけど、小野さんは、どうする？」

「あ、それじゃあ、わたしも」

並腰係長が向かったのは、南常盤台二丁目にある人通りもさほどない街路だった。

その街路沿いに立つマンションの谷間に地蔵が二体、祀られていた。

どんな街角にも路地の隅にひっそりと立っているような目立たない地蔵だ。

この町の住人でさえ立ち止まって見たり、拝んだりすることはほとんどないだろう。

「あたしね、昔この近くの派出所に配属されてたのよ。そのとき死者の出る事故があってね。それで遺族の人たちと、よく拝みに来てたから」

「平安地蔵、ですか？」

史跡名と建立の由来が記された札が申し訳程度に立てられていた。

「この平安地蔵はね、戦時中、B29の爆撃で亡くなった人たちの慰霊の為に建てられたんだよね。ほら、お地蔵さん、大きいのと小さいのが並んでるでしょ？」

確かに小屋の中に赤いよだれかけを着た地蔵が二体、肩を並べて立っている。

「あれは、大人と子供を表してるんだって。なにしろ爆撃で亡くなった人が、分かってるだけで二百六十九人もいるって話だ。こんな何の変哲もない街角なんだよ？　なのに百二十分程度の空襲で、二百六十九人が殺されたなんて。大人も子供もいただろうし、赤ん坊だっていただろうに……まさに阿鼻叫喚だよ。この世の地獄だ」

それが実際に、そう遠くない過去、同じ人間の行っていたことだなんて信じがたい。

そんな街角が、そこかしこに実在するだなんて考えてみれば異常なことだ。

もし神様が、そんな悪鬼のような所業を見ていたら、人間はなんて愚かな存在なんだと思って、さぞかし呆れ果てていることだろう。

「あれ？　そういえば、お地蔵様って、どこにでもあるけど、神様なんですか？」

皇子は、ふと浮かんだ疑問を口にした。

「お、地蔵頭のあたしに、それは中々いい質問だね」

確かに言われてみれば禿頭と言っていいほど髪の薄い並腰係長は、素朴で温もりある風貌と相まって、ぬらりひょんよりお地蔵様の方にソックリだったかもしれない。

「お地蔵様っていうのは基本的には地蔵菩薩って言って道祖神《どうそしん》、つまり色んな街角に祀られる神様なんだね。地蔵菩薩こそ閻魔大王の本来の姿だ、なんて考え方もあるんだけどね」

「え、お地蔵様が閻魔様なんですか？」

「うん、まあ、そこら辺は仏教の宗派によっても諸説あるから色々だけど。両者は別々の存在で、気のおけない相棒みたいな仲なんだって説もあるしね」

閻魔と地蔵菩薩が相棒か。一体どんな会話をするんだろう。

「小野さんは聞いたことがないかな。親より先に亡くなった子供は《賽の河原》に送られるんだって話。そこで子供は、親へ許しを請う気持ちで石の塔を作ろうとするんだけど鬼がやってきて、積んだ端から崩してしまう。だから子供たちは塔を完成させられなくて三途の川のほとりで永遠に塔を積みあげなきゃならなくなってしまう」

皇子は想像した。もし愛海ちゃんが賽の河原で、今も泣きながら石を積み続けていたとしたら、どうしよう。

「でも心配はいらないよ。ちゃんと地蔵菩薩がいるから安心だ」

「安心って、どういうことです？」

「地蔵菩薩は、その鬼たちをやっつけて子供たちを助けてくれる存在なんだ。だからさ、やっぱりこうして、お地蔵さんに日頃の感謝とお願いをしなきゃと思ってね」

そう答えると並腰係長は　木造の小屋に安置された二体の地蔵の前に進み出た。

そして数珠を手に持ち瞑目。平安地蔵に向かって静かに合掌した。

皇子も、それに倣う。数珠を持って手を合わせると心の中で祈りを捧げた。

神様、仏様、どうかお願いです。愛海ちゃんが苦しい思いをしなくて済むよう、どうかお守り下さい。安らかな気持ちで過ごせるすように、どうかお支え下さい――。

そのとき皇子の携帯が鳴った。相手は小市だ。電話に出ると、すぐ言った。

「皇子さん、大変です！　ちょっと今から、おれに付き合ってもらえませんか⁉」

勿論、いつもの軽い調子ではなかった。声音は真剣そのものだ。

「大変って、何か分かったの？」

「事件の晩、愛海さんが家から出てってコンビニ向かったすぐ後です。恋人の楢垣光一が本当は家で寝てなくて――部屋から出て、後を追ってたみたいなんです！」

楢垣さんが愛海ちゃんの後を追っていた――⁉

皇子は思わず絶句していた。

20

匿名電子掲示板ちゃんねるⅡで、たびたび愛海の母・宏美と愛海の恋人・栖垣光一の関係が怪しいなどと中傷まがいのレスを書き、かつ自分は真相を知っているといったような仄めかしを繰り返していた男がサイバー犯罪対策班の捜査によって特定された。なんと発信元は、堂本母娘が住んでいたアパートの隣室の住人であり、悪質な風評に過ぎないと思われていた男の書き込み内容は信ぴょう性が一挙に高まった。

だが隣家の住人は元々、何も有力な証言はしていなかったはずだ。

これは一体どうしたことなのか？

皇子は、小市の計らいで密かに合流すると直接、情報の確認にやってきた。

「やー、警察って、ちゃんねるⅡの書き込みまで、いちいちチェックしてるんだ」

皇子が追及すると、玄関に出てきた隣室の男・嘉納は、あっさり白状した。

「……で？　愛海さんと宏美さんが口論してたの？」

「そうそう、俺、『週漫パチスロット』をね——あ、パチスロの漫画雑誌ですけど、それ読んでたんすよ、次こそ取り返しやろうと思って。そしたら『とにかくコンビニ行ってくる！』とか聞こえてきて、深夜なのにうるせーなとか思ってさ。あ、ちなみに、この窓開けてたから聞こえたんだけど」

そう言って男は、共用通路に面した格子の嵌まった窓を指さした。

「でも、まあ、隣の女の子って結構可愛いでしょ。こんな夜中に危ないなって心配してたの。そしたら、ドアが開く音がまたしてさ。見たら彼氏の男が小走りで出てったの。俺、確かに見たんだよ、この隙間から」

「それって、愛海さんが出てってから時間は、どのくらい経ってましたか？」

「うーん、そうだねえ。どうだったかなあ。記憶がイマイチなあ」

隣人男・嘉納《かのう》は下手な芝居で、喉元あたりをトントンと叩いてみせる。

「あの、もしかして情報提供の見返りとか要求してますか？」

「見返り？　え、お金とか？　いやいや、まさか」

嘉納は淫猥《いんわい》に伸び散らかした顎鬚を弄びながら、皇子ににやけた。

「ただ俺、明日のパチ屋のイベントのことで頭がいっぱいでさー。や、ここんとこ負けが続いちゃってるから、軍資金がもっとあったらいいなーなんて――」

皇子は両手の指をボキリボキリと鳴らしてみせた。すると嘉納のにやけ顔が固まった。

だが皇子は嘉納の襟首をグイと下方へ引き掴むと、上から気迫で睨めつける。

「自慢じゃないけど、わたし、警察の柔道大会でも優勝して、近頃じゃ『恐怖のカマキリ女』とかって呼ばれてるんですよ？」

「わ、わかったから……！　てゆーか今、ちょうど記憶が戻ったみたいです……！」

嘉納は顔面蒼白で体を縮こめると皇子から慌てて離れて、息を整える。

「え、えーっと、彼氏が出てったのは、直後ではなかったです。でも、そうだな。愛海さんが出てってから二分も経ってないと思います。先に出てった愛海さんの姿は見えなかったろうけど、走れば追いつくくらいの時間差だったんじゃないかと多分……」

だとすると「二時過ぎに捜索に出た」という楢垣の証言とは全く食い違う。

「ちなみに楢垣さん、灰色のパーカー持っていたりしなかった？」

「ちょっと、そこまでは覚えてないですね……あ、ややや っ、これはマジガチで！」

慌てぶりから見て、嘉納が嘘をついていることは無さそうだが。

「で？　そのあとは？」

「えっと、そのあとは……楢垣さんが一人で戻ってきて。それから少し経って。俺、もうさっきのこと忘れて外のここらで涼んで煙草を吸ってたんです。そしたら楢垣さん、また一人で出てきて『この家の若い女性、見てませんか？』って俺に聞いてきて」

「愛海さんのこと？」

「勿論です。それで俺やベー疑われてんのかって思って『知らないよ』って答えたの。そしたら今度は母親が電話持ったまま出てきて『愛海が死んでるって……』とか言って急に泣き出しちゃって。それ見たら、まさか殺人事件かよって俺も驚いて……」

嘉納は、そのときの動揺を思い返したのか青ざめる。

「で、二人が出てった後、まさか殺人なのかって俺も興奮しちゃって。思ったんすよ。あの彼氏が犯人じゃねえのって。だって俺、あの人、出てくの、この目で見てるし」

嘉納は興奮したように熱弁ふるう。

「でもさ、その後、気づいたわけ。もし本当に殺人犯だったら、証言して逆恨みとかされてもマズイよなって。それで、どうすりゃいいんだろって困ってさ。警察が聞き込み来たけど、けっきょく用心して、まずは黙っておこうって決めたんだ」

「それで今まで、ずっと知らぬ存ぜぬかよ……ひどいな、君は」

小市は上から目線で大きくため息。だが皇子の頭には新たな疑問が浮かんでいた。

「でも、ちょっと待って。楢垣さんも宏美さんも言ってなかったよね？　事件の晩、嘉納さんと会ったとか。嘉納さんに愛海ちゃんの行方を聞いたとか」

「なるほど。そっか。そういうことか……」

すると嘉納が、得心がいったように一人で頷いた。

「何が、なるほどなんですか？」皇子が尋ねると答え出す。

「や、実は……テレビでも事件の報道が始まってエライコッチャって思ってたら楢垣さん、いきなり俺の部屋に来たんです。で、上がり込んできたと思ったら『あの晩のこと何か気づいてますか？』って言ったの俺に。多分、この窓――」

嘉納格子が嵌まった窓を指さした。

「少し開いてて電気も点いてたの思い出したんだろうな。で、俺もうやべー殺られるってマジ涙目で。しかも怯えてるの、顔に出ちゃったんだろうな。そしたら言ったの楢垣さん。『僕が出てったの見てたんですよね？　それ、もう警察や記者に言っちゃいましたか』って。だから俺もう全力で首振って信じて下さいって土下座までして」

「で？　そのあとは？」

皇子が強い口調で先を促すと、嘉納は萎縮しながら話を続ける。

「そしたら楢垣さん、『僕も宏美さんも、犯人というわけではありません。でも余計なことを言われると困ります。だから、これ』って現金十万、すっと出したの」

「受け取ったの？」

「受け取りますよ。じゃなきゃ殺られちゃうし。それに、別に違法じゃないでしょ」

確かに、もし本当に楢垣から金を差し出したのだとしたら恐喝には当たらない。

「でもさ、そしたら急に誰かに話したくなってきちゃって……殺人犯が野放しかって思ったら……ウズウズしちゃって、ついつい、ちゃんねるⅡに書き込みを……」

皇子は考えた。そういうことなら楢垣が、嘉納との関わりを話していなかったことも頷ける。ただ嘉納の話が本当だとしたら、それは一体、何を意味するのか？

警察から電話を受けた直後の宏美とも嘉納は接触している。ところが宏美は、そのような経緯があったことを本部の捜査員にも話していない。一体それはなぜなのか？

少なくとも、それは楢垣と宏美が足並みを揃えていることを意味している。

娘の彼氏と、娘の母親。

嘘をついていた二人の間に、いかなる関係が秘められているというのだろうか？

＊

皇子は南常盤台の葬儀場に向かって住宅街を真っ直ぐ歩いていく。

皇子は、自ら全ての事実を確認してみたかった。とは言え、今は葬儀が始まる直前だ。下手なタイミングで新たな判明事実を本部へ報告などすれば、愛海の死を悼み、せめて冥福を祈ろうという宏美や楢垣の気持ちを大きく妨げることにもなるだろう。

「でも楢垣さん、あの晩、愛海ちゃんの出た後、外へ行って何をしてたんですかね？」

小市が言った。

考えられることは限られていたが、今は何も確かなことは言えなかった。

「あの二人が犯人だなんて……そんなことだけは、わたしは絶対ないと思う」

そうでなければ、世の中って一体、何なのだろうと思えてしまう。

この世に愛や善意は存在しないのかと思えて絶望してしまいそうだ。

桜木班長が言う通り、目を覆いたくなる現実が時折あることも事実ではあるが……。

「じゃ、やっぱ尾崎崎子がホンボシってことで間違いないんすよね？」

確かに神野は、そのように主張していた。だが果たして真相は何なのか？

葬儀場に着くと並腰係長が待ちわびていたかのように皇子のもとへやってきた。

「あ、小野さん、早く行ってあげて。呼んでるんだよ、宏美さんが」

「宏美さんが？」

「小野さんに、何か大事な話があるそうなんだ」

21

皇子は、緊張しながら宏美が待っている控え室へ向かった。

格子の引き戸を開き、畳敷きの部屋を訪ねた。喪服姿の宏美は、皇子が挨拶する間もなく「落ち着いて話が出来ないから向こうへ行きましょう」そう言って皇子を先導するように部屋を出た。確かに襖一枚隔てた隣室からは弔問客と思しき男女の話し声が折り重なって漏れてくる。宏美の姿が直接見えないことから生じる油断の為か、その中には笑い声も混ざっていた。

宏美が観音開きの扉を開いた。そこはまだ人一人いない愛美の葬儀会場だ。たくさんの白い菊の花、色鮮やかな生花、左右を照らす行灯と六灯《ろくちょう》。そんな白木の祭壇を飾る品々の中、愛海の笑顔は幽寂に浮かび上がっている。

遺影の中の愛海の笑い顔は、その内側から暗闇に輝く満月のような光をたたえている。けれど生きていた頃のように柔らかな表情を次々に見せてくれるわけでもなく、四角い黒縁の中で凍りついてしまったかのように硬直したままだ。

宏美は左右に並べられた座席の真ん中を通って、祭壇の前まで進んだ。

「……なんだか、不思議なの。どうしてこんなことになっているんだろうって……愛海の遺体を見たのに、なんだか現実感が湧いてこなくって」

背中越しに僅かに横顔を見せる宏美に皇子は頭を下げた。

「先日は……本当に申し訳ありませんでした」

宏美は力なく踵を返すと、最前列中ほどの座席に静かに掛けた。

「……どうぞ、掛けて」

小さく黙礼すると、通路を隔てた手近の席に皇子は浅く腰掛けた。

「さっき見たわ。テレビの報道。犯人、逮捕されたんですって……？」

尾崎崎子の逮捕を受けて赤西刑事部長が行った会見を見たのだろう。

皇子は、ひとまず宏美の様子を窺うことにする。

「ね、本当に、あのストーカーの男の子の母親が犯人なのかしら？」

宏美の思いがけない発言に皇子は驚きの念を隠せない。

「あの、それは、どういう……？」

「なんとなく信じられなくって……特に根拠があるわけじゃないんだけど……」

そう言いながらも宏美は目を伏せ、片手で、もう片方の手を握りしめていた。何かを打ち明けるべきか否か迷っている。そんなふうに見えて皇子は思わず告げていた。

「……実は……わたしも、少し思ってるんです。犯人は別にいたんじゃないかって」

やっと一区切りがついたところで、こんなことを言ってしまえば気持ちを波立たせる可能性は充分あった。それでも真実が闇に紛れるよりはマシではないかと考えた。

「小野さん、警察を辞めたんですって？」

出し抜けに宏美が言った。

「並腰さんって言ったかしら。さっき、あなたの上司だって人から聞いたの……」

申し訳なさそうに告げる宏美に皇子は戸惑いながらも頷いた。

「……本当にごめんなさい。私が、タブロイド紙なんかの記事でカッとなって、あんなこと言ったばっかりに」

「違うんです。宏美さんの言葉が原因ではありません。わたしの未熟さが原因なんです。愛海さんが、こんなことになったのも……」

宏美は無言のまま、首を横に振った。

「……愛海はね、いつも、あなたの話をしてました。皇子先輩はすごいって。女性なのに刑事として悪人相手に戦うなんて、あたしには、とてもじゃないけど真似できないって。どうしたらそんな強くなれるんだろうねって、いっつも私に……」

皇子は複雑な思いを抱く。わたしが強くなったのは、本当に強かったからじゃ、きっと無い。わたしは弱かった。今だって弱い。弱くて色んなことが怖いからこそ強くならなきゃと思ってしまう。愛海ちゃんには、そんな心の弱さは全くなかった。

それは、きっとお母さんに愛情をたっぷりもらって育ったからに違いない。

なのに、わたしは……。

座席から愛海の遺影を見上げると、視界が滲んだ。

愛海ちゃんの楽しそうな笑顔を見たほんの四日後に、愛海ちゃんの笑顔が遺影の中に収まってしまうだなんて全く思ってもみなかった。後悔しても、しきれない。

皇子は涙をこらえて席から立った。

「……わたしは、警察官失格でした。本当に申し訳ございません」

宏美に頭を下げると、その場を立ち去ろうとした。

「待って！」けれど宏美が、すかさず皇子を呼び止めた。

「……私……実は……あなたに言わなきゃいけない話があるの……」

皇子は足を止めて、振り向いた。

宏美も、その場に立って目を伏せていた。

「……私……愛海が死んだのは、あなたのせいだなんて言ったけど……」

やがて、宏美は皇子を見据えると、目に涙を溜めながら一息に言った。

「愛海を殺したのは、私です」

その瞬間、皇子の頭は空っぽになった。

宏美の目からは、涙が一筋流れ落ちていた。

え——愛海を殺したのは、私って……？

それって宏美さんが、愛海ちゃんを殺したってこと？

いいや、それだけはない。そんなことだけは絶対にあるはずない——。

「待ってください、宏美さんが殺したなんて……嘘ですよね？」

嘘でなくても言葉のアヤか何かに決まっている。

「いいえ、私が殺したんです」

皇子の心に激震が走った。

言葉を継げなくなった皇子に宏美は一方的に話を続ける。

「……あれは、事件が起きる直前のことでした。私、警察の方には、愛海が自分から買い物に出てったような言い方をしましたけど……本当は、それは嘘です。真実ではありません。あの晩、私は、愛海と口論してたんです」

ちゃんねるⅡの書き込みが頭によぎる中、思わず、どこかへ流れてしまいそうな意識をしっかり保って、宏美の言葉に耳を傾ける。

「口論の原因は、ささいなことでした。愛海は帰りが深夜になった私の為、夜食を作ってくれていました。でも頼んだ買い物をしていなかった。サランラップです。私は責めました。話の途中なのに電話を取ってトイレに逃げ込まれたのも、嫌だった。でも本当は、それが気に入らなかったんじゃない。借金です。店の経営がずっと上手くいかず……私はずっと悩んでいました。一度、楢垣君の資産を当てにするようなことを冗談で口走り、大喧嘩になったこともありました……」

顔を俯けた宏美は、自分に向かって呟いているようにも見えた。

「その晩も、私はつまらないことで癇癪起こして、愛海を困惑させて。戻ってきた愛海に小言を言ったら『あたしが死んだら保険金入るね。そしたら、お母さんの悩み無くなるね』って。正直カッとなりました。それで言ったんです。『あんたみたいな皮肉言う子はいらないよ！』って。お隣さんや楢垣君にも聞こえたかもと思いました」

宏美は自らの愚かさを悔いるように嘆息した。

「愛海は自分の部屋へ逃げました。でも青いパーカー着て出てきたと思ったら『コンビニ行く』と。『こんな時間にやめなさい』と言ったんですが、ひと言『サランラップ』と。嫌気がさしたように言って出ていきました。……責められている気がして止められませんでした。それが愛海と最後に交わす会話になると思ってなかったし……」

「え、最後って……？」

皇子は引っかかった。

「そのあと宏美さんは、どうされたんですか……？」

尋ねると、宏美は気忙しそうに体を揺らした。

「……私は、やっぱり心配になって愛海に電話を掛けようと。でも愛海は家に携帯を忘れていたんです。いよいよ心配が募って追いかけようとしたら、楢垣君が起きてきて『僕が行きます』って。目が覚めて聞こえてたんだと思います。それで『コンビニですよね？』って。楢垣君は黒い上着を着て、ふらりと外へ出て行きました……」

なぜか声を震わせながら、宏美は涙を隠すかのようにうなだれた。

「え、ちょっと待って下さい」

皇子は頭を整理しながら宏美に尋ねる。

「今の話、どうして、これまでずっと隠してたんです……？」

最悪の可能性を頭の隅に置きながら宏美に尋ねる。

「……私……ずっと口止めされてたんです……楢垣君に……」

核心的なひと言が出た。宏美の思い詰めた表情から、そんな気がした。

「……楢垣君は戻ってくると、愛海は見つからなかったと言いました。彼は、また外に行きました。でも、その後、愛海が遺体で発見されたと警察から連絡が入って。私は楢垣君に付き添われながら板橋署へ行きました。そこで愛海の遺体と対面して、あまりにショックで……案内してくれたあなたにも、つい当たるようなことを……」

皇子は思い出す。あの日、愛海の遺体を見て取り乱した宏美の姿を。

「その後、私たちは詳しく事情を聞きたいからと別室に通されました。でも私の様子がひどかったので『時間を置いて、また来ます』と桜木さんは一度退室しました。そのときでした。楢垣君が、それを見計らうように、私の両手を握ったんです」

宏美は、その光景を反芻するかのように自分で自分の手を握って見つめた。

「そして彼は……私に強い口調で言いました……『お母さんは僕が、ずっと守っていきます。一生守ります。だから僕が愛海の後を追いかけたことは秘密です。警察にも記者にも言わないで下さい。絶対、二人だけの秘密です』って」

皇子は楢垣の考えていることが、直ちには分からず考えてしまう。

「え、まさか、それって楢垣さんが……宏美さんに何か特別な感情でも……？」

もし、そんなことがあったら愛海ちゃんに対するとんでもない裏切りだ。

「彼は、幼い頃に母親を亡くしたそうで……『母』というものに普通とは異なる強い感情があるみたいで……」

そのとき皇子は思い出す。ちゃんねるⅡに書き込まれていた楢垣の疑惑を。あの匿名掲示板でも楢垣は母親に対するインモラルな執着があると書かれていたのだが。

「それで、私は彼の言う通りにしてしまって……」

「言う通りって、口止めに応じたってことですか？」

「だって、そうした方が私の為だって彼が言うから……！」

そして宏美は今日まで胸に隠し秘めてきた思いを吐き出し続ける。

「でも愛海が死んじゃってるのに……私、やっぱり訳が分からなくなって。楢垣君のことが怖くなってきて。本当に信用していいのかとか……それでハッキリ尋ねたんです。楢垣君、まさか、あなたが愛海を追いかけて殺したんじゃないわよねって。彼は、さすがに否定しました。でも私、やっぱり――」

そのとき突然、勢いよくドアが開いた。

「お母さん！　そんなところで何をしてるんです……！」

猛然とドアを開けたのは、楢垣だった。

大声で怒鳴りたてたわけではなかったが、厳しく咎めるような調子が強かった。

「突然いなくなるから、心配したじゃないですか！」

驚いている宏美に楢垣は素早く駆け寄った。そして宏美の安全を確かめるように、あるいは、その身を逃さず確保して独占するかのように宏美の二の腕を掴むと、皇子から遠ざけ、間に割って入って壁になる。確かに普通の様子とはとても言えない。

まさか噂は本当に事実だったというのか――!?

「お母さん、どうして、こんな人と……こそこそ二人で会ったりしてるんですか。お母さんを傷つけるような記事のネタ元ですよ……!」

「違う。小野さんは信用できる人よ。楢垣さんの思ってるような人じゃない」

「とにかく、お母さんは僕の言った通りにして下さい」

すると宏美は、泣きそうな顔になりながら楢垣に訴えた。

「ねえ、楢垣君。もう駄目。終わりよ。私、もう隠し通せないの……あの晩のことは全部、警察の人たちに言わないと……!」

「何を言ってるんですか！　何が駄目だっていうんですか！　僕は、ただ、お母さんの為を思って――！」

楢垣が慌てて宏美の言葉の制止を図ると、皇子は思わず言っていた。

「楢垣さん。わたし全部、知ってるんです。楢垣さんが事件の晩、愛海ちゃんを追って家から出たことも、お金で口止めしたことも、さっき、隣の住人から聞いたんです」

楢垣の顔面に驚愕の色が突き抜けた。そして見る見るうちに青ざめていく。

「……その話……他の誰かには、しましたか……？」

楢垣の眼差しが尋常ではない。皇子の心に最大級の警報ベルが激しく鳴り響く。

まさか、栖垣さんは宏美さんに禁断の思いを抱いていた……？

栖垣さんこそが愛海ちゃんを追いかけ、公園で殺害していた……⁉

だとしたら、まずい。宏美さんは栖垣さんの背後側。このままじゃ何が起こるか分からない。どうすればいい。どうすれば、この難局を乗り越えられる……！

そのとき部屋の外が騒がしくなった。

かと思うとドアが蹴破られたかのように開き、今度は喪服姿の尾崎秋斗が現れた。

「ちょっと、君！　尾崎君！　勝手に入っちゃ駄目って言ってるでしょうが……！」

並腰係長が慌てていた。母・崎子の逮捕に伴って釈放されたと思しき尾崎秋斗は、どういう経緯なのか、並腰係長や葬祭場の係員に制止されていたが、

「邪魔しないで下さい！　ぼくは、ちゃんと謝罪がしたいだけですから……！」

それを強引に振り払って、祭壇前の通路を足早にやってくる。

すると部屋に、騒ぎを聞きつけた弔問客たちが続々と雪崩れ込んできた。

会場は、にわかに騒々しくなり、息苦しいほどの人いきれでむっとする。

その中には弔問客として訪れたらしい滝品老人や、便利屋『ヴィーナスサービス』の代表・武田、眼帯の事務員・井川不由美、それにアパート住人・嘉納、更にいつか神野に出入り禁止を告げられた一部の記者連中、例えば下ぶくれ顔の下袋も、どう紛れ込んだものなのか、やってきている。その他、捜査の過程で聞き込みなどした人物たち、その他、大勢の弔問客たちが喪服姿で現れていた。

そんな中、秋斗は、宏美や楢垣の前で立ち止まる。皇子は警戒の構えをとった。けれど、そんな思いを裏切るかのように秋斗が床に両膝ついて宏美を見据えた。

「このたびは……ぼくの母が……本当にすみませんでした……！」

そして悲鳴のような声で深々土下座する。母の罪過を代わりに詫びようというつもりらしい。だが宏美は突然のことに、ただ怯えて息もつけない様子だ。

楢垣は、そんな宏美を見ると守ろうとするかのように秋斗の前に立ちはだかった。

「出てけよ。お前の顔なんて見たくないんだよ！　とっとと出てけ、この人殺し！」

今度は楢垣の方から近づこうとすると、秋斗は咄嗟に距離を取るように退却し、

「人殺しって……愛海さんに手をかけたのは、ぼくじゃない……本当です！」

「黙れ！　お前が本当は犯人だってことは分かってんだよ！　どうせ母親がお前をかばったか、母親に頼んで殺してもらったりしたんだろう！」

「そんなこと、ぼくはしません……！　出来るはずもありません！」

秋斗は動揺しながらも、逆上した様子の楢垣に反論すると、

「だけど、あなた、本当は分かってるんでしょ？」

皇子は思わず割り込んでいた。そして秋斗を睨みつけると追及した。

「秋斗君、分かってるんじゃないの？　自分の母親が本当は犯人じゃないってことが」

すると秋斗は、あからさまに目を泳がせた。聞いていた人々も、ざわめいた。

「……小野さん、あなた、もしかして何か知ってるの……!?」

宏美が楢垣の前に飛び出した。

「お母さん。僕と、あっちへ行きましょう。このままじゃ葬儀も出来ない」

「こんな状態で出来るわけないでしょうが！　愛海だって浮かばれないわよ！」

「でも——」

「指図しないで！　私は、もう、あなたのことだって疑ってるんだから！」

宏美が一喝した。すると楢垣は虚をつかれたかのように絶句した。

「私は誰が愛海を手にかけたのか……愛海が亡くなった理由が何か知りたいの！」

「では、わたしの考えを聞いて下さい」

皇子が切り出すと、会場にいる一同の注目が集まった。

22

そもそも、公務執行妨害で逮捕された秋斗は、最初の取り調べの際、母が自宅に来ていた事実を話していなかった。

血が繋がっていないとはいえ崎子は育ての親である。それゆえ秋斗は、殺人を犯した母の罪を知らぬ存ぜぬで通そうとしたのだろうと捜査本部は結論づけていた。

崎子の自供後は、それを裏付けるかのように、母が口論の後、果物ナイフを持って部屋から出ていったと秋斗自身も供述した。秋斗は、部屋から出ていった母を一度は放置した。だがもし本当に母や愛海の身に何かあったら困る。やはり心配になって後を追いかけた秋斗は付近を捜索。それゆえ公園で既に遺体となっていた愛海を発見してしまった。おそらく殺ったのは母だ。だが自分が疑われてしまうと思って着の身着のままで逃亡した。その道すがら犬の散歩していた滝品老人に目撃された。

それが事の全てだと秋斗は証言していた。確かに辻褄は合っていた。

だが辻褄が合っているからといって、それが本当に真実だと言えるだろうか？

「まず第一に、わたしは尾崎崎子さんが犯人ではないと思ってます」

祭壇のある部屋の一同の前で皇子は言った。

すると少し落ち着きを取り戻した秋斗が、皇子に挑むように問いかけた。

「母が犯人じゃないって、それ、何か証拠でもあるんですか？」

「そもそも、お母さんが作ったスパイスカレーは」

皇子は先ほどの聞き込みで仕入れた記憶を探った。

「昔から、秋斗君の好物ですよね？　お母さん、秋斗君に喜んでもらいたくて野菜とか買って、家に押しかけたんだよ。近所の八百屋さんも覚えていたから。事件の日、『息子にカレーを作るんだ』って買い物してった尾崎崎子さんのこと。そんな息子想いの母親が身勝手な理由で人を殺すだなんて、やっぱり、わたしには思えない」

秋斗が小さく嘲笑した。

「そんなの、あなたの願望ですよね？」

「いいえ、根拠は他にもあるの」

すると秋斗は、やれやれと目を逸らすが、構わず皇子は主張を続ける。

「わたしたち、事件後、崎子さんの家を訪ねたの。会う時間を約束してね。わたしたちは崎子さんがあなたの逃亡を手助けしてるんじゃないかと疑っていた。そんなとき、ちょうど崎子さんの携帯にメールが届いた。そしたら、崎子さんは携帯電話を隠すみたいな仕草をしたの。まずい、刑事たちに、このメールは見られちゃいけない。そんな芝居でね。あのとき楢垣さんは、まんまとそのメールに興味を持ちました」

結果、皇子たちは秋斗を渋谷で確保するべく、大捕り物を演じた。

「でも、それは全部あなたと崎子さんが仕組んでたことなんだよ。だってメールが届いたとき、崎子さんは老眼鏡をかけていなかった」

更に崎子の携帯はメールの送信主の名前とアドレスが、着信と同時に表示されるタイプである。

「にもかかわらず崎子さんは、すぐに携帯を隠したの。でも老眼で見えてないんだから誰からどんなメールが届いたか、すぐに分かるはずがないんです。じゃあ、どうしてそんな仕草がすぐ出来たのか？　それは、その時間に『秋斗君からのメール』が届くんだって――わたしたちの前で怪しい仕草をして、わざと関心を惹かせるんだって――秋斗君、あなたがお母さんと打ち合わせをして決めてたからだよ！」

すると秋斗は一度目を伏せつつも、皇子に言った。

「意味不明だよ。何でぼくたちがそんな回りくどいことする必要があるんだよ？」

皇子は余裕の体で切り返す。

「だって崎子さんが凶器を持って出頭しても、息子に容疑がかかることは免れない。なにしろ秋斗君は滝品さんに目撃されていた。その事実は覆せない。なぜ、現場付近にいたのか納得いく説明を出来なきゃ、ただ母親に罪を被ってもらっただけに見えてしまう。今さっき楢垣さんや、宏美さんが疑惑を持ってたより、もっと深くです」

聞いていた人々の幾人かが頷いた。

「その上、愛海ちゃんの遺体のそばに髪の毛の一本でも落としていたら、もう何を言っても警察は、あなたが犯人だと断定していたかもしれない。それを確実に避けるには、あえて、あなたが逃げて崎子さんが『余計な嘘』をつく必要があったんだよ」

「余計な嘘って？」

首を傾げた宏美に解説するように皇子は答えた。

「事件当日、崎子さんは、ほんとは秋斗君の家にいたのに、自分の家にいたと嘘をついたんです。だって、それが後からバレれば、崎子さんにも疑惑が生じる。やましいことがあったんだと思わせることが出来るから警察は事情聴取をしないわけにはいかないわけです。そして計画通り、身柄を確保されたあなたも、崎子さんの自白に続いて『偽の真相』を白状すれば、崎子さんの方が俄然、怪しく見えてくる」

「なるほどね」並腰係長が合いの手入れた。

「更に崎子さんが初めて凶器の在り処を自白して、ダメを押したってわけなんだ？」

「その通りです。結果、母親は無事、息子をかばって、まんまと逮捕されたんです」

皇子は青い顔して、おろおろしている秋斗を見据えた。

「回りくどいことするだけの理由はあったでしょう？　それとも何か反論は？」

皇子は思った。反論など出来ないに決まってる。主任は、やっぱり間違っていたんだと。

神野は正反対の推理をしていた。それは義母・崎子は義理の息子を利用して自分だけ助かろうとしたに違いないという人間観に基づく推理だ。

それを聞いた瞬間は、皇子も、うっかり信じてしまいそうだった。

だが、やはり冷静になってみると皇子には納得がいかなかった。

だって血の繋がりが無いとはいえ、好物を甲斐甲斐しく用意する母が息子を利用するなんてありえない。

——でも、あの神様気取りは、人の気持ちをないがしろにしすぎている。だから、それが分からないのだ。

「じゃ、そんなこと仕組んだのは、崎子さんが本当は犯人じゃないからなのよね？」

「そうです」

確かめるように言った宏美に皇子は断言してみせた。

「なのに今日、このまま崎子さんが送検されれば、前途ある若い女の子を身勝手な理由で殺めたかどで有罪判決が下るでしょう。でも、そんな嘘にまみれた結末じゃ愛海ちゃんは浮かばれない」

皇子は心の中で愛海の遺影に、その向こう側のどこか遠くで浮遊しているかもしれない愛海の魂に再度、誓った。愛海ちゃん、待ってて。もう少しだから。

わたしが、全ての謎を解き明かしてみせるから——！

「ねえ、尾崎秋斗君。それでいいわけ？」

皇子は秋斗に詰め寄った。

「何の罪も犯していないお母さんが投獄されても、あなたは平気？　そこまで母親に頼って恥ずかしくないの？　愛海ちゃんにだって申し訳ないとは思わないわけ⁉」

秋斗は苦しむように目を伏せた。かと思うと持っていた数珠を床に投げつけた。

珠が弾けて散らばった。湖面の波紋のように、その場に動揺が広がった。

「そうだよ！　ぼくの母親は犯人じゃないし、工作もした。でも仕方なかったんだ！」

秋斗は、むしろ居直ったようにも見える態度で自白した。

「あの晩、ぼくはネットゲームをやっていたんだ！　一月くらい前に知り合った《愛海の女友達》って奴と毎晩その時間にゲームで落ち合うのが日課だったから！」

——その女友達って、もしかして……？

皇子は井川不由美の顔を見た。すると不由美は皇子から慌てて目をそらす。

今のは何？　どうしてこちらを見ていた？　井川不由美は何をしていた？

「その《愛海の女友達》——《クリネズミ》って名乗ってる正体不明の奴なんだけど。その《クリネズミ》がチャットルームで言ったんだ。これから愛海と会うから秋斗も公園に来なよって。母親は夜遅いから行くなって言ったけど、ぼくは愛海に会いたくて……無視して家を出ました。けど母が尾けてきたから、ぼくは走って公園に行ったんだ」

「その公園って——？」

「勿論、愛海さんが被害に遭った公園です……」

尋ねた宏美に秋斗は答えた。

「それで公園に着いたら……愛海さんが背中にナイフみたいの刺されて、死んでて。すぐ気がつきました。多分、ぼくは《クリネズミ》にハメられたんだって。あのネトゲのチャットは会話内容の記録も残らない。それで色んな犯罪に利用されてるって話が前からありました。勿論、ぼくの無実も証明できない。《クリネズミ》が、しらばっくれたら、それまでですから。前、ストーカーしてたぼくが逮捕されるに決まってる」

　吐き捨てるように秋斗は言った。

「それで焦ってぼくは自宅へ逃げ帰ったんです。そしたら母も後から戻ってきたんだけど、愛海さんに刺さってたナイフを持って帰ってきちゃってて！」

「だけど、どうして？」

　宏美が尋ねると秋斗は俯いた。

「ぼくは否定したけど、母はぼくが殺ったと思ってたんです。それで凶器を隠そうと……でも事実がどうあれ、現場付近で目撃されたぼくがヤバいのは間違いなかった」

「それで秋斗君は、お母さんと……？」

「はい。二人で一連の工作考えて、ぼくだけ渋谷へ。でもぼくは、誓って愛海さんを殺した犯人なんかじゃありません。ほんとに《クリネズミ》がぼくをハメたんです！」

「でも証拠は無いんだろ？」沈黙を守っていた楢垣が秋斗に尋ねた。

「……それは……無いけど……」

　すると楢垣が秋斗に詰め寄った。

「証拠も無いのに何がハメられただ。今更くだらない嘘をつくんじゃない！　騙されちゃいけませんよ、お母さん。コイツが殺ったに決まっているんです！」

　怯える秋斗と怒れる楢垣を交互に見て、宏美はもはや混乱しているようだった。

「いい加減、罪を認めたらどうなんだ！」

「ほらね、こうなるだろ。だから、ぼくは嘘ついて逃げるしかなかったんだ！　でも、ぼくは絶対、犯人じゃない！　犯人だというなら、そっちこそ証拠を出してみろ！」

「……ふざけたこと言ってんじゃない！　お前が愛海を殺したんだろ……！」

激昂した楢垣は祭壇の前、経机の上に置かれていた大きな木魚を片手で掴んだ。そんなかと思うと雄叫びもろとも木魚を振り上げ、尾崎秋斗を襲った。悲鳴が起こる。

混乱の中、記者の下袋が騒ぎに乗じてカメラのシャッターを切っている。

止めなきゃ！　皇子は咄嗟に取り押さえようとする。だが楢垣を腕を振る。制止しようとした宏美が突き飛ばされた。転倒しかける。危ない！　皇子は宏美を受け止め、咄嗟に保護した。その隙に楢垣が、逃げ惑う秋斗を追い詰める。

後ずさりしながら腰を抜かして、尻餅ついた秋斗の間近に楢垣がにじり寄った。

駄目だ。間に合わない！　また新たな被害が出てしまう……！

「このマザコン野郎が……愛海の仇だ……！」

楢垣が振り上げた木魚を振り下ろした。

そのとき、誰かが楢垣の腕を掴んでいた。

「あなたこそマザコン気味なんじゃないですか。楢垣さん？」

喪服姿の神野が現れて、楢垣の攻撃をすんでのところで制止していた。

23

「木魚が、なぜ木魚と呼ばれているかご存知ですか？　魚は決して目を閉じないでしょう？　修行する僧侶の精進をそんな魚に譬えたところから来ているそうですよ」

神野は煙に巻くように、そんなことを口にしながら樒垣から木魚を取り上げた。

いきり立っていた樒垣も、神野のふるまいに毒気を抜かれてしまったようだ。

そんなとき、小市が観音開きの扉のところへ走って現れた。

「班長！　こっちです！　早く早く！　こっちこっち！」

室外へ手招きしたかと思うと、すぐさま息を切らせた桜木班長がやってきた。

「何なんだ、この事態は？　神野！　またお前のしわざなんだろ……！」

桜木班長が怒声を上げた。だが神野は桜木班長らの方には一顧だにせず言った。

「『ヨブ記』の二十八章二十八節に、こんな言葉があります。『主を恐れることは知恵の始まりである』」

「何が言いたい？」

焦れたように桜木が問い直すと神野は、頬に微笑みをたたえて、こう言った。

「つまり、俺のような神を恐れぬのは、莫迦か犯罪者の始まりだということだ」

この男は一体、何者なんだと一部の弔問客たちは顔を見合わせる。

「お前がいると皆さんの邪魔になる。小市、神野をつまみ出せ」

「りょ、了解しました。神野現人をつまみ出します……！」

小市は気おくれしたような表情ながらも、神野捕獲の気合いを入れる。

「ダダ下がりなんだよなー、俺のテンション。桜木みたいな奴がいるとさ」

神野は、ちらりと小市を見やると、

「桜木を追っ払え、コロボックル」

「ええ、おれっすか？」

「俺が誰だか忘れたか？」

「いやいやいや、そんなことはないですけどね、ただ、どうかな、親の権威で——」

「なるほど。俺を敵に回すわけだな？」

「班長！　やっぱり、この場は神野警部補にお任せしましょう！」

「ばか野郎！」

桜木が小市の頭をはたいた。それをはた目に皇子はたまらず神野に尋ねる。

「てゆーか、何しに来たんです？」

「そもそも、あなた、どちら様？　警察の方？」

「今日、ここに来るまで、ある人間の過去を調べていました刑事《デカ》の神野です」

おずおず尋ねた宏美に、神野は警察手帳を示して見せた。

「そして先ほど、ちょうど最後の詰めが完了しました。私の調べたその人物こそ、堂本愛海さんを殺した真犯人で間違いありません」

　すると聞いていた桜木が納得いかぬという顔で一歩前に進み出た。

「ちょっと待て神野。お前、昨日と言ってることが違うだろ！」

「そうですよ。昨日は散々、わたしのことばかにして、犯人は尾崎崎子だって！」

　桜木に便乗して皇子も一緒に異議を唱えると、

「神を侮《あなど》るな。だから貴様らは莫迦《ばか》なんだ」

　神野は鼻で笑って一蹴した。だが皇子は神野に食い下がる。

「納得いきません。ばかって一体どういうことです」

「わざわざ相手にするな小野」

　ムキになりかけた皇子を桜木がたしなめる。

「どうせ刑事ごっこが好きな能なし疫病神の戯れ言だ」

「捜査二日目時点で、犯人が誰か分かっていたとしても戯れ言か？」

　場の空気が引き締まった。とりわけ宏美は目の色を変えている。

「渋谷でお前が醜態さらした日じゃないか。強がりもここまで来ると笑えないな」

「と言いつつ、もし誤認逮捕だったら、どうしようかと不安になっている」

　桜木の片眉がぴくりと動いた。図星を指されたらしい。たちまち怒り顔になる。

「ま、でも心配ありませんよ桜木班長。だって、あなた、自ら尾崎崎子を追い込んで自信満々で逮捕したんでしょう？　赤西刑事部長も、あんな張りきってドヤ顔で会見したんだし。大丈夫ですよ。ま、もっとも誤認逮捕だったら——桜木班長、あなた、面目丸潰れどころか、大失態だ。どう責任を取るおつもりで?」

「神野まさか、お前……それが狙いで、俺にマルヒを……!?」

「さあ一体、何のことだか。刑事部の能なし疫病神には分からんね」

皇子は、ぞっとした。この神野という男は、尾崎崎子がホンボシではないと分かっていながら追い詰めたのだ。動機は桜木に「疫病神」と中傷された恨みの復讐。目的は桜木に誤認逮捕させて赤っ恥をかかせること。犯人が分かっていたなら本来、回り道する必要はなかったはずだ。けれど神野は尾崎崎子の企みを察知すると、その芝居にあえて乗っかって利用したのだ。桜木に誤認逮捕をさせる為だけに。

ホンボシだと偽って尾崎崎子を裏で引き渡したのは、これが目的だったのだ。

そのとき皇子は思い出した。桜木や赤西刑事部長に叱責され「神に背くと、どうなるか思い知らせてやる」などと憎悪の炎を燃やしていた神野の眼差しを。

そして、この神様気取りは尾崎崎子の逮捕後、真犯人に疑問を抱いていた皇子にまですっとぼけて本心を隠し、予告通り復讐を遂げたというわけだ。

なんという執念深さ。なんという粘着気質。なんという横暴ぶり。てゆーか、いくらなんでも根に持ちすぎだろ!

小刻みに両手を震わせ、半ば放心状態となっている桜木班長を、したり顔で眺めている天パの男を見ながら皇子はそう思った。

「よく分からないけど、とにかく本当の犯人は別にいるってことなのね……!?」

宏美が飛びつくように神野に尋ねた。

「その通りです。しかも、その真犯人は今、この部屋の中にいる！」

動揺が走った。

室内まで様子を見に来ていた弔問客らは互いの目線を気にして、狼狽している。

「だったら、その真犯人が誰か、愛海に何があったのか教えてください！」

「とは言っても、そろそろ時間ですが……愛海さんの葬儀はよろしいので？」

神野に尋ね返されると宏美は祭壇の前に歩み寄り、安置されている愛海の棺をじっと見た。その場にいる一同の視線が集まった。

そして、いまだ誰とも知れない犯人に惨殺された愛海の存在を改めて意識する。

皇子も愛海の遺影に目をやった。微動だにしない愛海の笑顔。

それでも愛海が生きている者たちに懸命に告げているような気がした。

お願い、あたしを殺した犯人を見つけて！　裁いて！　仇を取って！

しかし、本当だろうか？　この中に愛海ちゃんを殺した犯人がいるというのは。

皇子は固唾を呑んだ。誰もが息を呑んだ。やがて宏美が、ゆっくり振り向いた。

「……これが葬儀よ。愛海の為、今すぐここで全てを明らかにして頂戴！」

「では私が、あなたの加護となりましょう」

神野が儀式の始まりを告げるかのように恭しく宏美に辞儀をした。

24

喪主の宏美、婚約間近だった栖垣を筆頭に親戚、友人、一般会葬者らが座席についている。皇子や桜木、小市や並腰、警察関係者は下座の側壁に起立したまま控えていた。

そんな中、本来ならば進行役の係員がつく位置に立って神野が言った。

「それでは、まず犯人と愛海さんの隠されていた出会いから、説明するとしましょうか。何か疑問があれば、途中でお尋ね頂いても構いません」

神野は列席者たちを見渡すようにして切り出した。

「その人物は、かつて愛海さんが便利屋『ヴィーナスサービス』に勤めていた頃に初めて接触していたものと考えられます」

「え、そんなの聞いてないけど、本当なのかよ?」

便利屋の代表である武田が尋ねると神野は黙って頷いた。

眼帯着用の井川不由美は最初から、ずっと顔を俯けていて表情が分からない。

「便利屋からご提出頂いた愛海さんの担当客リストには、偽名で愛海さんを指名して、たびたび会っている人間が多数いました。やはり若く愛嬌ある愛海さんは人気スタッフだったようです。ですが客の連絡先等の記録が不明だったり、不正確だったりした関係で、このリストから犯人を特定することは出来ませんでした。ですが確かに愛海さんは、この便利屋を通じて犯人と接触をもっているはずなんです」

「なんでそんなことが言えるんだよ？　店の悪評立てられるのは困るんだけどな？」

武田が野次を入れると「順を追って説明しますので」と神野は軽くいなした。

「まず第一に、愛海さんの受けた依頼内容の中には『談話』となっているものが数多くありました。なんでも近頃は、老人や悩みを抱えた人が便利屋に話し相手を依頼することもあるそうですから。確か、そういうことでしたよね、武田社長？」

「ああ、それはそうだな」

「とはいえ家事を頼む名目で談話相手になってもらった挙句、あわよくば若い乙女の肉体に手を出そうだなどと不埒な目的を隠し持った男性からの依頼も少なくない。それを分かっていながら、身元のはっきりしない客の依頼を受けるセクハラ体質な悪質業者も、中には存在するといいますから困ったものですよね、武田社長？」

神野が当てこすりを述べると、武田は不機嫌そうな顔になって俯いた。

「やがて愛海さんが便利屋を辞めてしまうと、二人で会う術も口実も途絶えてしまって、その人物は困り果てました。ですが何とか接触機会を保つ為、愛海さんが住んでいるアパートの近所へ、なんと引っ越しまでしてきたのです」

「だったら、やっぱり尾崎秋斗が犯人だってことじゃないですか⁉」

「ぼくは違います……！」

秋斗に離れた座席から否定されると、楢垣は逆上したように立ち上がる。

「だけど同じ町まで引っ越してきたと言ったら、お前だろうが！」

「まあまあ、そう慌てず聞いて下さい」

いきり立つ楢垣を軽くなだめると神野は続けた。

「その人物の目的は何だったのか？　若く可愛い愛海さんと触れ合いたかったのでしょう。谷崎ハルトの小説に描かれたような愛の交歓を得たかったのでしょう。もしかしたら東上線の線路内に入り込んでいた中学生みたいにチューのひとつでもしたいと思ったのかもしれない。それゆえ偶然を装って、その人物は愛海さんと再会しました。たびたび、彼女の生活圏内にも現れました」

そのとき、一般会葬者の席に掛けていた滝品老人が顔を伏せた。もしや滝品さんが？

皇子は思い出す。滝品の家には谷崎ハルトのサイン本があったが、まさか……？

「愛海さんは、その人物と接触する際、時に困らされることもあったとはいえ、恐怖を感じる程のことはなかったようです。つまり、その人物は愛海さんにとって、さほど差し迫った危機や警戒心を抱かせるような相手ではなかったということです」

「ほらね。だから、ぼくじゃないと言ってるでしょう……！」

今こそ逆襲の瞬間と言わんばかりに元ストーカーの秋斗が楢垣を見て言った。

「ぼくなら一目見た瞬間、警戒されて通報されていますから……」

楢垣は、さすがに反論の言葉を失って俯いてしまった。

神野の推理によれば、どうやら尾崎秋斗は確かにシロらしい。

とすると……？　皇子が疑念を抱く中、神野は続ける。

「その人物は愛海さんに接触を繰り返しました。けれど愛海さんは、なかなか自分の思い通りにはならなかった。そのことに苛立った犯人は、あの晩、とうとう愛海さんの尊い命を奪ったのです。そして、その人物は今、私の視界の中にいます！」

神野が一同を眺めると各人が唾を飲んだり、俯いたりした。

「私は、その人物に天罰を下したいと思います！」

皇子は彼らの表情を観察してみる。

遺体発見者の滝品老人は顔色を悪くして、視線をきょろきょろと動かしている。

楢垣は固く両手を組み合わせたまま、目線を動かなさい。

眼帯着用の井川不由美は相も変わらず俯いたままで顔すら見えない。

一方、社長の武田は足を投げ出し、既にこの場に飽きてしまっているかのようだ。

アパートの隣人である嘉納は胸に手を当て、爛々とした目で神野を見ている。

記者の下袋は犯人が告げられる瞬間を待つかのようにカメラを握りしめていた。

その他、一般会葬者たちは一様に顔を俯けて、神野が声を発するのを待っている。

この中に愛海ちゃんを殺した人物がいるなんて……。

だが皇子には、それが誰なのか特定することがさっぱり出来ない。

「刑事さん、教えて下さい！　愛海を殺したのは、誰なんですか!?」

宏美が言うと、会場中に詰めかけた参列者の間に緊張感が張りつめた。

「天罰が下るべき人物は――あなたです！」

神野が指さしたのは、右手首に黒皮の腕時計をした気品漂う人物だった。

この人は――!?　皇子は記憶をたどると、ひらめいた。

そうだ、先日、事件現場で花束抱えてインタビューに答えていた老婦人だ！

「あっ！　その人なら、おれ、聞き込みしてますよ！」

ずっと沈黙を守っていた小市が思わず漏らすと、桜木がすかさず言った。

「どういうことだ小市！　何か怪しいところはあったのか!?」

「や、特には……。買い物袋持ってもらったことがあるとは言ってましたけど」

一方、神野に指を差された老婦人は、心外といった表情で振り向いている。

「あら？　指を差されてるのは誰？　あたくしの後ろのどなたか、かしら？」

「いいえ、あなたを指差しました」

神野がそう言って、後列左端に掛けている老婦人のもとへと行こうとすると、

「おい待て神野。いい加減なこと言ってんじゃないだろうな？」

ここで、さすがの桜木班長も神野の前に立ちはだかった。

「そうですよ。あんなお婆さんが犯人だなんて、いくら何でもありえませんって」

小市も、桜木に続いて神野に言った。

「お前らの目玉は節穴か？　俺は一目見た瞬間から気づいていたがな？」

「そんなわけないだろ。超能力じゃあるまいし」

「ハッキリ言っておくが、俺が神だからといって超能力などというセコい技を使ったわけではない。というより、さすがの俺も、そんな力は持っていない」

「あの……神だからといって、というのは……？」

宏美が困惑したように神野に尋ねた。

「言葉通りの意味です。まあ、そのうち、もっとハッキリ分かります」

神野は安心させるかのように頷くと、桜木の方に向き直った。

「ともかく。俺の出した答えは、この頭で考えて、論理的に導いた当然の帰結だ。俺にかかれば全く簡単なことだった。すべて答えは、目の前に提示されていたからな。もっとも、そこでアホ面してるアホ人間の下流女子は真相に気づくチャンスに恵まれながら何も気づいてなかったようだがな？」

神野の目が初めて皇子の方を見た。

「でも、主任の推理が外れてるって可能性だってあるじゃないですか」

「これだから愚かだというんだ……アホ人間は、いつも自分の尺度でしか考えない」

異論を唱えた皇子の前で、神野はわざとらしく大きな嘆息を漏らしてみせた。

「でも、あたくしとしても、その論理的帰結っていうのを伺いたいわね」

老婦人が神野に言った。神野は、老婦人を静かに睨みつけて微笑んだ。

「それでは第二幕を始めましょうか」

25

「そもそも、あなたは、ただのご婦人ではありません」

遺影の両側で燭台に灯された蝋燭の炎が揺れる中、神野は切り出した。

「言うなれば、あなたは、只ならぬご婦人でした」

神野と、愛海殺害の犯人だと指名された老婦人に一同の視線が集まった。

「そうです。あなたの正体は、覆面作家の谷崎ハルトだったのです！」

「えっ、でも谷崎ハルトって、男性なんじゃ……？」

滝品老人が驚いた眼差しで老婦人を見た。

「谷崎ハルトはペンネームです。ご婦人の本名は、戸谷原《とやはら》サキでした」

「とやはら……？」

楢垣が呟くと皇子は、はっとした。

「戸谷原さんって滝品さんと同じマンションの集合ポストに名前があった……!?」

「楢垣さんが気づいていた家だ。変わった名前の家があると言ってな」

「しかし、谷崎ハルトは目白在住って触れ込みだったはずですが……？」

滝品老人が疑問を口にしながら、戸谷原サキ＝谷崎ハルトへ目をやった。

「では、お尋ねしますが滝品さん、あなたが常盤台の駅前書店で入手した谷崎ハルトのサイン本、あんな希少本が、なぜ都心部でもない常盤台にあったと思うんです？」

「なぜって言われても……それは、偶然そこにあったというか……」

滝品が困惑しながら答えると神野は、やれやれといった仕草をしてみせる。

「普通サイン本が置かれるのは都心部の大型書店です。でなければ作者が、その地域にゆかりがあったり、在住しているような場合だけだ。そこで私はピンと来ました。目白在住という触れ込みの谷崎ハルトだが現在、常盤台近辺に住んでいるのではないのかと。これは、谷崎ハルトの一ファンとして見逃せない情報でした」

「お前の趣味の話は、どうでもいい」

桜木が野次を入れた。だが神野は、すかさず切り返す。

「形なきに聴き、姿なきに見る——どうでもいいところに真実は埋もれている。それが分かっていないから、お前の目は節穴だと言っているんだ」

「俺が聞きたいのは、なぜあのご婦人が犯人だと言えるかだけだ。こんな公衆の面前で、お前の推理が間違っていたら、ただじゃ済まない。大問題だ」

「俺に間違いはない。お前みたいな節穴野郎じゃないんでな」

「ともかく続けろ。手短にな」

桜木が言葉を吐き捨てると、神野も息をつく。

「まず大前提として、私は作家・谷崎ハルトの小説を氏のデビュー当時より愛読しておりました。谷崎ハルトは官能文学に革命を起こした天才です。谷崎潤一郎の再来なんて売り文句もありましたが私に言わせれば、それ以上です。それほどの文学的価値を孕んでいると言える理由は一体どのあたりにあるのでしょうか？」

神野は、ぴたりと足を止めると、人差し指を立てて語った。

「まず第一には、その表現力です。豊穣にして官能的なイマジネーションを掻き立てる的確な語彙能力と先進的な描写力――や、そんな取り澄ました惹句はそぐわない。とにかくエロい！　やんなるくらい！　それだけです。恥ずかしながら私も、神という身であるにもかかわらず一読して思わず劣情を催してしまった程なのです！」

皇子が、そして会場にいるすべての人間が、ぎょっとした。

この男、葬儀の会場で突然、何を告白してやがる……。

皇子は思った。この話、絵解きにいるのか？　いやいや、必要ないだろ絶対に。

だが神野は、そんな周囲の戸惑いなどお構いなしに、なおも熱弁をふるいだす。

「それにしても最新作の『谷間のユリちゃん』。あれは良かった。まごうかたなき神レベルの傑作でした！　団鬼六先生も鬼才だが、やはりこれ、人生経験豊かなご婦人だからこそ描き出せる枯淡《こたん》の境地！　や、官能文学に開けた新たな地平とでもいうのか。それだけにサイン本をゲットできたときは、もう天にも昇るような――――！」

「あの、主任」さすがに見かねて皇子は割り込んだ。

「さっきから話が脱線してません？」

「そうだぞ。お前の趣味はどうでもいいんだ！」

桜木も異議を挟むと神野は経机を叩いて、すかさず切り返す。

「黙って聞いてろ。俺の話は脱線どころか益々、確かな真理をジャストミートだ！」

ジャストミートって、ほんとかよ……。とても真芯をとらえているようには思えなかったが、ひとまず皇子と桜木は口を噤んだ。

「ともかく！　大きなポイントは第二作目『谷間のユリちゃん』だったのです！」

神野は肩で息をしながら話を続ける。

「『谷間のユリちゃん』はフランスの文豪にして人格破綻者オノレ・ド・バルザックの傑作『谷間の百合』にインスパイアされたと思われる作品ですが……ヒロインの百合ちゃんは老若男女問わない奔放な性に目覚めていきます。その中で『谷間の百合』における伯爵夫人アンリエットの如き老婦人と若い娘の同性愛描写が描かれるわけですが……そうなんです、この官能的な場面が本当に、もう絶品で！」

神野の脱線気味の話を聞きながら皇子も思い出す。確かに、皇子も読んでいた。付き合いきれないと思って本を閉じかけた場面のはずだったが、それが何だというのだろう。

「そこで私は伺いたい。戸谷原サキさん、あなた、ずばりレズビアンなのでは？」

すると老婦人・戸谷原サキも面食らったような顔をする。

「そう言う根拠は？　まさか、あたくしが、そういう小説を書いてるから？」

「老女と若いヒロインが愛し合う場面は特に力が入っているように読めましたので。ヒロインが老女を誘い猫する――つまり同性に色目を使う場面も印象的でした」

戸谷原サキは笑った。お話にならないといった態度だった。

「あなた、ユーモラスな方のようね。いいわ。お答えしましょう。あたくしが同性愛者かどうか。それは、あなた方の、ご想像にお任せします。それが答えよ。ただ仮に、あたくしが同性愛者だったとして、それが何かの証拠にでもなるっていうの？」

「いい質問です」

神野は、またもや空咳をすると話を続けた。

「まず第一に、私がピンと来たのは戸谷原さん、事件現場でベルガモを献花しに訪れていたあなたをひと目、見た瞬間だったのです」

するとと戸谷原サキは、神野の顔をまじまじ眺めた。

「そういえば、あなた、あの場所で女子アナウンサーの追っかけをしてたわね？」

「おや、私のことを、ご記憶でしたか？」

「去ってくあたくしの方をチラチラ見てる気もしたんだけど気のせいだった？」

「さすが先生です。やはり、バレていましたか。あなたが立ち去る方向を念の為に確認させて頂きました」

すると宏美が続いた。

「そういえば私、テレビで見たわ。そちらのご婦人が答えてたインタビュー。覚えてるのよ、励まされたから。愛海をよく思ってくださってる方がいたんだなって」

「全国に放映されてましたからね。もしあれが芝居だったとしたら大したタマです」

神野の言葉で皇子も思い出す。確かに老婦人・戸谷原サキはテレビカメラのインタビューに涙ながらに答えていたのだ。演技しているようには見えなかったが、確か彼女が話していた内容は……。

「『買い物袋持ってくれたり愛海ちゃん、本当に、いい子でね。大好きだったのに、あたくしみたいな老いぼれが生きて、若い子がこんな早くに亡くなるなんてね……』あなたは、こう仰っていました。一見どうということのない内容ですよね。しかし、私は気づいたのです。この短い言葉の中に《真理の一端》が埋もれていることに！」

《真理の一端》――神野は、どうやら飛躍的仮説推理《アブダクション》を披露しようというつもりらしい。

「面白い。だったら聞かせてもらおうじゃないか、お前の考えを」

桜木が横から口を挟むと、神野は半ば無視して話を続けた。

「まず私は、こう考えました。老婦人は、ちゃんと愛海さんの名前を認識していて、かつ《愛海ちゃん》という親しげな呼び方をしている。更にテレビカメラの前で《大好き》とまで告白している。《いい子》という表現は顔見知り程度でも使うでしょうが《大好きだった》なんて、そう生半可な関係で使う言葉ではない。買い物袋を持ってもらった程度の相手に果たして使うのか？　私は少々、疑問を持ちました」

戸谷原サキがまなじり一つ動かさず聞いているのを見ると、神野は続ける。

「そこで私は考えた。この老婦人と愛海さんの接点は何なのかと。愛海さんが手伝っていたスナック『アモール』の常連だろうか？　いや、その割には身なりも高級だし、全体的に品がある。しかも抱えていた花束はベルガモだ」

それが何なのかといった顔をする桜木を尻目に、神野は列席者に語りかけた。

「では、なぜ彼女はベルガモを選んだのか？　皆さんもご存じでしょうが高価な花です。こう言っちゃなんだが、あの倒壊しかけたスナックの客が束で買う花とは考えづらい。その上、ベルガモは、どこにでも置いてある花ではありません。だとすると、特別なこだわりのもとに選ばれている可能性が高い。そこで私は更に考えた」

神野は仮説の上に、更に仮説を増築していく。

「うら若き処女のごとき薄桃の花弁を有し、中央部に黄と赤の縦筋を屹立させたベルガモは百合科の花です。そして《百合》と言えば七十年代、ゲイセクシャルを示す隠語《薔薇》に対を成して生まれたレズビアンを示す隠語です。若い娘と老婦人の同性愛を描いた谷崎ハルトの『谷間のユリちゃん』を私は連想しました。更に、ここで頭に引っかかってくる情報があったのです。それが何だか分かるか、アホ人間！」

突然、神野に話を振られて皇子は慌てた。

「え、何が引っかかったかですよね……？　うーん、ちょっと分かりません」

「愚か者が。お前もその目で見ただろうが。《戸谷原《とやはら》》という家があったことを！」

「確かに見ましたけど、それが何か関係が？」

すると神野は呆れたようにため息ついた。

「私は事件現場近くの滝品さんのマンションで戸谷原というお宅があることを目撃してい

ました。谷崎ハルト。戸谷原。どこか似た響きだ。そこで私は気づいたのです。実は《谷崎ハルト》を並べ替えると《戸谷原サキ》となることに！」

だが桜木や小市は、首をひねって理解できない様子でいる。

「ちょっと待て。《谷崎ハルト》をどう並べ替えたら《戸谷原サキ》になるんだよ」

桜木が焦れたように尋ねたが、神野はまたも半ば無視して宏美たちへ問いかけた。

「ポイントは《ハル》に原っぱの原という字を当てることです。特に谷崎ハルトの出身地・宮崎県では《原》は《ハル》とも読むことは皆様もご存じのことでしょう。高原町《たかはるちょう》とか、東国原《ひがしこくばる》とかのようにね！」

「そっか。それで谷崎原戸《ハルト》を並べ替えて、戸谷原サキってわけなんだ！」

小市が合点が言ったように声を上げると、桜木に睨まれて萎縮する。

だが落ち着いて考えてみると、皇子にもやっと理解が出来た。確かに谷崎ハルトに原戸《ハルト》という文字を当てれば、確かに戸谷原サキに並び替わる。そんな細かいことに気がつくなんて感心してしまう。でも、それが何だというのだろう。只の偶然じゃないのか？　そう思っていると、話をまとめるように神野が言った。

「つまりです。まず第一に谷崎ハルトは常盤台周辺に住んでいる可能性があった。第二に、同性愛を思わせる高価な百合を献花に訪れた謎の老婦人がいた。第三に谷崎ハルトの本名は戸谷原サキ、つまり作家・谷崎ハルトが女性であった可能性が浮上しました。この三つの情報を繋ぎ合わせれば、目の前の老婦人こそ谷崎ハルトではないか？　更にそうだとすれば同性愛傾向の匂う谷崎ハルトは愛海さんに何か執着があったのではないか？　その程度の仮説を立てることは、ひとまず誰でも可能というわけです」

「そんなの、こじつけだろうが！　只の偶然に決まってる！」

桜木が吠えた。やはり誤認逮捕が確定するのは避けたい気持ちなのかもしれない。

「愚かな人間は可能性を吟味できず、何でもすぐに白黒つけたがる。俺だって何も、その時点で確証を得ていたわけではない。かといって、こうも紐つけることが出来る状態を《偶然》のひと言で捨て去るほどの莫迦ではない」

そして神野はキッパリと桜木に答えた。

「そこで谷崎ハルトの事件関与の可能性を捉えた俺は、渋谷で尾崎秋斗が捕まった翌日、小説の版元へ問い合わせてみたんだよ。すると谷崎ハルトの本名は確かに戸谷原サキだったと分かった。かつ去年の暮れ、目白から常盤台へ引っ越していたことも判明した。ちょうど愛海さんが便利屋を退職した直後だ。つまり便利屋を通じて接触する機会を失った戸谷原サキは愛海さんを追って、引っ越ししたと考えられる」

「そんなの運だろ！　単なる当てずっぽうが当たっただけだろ！」

桜木が納得いかない様子で述べると、神野は呆れた。

「当てずっぽうだと？　ふん、だから、お前は節穴なんだ。そもそも《真理の一端》が目の前に垂れ下がっていても、お前はそれを見逃し、気づけない。だから仮説の一つも立てられず当然、真実にも到達できない。その上、自分の目が節穴であることすら見えていない。せめて、これだけは覚えとけ。お前みたいのを莫迦っていうんだ」

神野と桜木のやりとりを目にしながら、皇子は思い出した。仮説形成推論法《アブダクション》。その神髄は《ささいな、それでいて真理を含む一端》を発見すること。そして水面下に眠る真実を、まず《飛躍的想像によって仮説形成》すること。その後、その仮説が確かに真実だと裏付けることで証明するという推論方法だ。

神野が行っているのは、まさにこの発見と飛躍が肝のアブダクションなのだろう。

とはいえ、まだ戸谷原サキが犯人であると証明されたわけではない。

「確かにあたくしは谷崎ハルトであり、戸谷原サキです。だからって、それが何？」

案の定、戸谷原サキが取り澄まして神野に言った。

「あたくしは可愛い近所住民の愛海ちゃんを慕っていたから献花しただけ。百合を持っていったのも、小説のタイトルやヒロインの名前にしたいくらい昔から好きだったからよ。そんなこと、あたくしが愛海ちゃんを殺したって証拠にはならないわよね？」

「では戸谷原さん、あなた、なぜあの常盤台の六階の部屋へ引っ越したんです？」

神野がすかさず尋ねると、戸谷原サキも躊躇なく答えた。

「見晴らしがいい部屋だったからよ。創作の気分転換」

「なるほど。確かに見晴らしがよいでしょう。五階の滝品さん家のベランダからだって見えましたからね。白昼堂々、中学生がチューする東上線の線路沿いも、石神井川も、愛海さんが住む部屋の、窓もベランダも玄関も、よーく見えました。勿論あなたの部屋も同様の景観です。つまり、あなたは——あの部屋へ越してきて、しょちゅう覗き見してたわけです。愛海さんの姿を、まるでストーカーみたいにね」

戸谷原サキの目が物言わず神野を見た。

「そうとは限らないでしょ。証拠はあるわけ？」

「あなたが覗き見していた証拠は、ありません」

「じゃあ駄目ね」

「駄目かどうかは、これから分かります」

神野は、そう言って話を続けた。

「版元へ連絡した際、あなたの一ファンでもある私は捜査に関係あるからと言って編集者から次回作の内容を教えてもらったのです。次回作はストーカーが題材でご自身で取材もしているそうですね。そこで私は、現場付近で目撃された愛海さんの元ストーカー尾崎秋斗が事件当初より、なぜ逃亡していたかにも思いを馳せました。つまり彼は本当に犯人か？　それとも誰かにおびき出されてしまっただけなのか？」

「ぼくは、おびき出されたんですよ！　《クリネズミ》って正体不明のネトゲ仲間に！」

尾崎秋斗が口を挟むと、神野が答えた。

「尾崎母子《おやこ》が策を弄しているのは最初から分かっていました。理由は先ほど、その女刑事が説明したのと同じです。ですが楢垣さんが渋谷へ捕まえに行こうと言い出したので賛成しました。どのみち、尾崎秋斗の身柄を確保しなければ本部の捜査も進みませんから。ともあれ彼は、どのようにおびき出されたのかを私は考えた」

「だからネトゲのチャットだよ！　記録《ログ》は残ってないけど本当なんだ！」

「版元に連絡した後、私はネットの通信記録から知りました。彼が、あるネットゲームに毎晩の如く参加していたことを。そしてゲーム会社に照会した。すると同じゲームに戸谷原サキもＩＤを所持し、たびたび彼と同時刻にログインしていることが分かったのです。勿論《クリネズミ》というＩＤで。そこで私は君に尋ねたい」

戸谷原サキの傍らに立つと、神野は秋斗に質問をした。

「君は《クリネズミ》に何を聞かれて、何を言われた？」

「《クリネズミ》は愛海さんの女友達だって自称してて、ちょっと前に知り合ったんだ……二人で愛海さんのことを話すのが多かった。彼女の魅力とかファンみたいにね。それからストーカーしてたときの気持ちを聞かれたり。共感されたことまであったから……つい信用して、あの晩、初めて呼び出されて深夜の公園に行ったんだ。そしたら愛海さんが倒れてて……！」

「あたくしは、おびきだしたりしてません。記録だってないはずよ！」

戸谷原サキが口を挟んだ。すると神野は戸谷原サキの肩に手を回して、こう言った。

「つまり彼とチャットしていたことは認めるわけですね？」

戸谷原サキは、きまりが悪そうに目をそらせた。

すると神野は、すかさず、そちらへ動いて戸谷原サキの顔を覗き込む。

「だとするとね、戸谷原さん、彼が愛海さんのストーカーをしていたと、あなた、どうしてそのことを知っていたんです？」

神野はそう言いながらも何か見当があるらしく、なおも戸谷原サキに問いかけた。

「あなた、愛海さんから直接聞いたんですよね？　『谷間のユリちゃん』を書く際、身元を隠して取材してたんでしょう？　便利屋を通じて出会った愛海さんから、あなたは直接知ったはずなんだ。若者文化やら恋愛事情やらを教えてもらう際、尾崎秋斗が彼女のストーカーだったのだと。そう考えるのが妥当です」

「そうだとしたら何だっていうの？」

「あなたは愛海さんから聞いた話をヒントにあの小説を書き上げた。だから尾崎秋斗が行ったのと同じストーカー行為が作品内に描かれた。でも愛海さんと会っていたのは、ただ小説を書く為ではなかった！　後ろめたさがあったから偽名を使った！」

「何のことよ！」

「あなたは劣情を抱くほど愛海さんのことが大好きだったんです。だから《谷間のユリちゃん》のモデルも、本当は堂本愛海本人なんですよ！」

確かに小説のヒロイン・百合の造形は、どこか愛海を思わせるものではあったのだが。

「そんなの、あなたの勝手な想像じゃないのよ」

戸谷原サキが当然の反論をしたとき「あっ、そういえば！」と武田が言った。

「思い出したぞ。俺、あんたの話を聞いて、いま初めて思い出したよ」

「ほお。何をです？」

「や、一年近く前だから、すっかり忘れていたけどな、確かに愛海から報告されたことがあったんだよ。理由はよく分からないが、やたら若者の文化やら恋愛事情を教えてくれとか言ってくる認知症気味のおばあさんがいるんだってな」

「認知症ですって？」

戸谷原サキが割り込むように武田に言った。

「あたくし、歳は七十ですけど認知症ではございません」

「や、愛海が言ってたんだよ。そのばあさん、体触ったりキスしてくるんだけど後から、自分は認知症で《まだらボケ》だから、たまにおかしくなるんだって。そう謝ってくるから愛海も、病気なら仕方ないですよねって諦めてたみたいだったんだ」

武田が、そう一同に証言すると、神野は聞き入るようにうなずいた。

「つまり認知症であると騙って、おさわりしてた疑いがあるってことですね」

そんなことがあるのかと楢垣が瞠目していると、宏美が言った。

「でも愛海は一度も、そんなこと言ってなかったけど、本当なんですか……？」

「愛海さんは守秘義務意識が強かったようでしたし、独居老人の病ゆえの戯れとみなして、さほど問題にしなかったのでしょう。ですよね、先生？」

神野が突然話を振ると、戸谷原サキは嫌気がさしたように顔を背けた。

すると神野も、にやりと笑って戸谷原サキの背後に回った。

「実はね、戸谷原さん、あなたがレズビアンであることの裏は既に取れてます。私、六本木やら銀座やら行って、あなたがクラブのママをやってた頃のホステスたちに聞き込みしたので。美しい女性たちに相当えげつないことしていたようですね」

神野が背後から戸谷原サキに囁くと、

「レズビアンだったら何だっていうのよ。まったく不愉快だわ。失礼します」

戸谷原サキはぞんざいに頭を下げると、会場を後にしようと歩き出す。

「待って下さい！」

だがそのとき宏美が、戸谷原サキを呼び止めた。

「……あなたが、本当に、うちの愛美を……？」

宏美は戸谷原サキの背中に問いただす。

真相を知ることを欲しつつ、同時に恐れを覚えてもいるかのような震えた声だ。

すると、そんな姿を見かねたのか楢垣も座席を立って神野に尋ねた。

「神野さん、もっと確実な証拠はないんですか？」

「証拠は、まず第一にこの腕時計！」

神野はそう答えると、戸谷原サキの腕時計が着いている右手をとった。

「犯人は左利きと見られていますが、あなたも事件現場の公園に来たときベルガモを左手で抱え、腕時計は右腕につけていました。つまり犯人と同じ左利きです」

戸谷原サキは、何も答えず神野の手を無言で振り払う。

「おや、しかし、あの日着けていたのは、真夏の太陽の光を浴びて、きらきら光ってるような鎖ベルトの時計だったはずですよねー。あの時計、今日はどちらに？」

「馬鹿ね。葬儀に着けてくるような時計じゃないでしょう。今はおうちよ」

「残念。ここにありました」

神野は、そう言ってスーツの右ポケットから透明な袋を出した。

「あなたが家を出た後、マンションの管理人立会いのもと家宅捜索を行いました。無論、あなたの住んでいるお部屋をです。そしたら、出るわ出るわ性具の数々。先生の一ファンとしては垂涎ものでしたが、ついでに見つけたのが、この鎖ベルトの腕時計」

神野は透明な袋に入った鎖ベルトの腕時計を示して見せた。

「愛用の品なんでしょうか。万全を期して処分すればよかったものを失策でしたね。この時計の鎖の隙間から血液反応が出ています。ご存知ですよね。ルミノール反応は。洗っても血痕が目に見えなくても、試薬を吹きかければ分かるんです。血液鑑定の結果が出れば判明するでしょう。これが今そこの棺で永眠している愛海さんから噴き出した血液であって、あなたが唯一処分し損ねた証拠品だってことがハッキリとね！」

「やめてちょうだい！　もうたくさんよ……！」

戸谷原サキがそう言って神野の腕を振り払うと、袋に入った時計は床に落下した。

「……ちょっと待って。じゃあ、本当に、その方が犯人なの……？」

宏美は信じられないといった眼差しだ。

「でも、テレビのインタビューでは涙まで流して、あんな風に言ってたのに……」

神野は戸谷原サキの前に立つと口を開いた。

「先生、あなた、極めて大胆なお方です。自身が犯行を犯しておきながら、マスコミの集まる事件現場へ献花に訪れ、そればかりか全国ニュースのインタビューにまで答えるなんて。一体どうしてそんなことをしたんです？」

「あなたなら分かってるんじゃないの？」

「どうでしょう。ただし、ベルガモの花言葉は『禁断の恋』です。そこに意味を見出すとするなら、あなたはマスコミが押しかける中、愛海さんに対する歪んだ愛情を依然、心に秘めていたことになる。そして老婦人と若い娘。禁断の恋の結末を締めくくるには百合科のベルガモが最適と考えた。そして、あなたは世間の目を欺きながら、堂々とベルガモを供えることで勝利の快感を内心、覚えていたのかもしれない」

「……そうね。まさに、その通りよ」

戸谷原サキは居直ったかのように、事も無げに言った。

「そんな……」

宏美が、その場に倒れそうになると楢垣が咄嗟に支えて椅子に座らせた。

「……どうしてあの晩、愛美を殺した……？」

楢垣は打ち震えるような声で呟くと、戸谷原サキを睨みつけた。

「愛海は只コンビニへ行っただけなのに！」

「なに言ってるの。あなたのせいじゃない」

楢垣が戸惑うと、戸谷原サキが不敵な笑みを浮かべた。

「愛海ちゃんはね、いつも朝七時になるとお部屋の窓を開けて、鉢植えのお花をベランダへ並べるの。それで楽しそうにジョーロでお花へお水をあげるのよ。あたくしがお贈りした百合もあったわ。あたくしはね、それを双眼鏡で、こっそり上から眺めるのが楽しみでしたわ。そうね、少し神様になったみたいな気分だったかもしれない」

そして戸谷原サキは、愛海の遺影のもとへと歩んだ。

「それからね、愛海ちゃんは夜の七時になると、出してた鉢を家に戻すの。お店のお手伝いがある日も戻ってきて、ちゃんと戻すのよ。とっても可愛い。そういうところも、あたくし、とっても大好きだったの」

戸谷原サキは遺影の愛海にそう語ると振り返り、楢垣の方へと視線を向けた。

「なのにね、愛海ちゃん、水曜の夜は中々鉢植えを片付けない。あなたが近頃毎週水曜日、愛海ちゃん家に泊まるから。あたくし、あの日も、ずっと監視してたわ。そしたら見ちゃったのよ。夜十時頃、家で待ってたあなた、愛海ちゃんが帰宅するなり、電気も消さずカーテンも閉めずに抱いたのよ。愛海ちゃんは壊れちゃいそうなほど愛されて、とっても嬉しそうにしてたわね。……でも、あたくし、そのとき決めたんです」

そう言って戸谷原サキは顔色を青くしている楢垣に微笑みかけた。

「あたくし、愛海ちゃんに深夜の公園で忠告したのよ。男なんて汚らわしいから別れなさいって。なのに結婚するつもりだなんて、あの子が言うから」

「……それで、愛海を……？」

「そうよ。あたくしが愛海ちゃんにナイフを刺したの。あなたのせいでね」

卒倒しそうな声の楢垣に、戸谷原サキは何でもないことのように、そう言った。

短い言葉だったが、それだけで楢垣と宏美の顔面は蒼白となった。

「……どうして……愛海を……」

そんな宏美の声は、遠い地の底から聞こえてくるように不安定で暗かった。

対照的に殺人者である戸谷原サキの声は、あっけらかんと乾いていた。

「でも、ちょうどよかったわ。あたくしの次回作、ストーカーが愛する女の子を殺すお話なのよ。おかげで気持ちも分かったし。ただね、愛海ちゃんも、あたくしの小説の女の子みたいに、もう少し目覚めてくれればよかったのに。男なんかに入れ上げて。あたくしのお贈りした百合まで枯らして。そんなの、もう殺しちゃうしかないわよね？」

「テメー、殺してやる！」

突然、逆上した楢垣は座席を掴み上げると戸谷原サキに向かって投げつけた。その狙いが外れても、楢垣は勢いよく掴みかかって戸谷原サキの首を絞めようとする。

「やめて下さい！」

だが皇子と並腰、そして桜木たちは慌てて楢垣を制止せざるを得ない。

けれど制止しながらも皇子は複雑だった。

こんな悪魔の為に、どうしてわたしたちは楢垣さんを制止しなければならないのだ。

「お前よくも愛海を！　殺してやる！　殺してやる！　絶対に殺してやる！」

「楢垣さん！　やめて下さい！　落ち着いて下さい！」

桜木が必死に制止して楢垣が絶叫する中、戸谷原サキの嗄れた笑い声が葬祭場の空気を震わせた。

犯人が判明した瞬間、少しホッとする思いが皇子の胸の中には生じていた。これで事件は解決した。終わった。よかった。愛海ちゃんは報われる。もう大丈夫。

そう思いかけたが、本当は全然違う。

犯人が逮捕されて、事件が解決しても犯罪被害者遺族らにとっては何も解決していないも同然だ。死んだ被害者は決して戻ってはこないから――。

愛海ちゃんの屈託のない笑顔を見ることは、もう一度たりとも不可能だから。

にもかかわらず犯人の多くは命で償うわけでもなく、更生主義という理念のもとで生かされていく。贖罪などという甘ったるい言葉で命を繋ぎ止めていく。

皇子は思った。やっぱり、世の中、理不尽だ。

けれど、それが、残念ながら刑事が行える限界であるのかもしれない。

神野は、ただ人間たちの争いを一人静かに傍観していた。

26

愛海の葬儀、告別式、火葬の終了を待って、楢垣は戸谷原サキに対する暴行の容疑で緊急逮捕された。

楢垣は尾崎秋斗、並びに戸谷原サキに対して二度に亘って襲いかかっていた。警察に、それらの事実や罪を不問にするのはおかしいのではないかといった一部列席者からの意見が伝わり、マスコミにもその情報が拡散されていくと捜査本部としても、決して正当防衛とは言えない行為に及んだ楢垣を黙って見逃すわけにはいかなかった。

逮捕は愛海が茶毘に付され、斎場の煙突から白煙が空に立ち上っていく頃、行われた。犯罪被害関係者であることにも配慮して、手錠や腰縄こそ掛けられることはなかったが、桜木班長と駆けつけた捜査員によって両脇を抱えられてパトカーに乗せられていく楢垣を見ながら、皇子はやるせない気持ちだった。

宏美は火葬が行われている間、ずっと煙突から流れていく煙を見上げていた。

皇子は、付かず離れずの距離で宏美を見守った。

宏美が涙を流してうずくまると背後から近寄って、そっと白いハンカチを差し出した。

帰り道、皇子は宏美を自宅へ送った。そして宏美を一人にするのは忍びなくて、そのまま家事等の手伝いを申し出た。宏美は、もはや皇子を拒みはしなかった。ただ頭の中が真っ白になってしまったかのように口数が少なく、皇子は率先して宏美の世話を焼いた。宏美が無事、眠りにつくと、けっきょく皇子も家に泊まることにした。

電話のコードは抜いてあった。宏美や愛海の携帯電話も電源を入れていなかった。マスコミ関係者から電話が掛かってきてしまうからだった。

翌日、朝から家の玄関に取材陣が押し寄せた。

「犯人が逮捕された現在の心境をお聞かせ下さい」

「犯人が高齢の女性だったことに対して、どんなご感想をお持ちですか？」

「ネット上で噂されていた内容は、ご存知ですか？　事実なんでしょうか？」

皇子が全て代わりに応じた。

取材には一切、応じられないことを告げ、すべて追い払った。しつこい記者もいた。犯人に対する怒りを述べて善意を装って近づいてくる者もいたが、余計なお世話だった。

その後、犯罪被害者ケア係の並腰係長と連携し、文書で声明を発表した。

今は取材には何も応じられない。当面そっとしておいてほしい。

当たり前のことを、わざわざ告げなければいけないことが悲しかった。

宏美は家から一切、出なかった。皇子が冷蔵庫に残っている食材で、慣れない手つきで料理を作った。宏美の前で刃物を使うのは、やはり躊躇われた。やむなく調理用のハサミを使って食材を加工した。見た目の悪い炒めものが出来た。味は上出来だった。宏美は「ありがとう」と言ってたいらげてくれた。だが食後、トイレで嘔吐した。事件のことを思い出したら急に気分が悪くなったのだと釈明した。かと思うと突然、泣きじゃくり「愛海、ごめん」と連呼した。

皇子は、そんな宏美のそばに寄り添って背中をさすった。

宏美が見ていないところで包丁やナイフの類は、すぐに出せない場所へと一時的に収納した。目を離した隙に宏美が何かおかしな気を起こさないとも限らないからだった。

愛海の部屋のカーテンは一日中、閉めきられたままだった。

開ければ部屋の中は明るくなるが、そこからは現在、逮捕されて取り調べ中である犯人・戸谷原サキの住んでいたマンションと、その部屋が見えてしまう為だった。

そんなこんなで一日が終わった。

翌日の八月二十日。宏美は、自ら愛海の部屋のカーテンを開けた。

そして自ら愛海が世話していた鉢植えをベランダへと並べて水をやり出した。

「大丈夫ですか。あまり無理なさらない方が……」

皇子はおずおず尋ねたが宏美は、ただ無言で水をやっていた。今は亡き愛海と対話をしているのかもしれない。皇子は、しばらく宏美をそっとしておくことにした。

それから皇子が一時外出して購入してきた昼食を二人でとった。

「小野さん、ありがとう。でも、もういいわ。自分の生活があるでしょう?」

宏美が言った。なんと答えるべきか皇子は迷った。

宏美のこともまだ心配だったし、実際、戻ったところでもやることもなかった。

皇子は赤西刑事部長に辞表を受理されて既に警察の職を辞している。退寮する準備は進めなければならないが、まだしばらくの猶予はある。

皇子は少しだけ嘘をついた。

「実は、新しく行くところが見つからなくって……出来れば、もう少し……」

宏美が信じたかどうかは分からない。だが皇子に言った。

「だったら、もうしばらく、いてもらおうかな」

警察を辞めて、初めて被害者支援らしいことが出来るだなんて皮肉なものだった。

＊

捜査本部は無事、解散したらしい。小市から弾んだ声で電話があった。

「で、今晩、打ち上げなんですけど皇子さんも来ません？　送別会も兼ねてってことで。四係のみんなも待ってますから。今日はパーッとしましょうよ！」

「や、うん、ごめん。折角だけど……」

皇子は今、個人的に宏美の世話をしていることを小市に伝えた。

そうして電話を切ると皇子は、息をついた。やはり刑事と犯罪被害者遺族の間には温度差がある。やむを得ないことかもしれないと思いつつ、皇子は刑事時代も、ずっとそんな雰囲気に馴染むことが出来なかった。

それから少しして、宏美が不意に、自ら事件に関して話を始めた。

誤解が生じてるといけないから、と前置きして宏美は明かした。葬儀の際、楢垣が皇子らのもとへ現れる前に話していたが中途半端に終わっていた話の続きを。

愛海の身元確認へ向かった板橋署で、事情聴取を待っていた宏美に楢垣は「お母さんは僕が、ずっと守っていきます。一生守ります。だから僕が愛海の後を追いかけたことは秘密です。警察にも記者にも言わないで下さい。絶対、二人だけの秘密です」と言った。だが不信感が膨れ上がった宏美は、抱いていた疑問を楢垣にぶつけた。

「楢垣君、まさか、あなたが、愛海を追いかけて、何かしたんじゃないわよね？」

すると楢垣は驚きながら、とんでもないと否定した。そして改めて宏美に言った。愛海が家から出ていった直後の一連の経緯に関して絶対、秘密にするべきだと。

無論、宏美が愛海と喧嘩していたことも、誰にも話さない方がいい、いや絶対に話してはいけないと楢垣は主張した。

「どうして、そんなことをしなくちゃいけないの？　正直に話した方が」

「お母さんは知らないんです。そんな事実が知れたら世間が何を言い出すか」

そのひと言で、宏美は以前、愛海から聞いた楢垣の生い立ちを思い出していた。

楢垣の母は過去、水難事故で死亡したと判断されている。

だが楢垣自身は幼な心にも、母は入水自殺をしたのだと直観していた。

公立中学校の職員だった母は生徒や教員からも、いじめに遭っていると楢垣に話していた。男子生徒に流された根も葉もない噂で中傷を受けていたのだ。心優しい母は、それでもへこたれず心療内科に通院ながら、何とか奮起しようとしていた。

そんなさなか、川で溺れて亡くなった。

変死だった為、息子の楢垣は警察で事情聴取された。そこで楢垣は父が事業失敗の借金を今も抱えていることを正直に打ち明けた。すると、どこからどう漏れて伝わったのか、やがて、その情報は楢垣のクラスメイトたちの耳にも入っていた。

「お前の父ちゃん、保険金目当てで殺したんだろ？」

クラスで「ホケンキンサツジン」という言葉が流行した。後日、問題となった。楢垣は、けっきょく父に窮状を訴えて転校した。飲食店に再就職していた父も、実は職場で似たような陰口を叩かれ、ていよく自主退職に追い込まれていた。そんな父の苦労を楢垣は社会人一年目、脳溢血で父が急逝した際、親類から初めて知らされた。

「私も愛海と喧嘩していたし……もし、それが世間に知れたら『母親が犯人に違いない』とか、あることないこと言われて大変だって……それに、お母さんに何かあったら困るから絶対秘密ですって、楢垣君、涙目で手を握りながら、私に言ったの」

宏美は、楢垣が愛海の後を追って、すぐ外に出たことも口外しないことにした。

実際のところ「コンビニへ行く」と行って出ていった愛海を追いかけた楢垣は、逆方向を探していた。てっきり愛海は、セブンイレブンとは逆方向にあるミニストップへ行ったと思ったのだ。事実、そちらの方が僅かに自宅アパートから近かった。

だが愛海はいなかった。

そもそもミニストップは、改装中となっていて営業すらしていなかった。

付近の地理に詳しくなかった楢垣は一度、自宅アパートへ戻って事態を伝えた。そして近隣に存在する別のコンビニの位置を確認すると再び愛海を探しに行ったのだ——。

つまり楢垣は、いわゆる二次受傷を避ける為、疑われそうな経緯を隠していたのだ。

だが、けっきょく事件前後の情報は、口止めしたはずの隣人からネット上に拡散された。

そして事態は、楢垣が当初から恐れていた通りになった。

宏美や楢垣はネットの情報に触れないようにしたが、それを見た記者は勿論、親類や知人までもが真偽はどうなのかと電話で尋ねてくることすらあった。

更に、どこで番号を知ったのか「お前が犯人だろ！」と中傷して一方的に切ってしまうような電話が家にかかってきた。それが続いた。思わず電話のコードを引き抜いた。事態は、むしろ楢垣の予想を越えていた。

——お母さんは、自殺とか、ヘンなこと考えないでくださいよ。

おそらく自分の母の不審死が頭によぎった楢垣は、そんなことを言って支えになりながら、気を滅入らせている宏美に付き添った。

それは、ネット上で噂されているようなアブノーマルな関係では一切なかった。

——なのに、わたしは、なんてことを……。

それらの事実を知ると皇子は、一瞬でも楢垣を疑ってしまった自分を恥じた。

「でも、ありがとう。小野さんが聞いてくれたから随分、気持ちが楽になったわ」

宏美が、そのとき一瞬、笑ってくれた。皇子は嬉しかった。

けれど愛海がいない現実に、やはり変わりはなかった。

かえって宏美に気遣いさせたのではないかと皇子は逆に心配になってくる。

＊

小説家・戸谷原サキが逮捕されると事件報道は、そのスキャンダラスな真相から一層加熱を見せた。様々な角度から事件が検証されたが、いずれも「犯人が逮捕されてよかった」という前向きなムードで締めくくられることが多かった。

だが現実の犯罪被害者遺族は、殺人犯が見つかったからといって、めでたしめでたしといった心境になれるわけではない。

明日から頑張って生きていくわ、などと前向きになれるわけでもない。

ましてや被害者遺族が加害者を赦すことなど、まず皆無であると言っていい。

「罪を憎んで人を憎まず」などという言葉は、ただ空々しく感じられるだけだった。

殺人を犯した加害者から赦しを求められることそれ自体が再度、激しい憤怒となることも少なくない。

取り返しのつかない罪とは、まさにこのことだった。

そして犯罪被害者の問題が、実際に被害に遭ったことのない圧倒的多数の人々の間で取り沙汰されることも、ほとんど無い。その理解も広まっているとは言い難い。

それゆえ犯罪被害関係者は、孤立無援に近い状態に陥りがちだ。

それが発展途上の段階にある犯罪被害者支援を取り巻く現実だった。

「愛海は殺されたのに……あの犯人は、これからも生きていくのよね……」

確かに人を一名殺害しても、現在の量刑基準では死刑にならないことの方が多かった。

「……愛海の人生は何だったの？　人生まだまだこれからってところじゃない」

声を震わせながら宏美は、涙を隠すかのようにうなだれた。

「でも私があの子と喧嘩して、引き留めなかったから……私が愛海を殺したのよ」

皇子は宏美に寄り添いながら思った。宏美の苦しみは、まさにこれから始まる。皇子自身、犯罪で父を亡くした境遇だ。父を失ってから、皇子も深い自責の念に苦しんだ。そして今なお苦しみ続けている。ましてや、実の娘を殺された宏美の悲しみは計り知れない。宏美の心痛を考えると胸がぎゅっと締め付けられた。

神野に叱責された言葉が浮かんだ。神野の言葉は辛辣ではあったが、愛海の命が戻ってこなくなった現実の前にあっては、やはり正しい指摘だと思わざるを得なかった。

わたしが、もっと優秀だったら愛海ちゃんは、きっと今も生きていた……。

だが、そのとき皇子は、ふと思う。愛海ちゃんは、最後に会った日の別れ際、わたしに何か相談しかけているようにも見えた。それは戸谷原サキに関する何かだったのか？　あるいは便利屋の事務員・井川不由美のＤＶに関してだったのか？

それにパーカーの色が青からグレーに変わった謎も、まだ解決していない。

宏美が「記憶違いだったのかしら」と一度漏らしたことで犯人が逮捕された今、捜査本部も、その謎を深く追求するつもりは、無いようだった。

戸谷原サキが逮捕された後、皇子はパーカーの色の謎に関して神野に尋ねてみた。

「お前も刑事の意地があるなら、そのくらい自分で謎解きしてみろ」

神野は、それだけ言って立ち去った。なんでも葬儀での一連のやりとりを録音、撮影させる為、こっそり会場に招き入れていた記者の下袋から「犯人を追及する俺のイケてる瞬間の写真」を受け取るつもりらしい。相変わらずな神野が、パーカーの謎の答えを分かっているのか否かは不明だった。

そんな記憶を皇子が思い出していたとき、宏美の携帯電話が鳴った。

「誰だろう。知らない番号だわ」

皇子は携帯電話のディスプレイに目をやった。０８０から始まる番号だ。

「はい、もしもし」

皇子が宏美に代わって電話に出た。

「おめでとうございます。あなたには見事、ハンゴンのチャンスが授けられました」

「どちら様ですか。イタズラ電話なら切りますよ」

「ちょっと待て！　俺だよ俺！　って言ってもオレオレ詐欺じゃなくて神野だよ！」

「え……？」

言われてみれば、神野の声だった。電話を通すとイマイチ分からない。

だが皇子は、神野の声だと分かるなり、むかっ腹が立ってきた。

「てゆーか今のは何なんですか。ハンゴンのチャンスが、どうとか言うのは」

「や、声で、お前が出たって分かったから、ちょいフザケてみただけ」

「わたしが出たからって、ちょいフザケるのはやめて下さい」

「分かった分かった。ともかく今から宏美さんを本庁十一階まで連れてきてくれ」

「本庁十一階？」

本庁十一階といったら、確か、総務部長室や人事第一課があるくらいだ。あとは、まさに警視庁の中枢とも言える警視総監や副総監の居室もあるが、そんな部屋から、お呼びがかかるとは思えない。皇子は、さっぱりワケがわからなかった。

「てゆーか、十一階のどこから呼び出しなんですか？」

「だから、折り入って話があるんだと。宏美さんとお前に、フクソーカンから」

フクソーカン？　フクソーカンって何だっけと思わず考えた直後に驚いた。

「えッ……！　フクソーカンって副総監のことですか!?」

「フクソーカンったら副総監のことだろな。じゃ十七時に副総監室な。頼んだぞ」

そう言って神野は一方的に電話を切ってしまった。

27

折り入った話って、なに……？

副総監が直々に宏美さんへ謝罪やお悔やみの言葉でも言うのだろうか……？

八月二十日十七時。

夕暮れ時、スーツを着た皇子は宏美をともなって警視庁本部庁舎にやってきた。

戻ってくることは、もう二度とないだろうと思っていたのだが。

「副総監がお呼びってことですけど、こういうの、よくあることなんですか？」

「いえ、わたしが知る限り、聞いたことはありませんけど……」

宏美に答えながら、皇子は大変なところすみませんと謝るより他なかった。

受付で来意を告げた。そのまま十一階へどうぞと言われてエントランスを通過する。

モニュメントなどが飾られており、一見、地方のがらんとした美術館風な吹き抜けを通ってエレベーターホールへ向かう。

緊張する様子の宏美を伴って十一階で降りると、そこで神野が待っていた。

「ケア係の神野と申します。遠いところ、ご足労頂きまして申し訳ございません」

神野は、礼儀正しく宏美に頭を下げると、先導して歩き出す。

「あの、主任、わたしは……？」

「お前も一緒だ。よかったな、副総監のお眼鏡にかなって」

神野は唇の端に笑みを浮かべている。祝福されているのかばかにされているのか分からない。とにかく行ってみるしかないと思って、黙って神野の後に続いた。

そして神野が扉を開けて、副総監の部屋に通された。

訓示等する姿を遠くから見たことはあったが、こうして直に接するのは初めてだ。

宏美や皇子の姿を見ると、警視庁創設以来初となる女性副総監は、執務を行っていたと思しき紫檀のデスクから、すらりと立ち上がった。

「警視庁副総監の御神日美子《おんがみひみこ》と申します」

皇子は思わず息を呑んだ。皇子よりも更に高身長である御神副総監は、その地位の高さを考えれば相応の年齢であるはずだが、身のこなしから声の発し方に至るまで凛とした気高さと若々しさに満ちている。

「本日は事件発生から日も浅い中、誠に申し訳ございません。どうぞ、こちらへ」

女法皇。皇子は反射的に、そんな言葉を連想していた。

そのとき、背後でドアが開いた。

振り向いて見ると、神野が楢垣を連れてきていた。

「楢垣君……！」

無精ひげが伸び、やつれた顔で入ってきた楢垣を宏美が咄嗟に呼んだ。

「楢垣君、元気だった？　大丈夫？」

「お母さんこそ、大丈夫ですか」

暴行の罪で逮捕された楢垣は、板橋署に留置されていたはずだ。なのに、どうして本庁にいるのだろう。送検に伴って移送されることにでもなったのだろうか？

当の楢垣自身も副総監の姿を認めると、すぐに怪訝な表情を浮かべた。おそらく皇子や宏美と同じく事情が飲み込めず、不信感を抱いているようでもあった。

「これは一体、どういうことですか？」

皇子が二人の困惑を代弁するつもりで言うと、御神副総監は神妙な顔つきになった。

「このたびは、本当に、ご愁傷様でございました。事件を阻止できなかったことを警視庁を代表して深くお詫び申し上げます」

御神副総監は宏美に深々と頭を下げて、真摯な表情でお悔やみの言葉を述べた。

宏美も、頭を下げて応じるが、楢垣は素直に応じる気にはなれないようだった。

「何なんですか、副総監って、そんなに偉いんですか。こんなところまで呼びつけて、そんな通り一遍のことを言われたって、意味ないですよ……」

宏美は楢垣の名を呼んで、落ち着かせようとしたが無駄だった。

「何で愛海がああなる前に何とかしてくれなかったんですか？　市民を守るのが警察の仕事ですよね？　愛海はいなくなるし……もう人生、滅茶苦茶なんですよ……！」

楢垣は涙声で訴えた。加害者に復讐するはずが、自分が逮捕までされて精神的にもう限界なのだろう。現実的に考えれば、警察が犯罪を完全に防ぎきることは極めて難しい。それは、おそらく警察だけの力では不可能なことだ。

けれど、そうと分かっていても、やる方ない憤懣を捜査機関等にぶつけたくなってしまうのが、深く傷ついた犯罪被害関係者の偽らざる気持ちでもあるだろう。

「本当に申し訳ございませんでした」

御神副総監は頭を下げた。

黙って全てを甘受することは、ケアの現場でも時として必要なことだった。

「ただ今回、不幸中の幸いで愛海さんには、ハンゴンのチャンスがございます」

ハンゴン？　そういえば先ほども神野が電話で口走っていた言葉だ。

「あの、ハンゴンって、何なんですか？」

皇子が口を挟むと、神野が言った。

「反魂《はんごん》だよ。反魂香《はんごんこう》とかの。知らない？　死者の魂を蘇らせるって意味の反魂」

反魂……確かに聞いたことのある言葉ではあったが。

「で、その反魂が何か？」

「や、だから、堂本愛海さんには今回、死者復活のチャンスがあるってことです」

耳を疑った。死者復活のチャンスだって？

「誰にでもあることじゃないんです。様々な条件が極めて低い確率で一致した犯罪被害関係者だけが特別に掴める、マジでミラクルな反魂チャーンスなんですよ？」

場が固まった。

ギャグだとしたら相当寒いし痛いし、本気だとしたら頭がおかしい。

宏美、楢垣、皇子、三者揃って何も反応できずにいると、

「あれ？　俺、なんか変なこと言ったか？」

「言ってますよね？」

皇子が神野に食って掛かった。この男、本当に最低最悪だ。もう二度と立ち直れないほど傷ついた犯罪被害関係者を前に、こんな非常識極まりない発言をするなんて。

「ていうか本当、ふざけないで下さいよ。お二方に失礼ですよ。これ以上ありえないってほどに失礼ですよ！　副総監からも何とか言ってやって下さいよ！」

「反魂チャンスは事実です」

「そうですよ。反魂チャンスは事実――」

えええっ――!?

皇子はまたもや耳を疑った。副総監までもが訳の分からないことを言い出した。

「あ、あの……副総監……今なんと……？」

「堂本愛海さんは、私が用いる反魂術によって復活できるチャンスがあります」

ガラガラガッシャーンと派手な音を立て、皇子の中で何かが崩れた。

ば、ばかなのか……？

副総監は頭がおかしい人だったのか……？

あんなにも気高く優美に思えた御神日美子副総監という人が途端に、インチキ詐欺師か

何かのように見えてくる。でも違う。この御方は確かに四万人超の人員を誇る警視庁のナンバー2。その証拠に制服の左胸には黄金色に輝いて、合計六つの矩形《くけい》が刻まれた階級章だって付いている。だったら大真面目な顔して、どうしてそんなたわけたことを言ったのだ!?

「あ、あの……念の為、伺いますけど、御神副総監は今、何を……?」

「あら? これだけ言っても、まだ分からない?」

御神副総監は、やはり大真面目な顔のまま首を傾げるが、まさか質問に質問で返すなと反論するわけにもいかない。

「やっぱ、お前、アホ人間だな。最初から俺が、何度も言ってるだろうが?」

副総監の傍らでヘラヘラ笑ってる神野を皇子は睨み返した。

「だからさ、俺は神だし、御神副総監は、俺よりもっと上の、えらーい神様なわけ」

「その通り。私たちは神様です」

あ、なるほど。二人は神様なんだ。それって、お客様は神様みたいな感じ? うんうん、なるほど。

「えっ、ごめんなさい。やっぱり私、全然意味が分かりませんっ……!」

自分を何とか納得させようとして思考回路がショートした。ちょっと息が上がった。思わずキレ気味の口調になってしまった。皇子は、これじゃいけないと思い直した。落ち着け私。落ち着け私。相手は副総監。相手は、あくまで副総監。

「あの……《私たちは神様》って……？　警視庁のお偉い方だから神様だって意味ですか……？」

宏美が不信感いっぱいの眼差しで問いただす。そりゃ、そうなるよねと皇子は焦る。折角、築いた信頼関係がこれでブチ壊しになった挙句、宏美や楢垣が更に傷つくなんてことになるのだけは絶対駄目だ。

「いえ、警察組織内での階級が高いから《神》という意味では毛頭ございません」

「言うなれば、この広い世界での階級が《神》ってことですかね。人間より上の」

「神野君。そういう人間を見下すような考え方は神のふるまいとして不適当です」

「や、でも、人間だって動物や植物を下に見てるようなところがありますし」

「そんな人間ばかりではありませんし、そういう人間は周りの人間から、けっきょく軽蔑されるもの。つまり、あなたと同じです」

「や、さすが御神副総監。言うことが神ですね」

「おべんちゃら言う暇があるなら捜査を通じて人間をよく学び、早く立派な神様になりなさい」

「やー、仰る通りです。一日も早く立派な神様になる為、頑張ります！」

御神副総監は神野をたしなめると真顔のまま、宏美や楢垣の方に向き直り、

「で、何か他に質問は？」

あるよ！

皇子は内心、盛大に突っ込んだ。むしろ意味不明なことがありすぎて、どこから手をつければいいのか分からないほどだ。

「では、ご質問がないようでしたら、そろそろ儀式に……」

「待ってください」

楢垣が遮った。当然の判断だ。むしろ、よくぞこの異様な空気の中に飲み込まれず、声を上げてくれたものだと感謝の念すら抱いてしまう。

「お母さん。あの、ちょっと、携帯をお借りしても？」

「え、ええ。いいですか？」

「どうぞ」

副総監が許可すると、宏美は楢垣に自分のスマートフォンを手渡した。

楢垣は、それをチョイチョイと操作して何かを画面に出したかと思うと、

「あの……少々、おかしなことをお尋ねするかもしれませんが……」

楢垣の口調は、なぜかひどく躊躇いがちだ。

「実は、あの事件に起きる直前の晩、愛海に、こんなものを見せられたんです」

楢垣が、スマホの画面を御神副総監と神野に差し出した。

画面には、匿名電子掲示板ちゃんねるⅡのスレッドが表示されていた。

ずらりと並ぶ書き込みの中には、文字や記号の組み合わせで描かれた戯画的なアスキーアートや、落書き然としたネットスラングの羅列。

確かに、こういった場で他人に見せるには、やや抵抗感のある代物だ。楢垣が躊躇するのも無理はないと皇子は思う。そのスレッドの名称が画面の上部に記されていた。

【速報!!　俺の殺された妹が生き返った！】

それをひと目見た途端、皇子は、あっと驚きの声を上げていた。

「それ！　わたしも愛海ちゃんから見せてもらったことあります！　殺された人が蘇ったなんて作り話が書かれてる変な掲示板なんですよ！」

すると楢垣が、どこかホッとした顔をする。

変な掲示板を知ってくれている仲間がいてよかった。そんな眼差しだ。

「そうなんです。僕も愛海から、これを見せられて知ったんですが……ここには、自称・神様の男が、殺された被害者を生き返らせたなんて話が記されているんです」

そうそう、確かにそうだった、と皇子も鼻息荒く頷いた。

「勿論、僕だって、こんな話、信じているわけではありません。僕は都市伝説マニアじゃありませんし、俗にいう《Ⅱちゃんねらー》というやつでもありません。本当に迷信深いわけでも、その手のマニアでもないんです。本当です。ただ、なんというか……ふと思い出して以来、なんだか気になってしまって」

楢垣は、一旦言葉を区切ると神野をちらと見た。

「その……すごく申し上げづらいんですが、似ているんです。この中で噂されている自称・神の男というのが――」

「それは、私です」

楢垣が何かを言いよどんだ瞬間、神野が言葉を引き継いだ。

「私？　あの、私というのは……？」

「あなたが仰る通りの意味ですよ。そのスレッドで祀り上げられている《神》とは、名前こそ上がっていませんが、他でもない私のことです」

神野の口調は、自分を恥じるというより、むしろ誇らしげだった。

楢垣は固まった。自ら尋ねたとはいえ、神野の答えと態度があまりにも意外過ぎたのだろう。どういう意味かと理解しかねて、顔が全面的にフリーズしている。

宏美も、さすがに困惑したように目線をオロオロとさせている。

「あの、すみません……あなた方が何を仰ってるのか……？」

「ま、理解が追いつかないのも分からないではありませんがね」

神野は、どこか見下したような眼差しだった。

「人間というのは所詮、コリッコリのイカソーメン並に常識という名の偏見に凝り固まってしまう存在ですから」

「神野君、言葉を慎みなさい」

「てゆーか、その掲示板の書き込みって主任が全部、自分で、でっち上げたんじゃないんですか？　マルシーが暇だからって警察の内部情報を利用して」

　以前から抱いていた疑問を皇子が神野にぶつけると、

「貴様……真っ昼間から、この俺が、ちゃんねるⅡに駄レス連投した挙句、自演乙などとディスられていたというのか、神ともあろうこの俺が!?」

「でも、やってそうですよね、主任みたいな変人だったら」

「変人だと？　俺は思ったことは、すぐ口に出して、すぐ行動しているだけだ。俺ほどの正直者はいないだろうが」

「正直者？　変わり者の間違いじゃないんですか」

「なんと……！　なんと、罰当たりな……！」

　神野は血相を変えて、天パ頭を両手で抱えながら、よろめいたように後ずりする。

「……これだから嫌なんだ、物分かりの悪いアホ人間は……いくら言葉を尽くしても分かろうとしない。まるで昆虫だな……ああ、なんだか気分が悪くなってきた……」

　皇子を昆虫呼ばわりすると神野は、自分の体を両手で、かき抱くようなしぐさをしている。

「それで、けっきょく、このスレッドは神野さんと、どういう関係が？」

　楢垣が改めて尋ねると、小さく嘆息をもらして、呼吸を整えた。

「それは、私の自演によるネタスレでもなければ、私の存在を知っている第三者が、このような話をでっちあげたわけでもありません。つまり、そのスレッドの書き込み主が報告している現象は、すべて事実です」

「……事実……？」

楢垣と宏美が戸惑いの表情を浮かべた。

「事実って、あの……反魂チャンス……？　その、愛海の魂が蘇るという……？」

宏美も自分で言葉を発しながら、見る見る内に目の焦点が遠くなっていく。

私は何てばかなことを言っているんだろう……何て意味のない質問をしているんだろう
……そんな考えを内心抱いて自分で自分の行動が分からなくなっているのだろう。

神野は痣が残っているわけでもないのに、これみよがしに頬をさすると、

「宏美さん、私この話、以前にも楢垣さんにしかけたのですが、あえなく鉄拳制裁されました。おまけに、この出来損ないの元婦警は、この私の左の頬をまるでローマ兵のように張り倒した挙句、罵倒までしたのです。私は正直者のトマスのように事実をありのまま話しただけだというのに！」

そして、楢垣が持っていたスマホを奪うと神野は掲げた。

「つまり私の存在を理解し、素直に受け入れている人間は、こんな低俗極まりない電子掲示板の中にしかいないのです！　いかに人間が、他者にレッテルを貼り、自分の理解が追いつかないものを排除し、迫害するのが大好きな低級動物かということがよく分かる。なるほど、キリストも磔にされるわけです。しかも、それから既に二千年以上の時が経っているというのに、まったく嘆かわしいにも程がある！」

この人、話し出したらほんと止まらないな、と皇子が思う中、神野は続ける。

「しかし残念ながら、私は左の頬を打たれたからといって、右の頬を差し出すようなお人好しでも聖人でもない！　神だからといって広く寛容な心を持っていると思ったら大間違いだ！　よって私は、殺人の如き大罪を犯す愚かな人間には決して容赦はしないつもりです。ずばり命を奪う人間は、命でもってその罪過の責任をとらなければならない！　そして殺された被害者こそが命を元に戻されなければならない！　それが神たる私の嘘偽り無い信条です……！」

熱くなった神野は拳を握りしめて宏美たちに熱く訴える。

「……命を元に戻されなければ、というのは、どういうことですか……？」

皇子は、この宏美と神野のやりとりを止めさせるべきなのか否か大いに悩んだ。

神野が悪ふざけで偽りの希望を宏美に持たせているのだとしたら、こんなにタチの悪い話はない。カルトと呼ばれる危ない宗教につけ込まれて、入信してしまうのも、こういった人の心が弱っている瞬間なのではないかと思うと、看過できない。

けれど一点どうしても解せないのは、御神副総監が先ほどから神野の奔放すぎる発言を一切咎めるでもなく、ただ黙って見ていることだった。

なんで？　普通だったら止めるはずなのに一体、何の理由で……？

もしかして御神副総監も結構、ヤバい人？

そんなことはないと思いたいけど、どうなのよ……。

「それでは、命を元に戻す《反魂チャンス》に関して、ご説明致しましょうか」

神野が静かに言った。

副総監は無言のままだ。それどころか神野に任せたと言わんばかりに頷いている。

「ただし、今からお話する内容は多分に、あなた方を大いに驚かせ、狼狽させうる話でもあります。また私が何を言っているのか、サッパリ分からないかもしれませんが、ひとまず私の妄言だと思って、ひろーい心でお聞きください。よろしいですね？」

神野にそう尋ねられると宏美と楯垣は、顔を見合わせた。

「その前に一つだけ確認させて下さい」

宏美の不安も感じ取ったのだろうか。代弁するように楯垣が神野に尋ねた。

「あなた、僕たちのことを、おちょくったり、ばかにしたりしてますか……？」

「いいえ。いたって真剣に真面目にお話しをしています」

「だったら……ひとまず話だけは伺いますが……ただ、もしこれが、あなた方の悪質な冗談か何かだったら……絶対に只じゃ済ませませんから」

楯垣は強い口調で釘を刺すと、宏美と目を合わせて頷き合った。

「心配ありませんよ。神は、信ずる者の味方です」

28

そして神野の説明が始まった。

「《反魂チャンス》の其の一。もし、あなた方が希望するなら、神は、殺害された犯罪被害者が殺される以前に、世界の時間を巻き戻してしまうことが出来ます」

「世界の時間を巻き戻す……？」

楢垣が、たまらず鸚鵡返しに呟いた。

「そうです。この世の時間を巻き戻して、人生を、ある時点からやり直すのです。我々は、これを《時間を遡る》という意味で《時間遡上《そじょう》》と呼んでいます」

「時間遡上……」

今度は宏美が呟くので皇子はすこぶる不安になってきた。ちょっと何なの何なの、この怪しげな空間は。警視庁本部庁舎の十一階で、こんなカルト宗教のセミナーみたいなことしてていいわけ？　警視庁的には問題ないわけ？　てゆーか絶対問題だよね？　皇子は、ややもすると奇妙な話題についていけなくなりそうだった。

「そして《反魂チャンス》の其の二です！」

けれど二人が聞き入っている手前、口を挟むきっかけも掴めぬ内に神野は言った。

「《反魂チャンス》にあたって《神との契約者》は《三つの選択》のうちから一つを選ぶ

必要があります。すなわち、それは――」
①**時間遡上して**、被害者・愛海の死を回避した上で犯人・戸谷原サキを**呪殺する**
②**時間遡上して**、犯人の犯行を阻止、逮捕するなどした上で、**呪殺はしない**
③**時間遡上せず**、被害者・愛海の死を受け入れ、**引き続き今の人生を生きていく**

その三つの内から一つを選択しろと神野は言った。

「もしも、選択②の《呪殺はしない》の場合、私が直接《犯人》を――というより、《これから罪を犯すおそれのある者》という意味の《虞犯《ぐはん》者》ないし《犯行直前加害者》とでも呼んだ方が正確ですが――ともかく、私が犯行を犯す直前の戸谷原サキと接触し、逮捕や説得、あるいは脅迫などによって更生への導きを行います」

「でも、逮捕や説得すると言っても……失敗しないの？」

話を聞いていた宏美が尋ねた。

「そのような失敗は歴史上そうあったわけでもありませんが……逮捕や説得に失敗すれば折角、死を回避した愛海さんが再度、殺害されるリスクは残ります。といった事情もありますので、私がお勧めするのは、やはり《①犯人を呪殺する》ですね」

「《犯人を呪殺する》っていうのは？」

戸惑い顔の楢垣に較べ、宏美はこの手の話に順応しやすいのか、さほど抵抗感もなく質問を並べ立てている。

「犯人に呪いか何かをかけるってことなの？」

「そうです。呪いによって犯人を殺害します。やっぱり殺人犯は許せませんから。ちなみに犯人を呪殺しても、これは《不能犯》と言って刑法上も合法ですので、あなた方が罪に問われることはありません。また、あなた方が呪いを依頼した事実を口外することもありませんので、その点は一切ご心配には及びません」

宏美は得心がいったような顔をしているが、楢垣は、やはり話の内容を到底信じられないらしく、戸惑ったような表情だ。

「そして今回《選択権》が授けられるのは楢垣さん、あなたです」

「えっ、僕が？」

楢垣は思いもよらないといった様子で目を丸くする。

「勿論、宏美さんと相談して決めて頂いて構いません。その為にお二人をお呼びしました。ですが今回、最終的な決定権があるのは楢垣さんの方なんです」

楢垣と宏美は、戸惑ったように顔を見合わせる中、神野が言った。

「そういうわけですので《三つの選択》の中から、どうぞ一つをお選びください」

だが皇子は、もう耐えられなかった。口を挟むなら今しかない。

神野と副総監に皇子は言った。

「あの、お言葉ですけど、わたしは、主任や副総監が仰ってることが、さっぱり理解できません。一体どういうつもりで――」

「シャラーップ！」

　すると神野がすかさず吠えた。

「お前には一切、関係ない話なんだよ！　アホ人間は地蔵のように石化していろ！」

「関係ないことありません！　こんな出まかせ、宏美さんと楢垣さんに失礼です！」

「出まかせでは無いと言っとるだろうが！　お前は鳴くしか能のないアブラゼミか！　物分かりが昆虫並みの下流女子は、お口チャックだ！」

「チャックしません！　その失礼な与太話をあなたがやめて謝罪するまで！」

「何が失礼な与太話だ！　失礼なのは、お前の方なんだよ。惨殺された堂本愛海ちゃんを蘇らせたいとは思わんのか！　この超絶ドアホ人間が！」

「二人ともやめなさい！」

　そこで、ようやく御神副総監が割って入った。

「でも……副総監……これは一体、何なんですか……？」

　皇子は息を乱しながら考えた。警視庁の副総監がいながら、こんな非常識極まりない発言……理解が出来ない。殺された愛海ちゃんが蘇る？　そんな、ばかな。どう考えてもありえない。死んだ人間を生き返らせるなんてこと出来るわけがない。

「あんたたちの目的は何なんだ？」

　沈黙を守っていた楢垣が言った。

「これは何かの心理テストか？　実験か？　隠しカメラで観察でもしてるのか？」

苛立ったように室内を見回す楢垣に御神副総監が答えた。

「今の話は正真正銘、真実です。あなた方は、ただ選択して下さればいいのです」

副総監ともあろう人間が一体、なぜ……？　疑問を抱いていると副総監が言った。

「ちなみに《時間遡上》によって人の生死を改変しても、SF映画などでよく描かれる《バタフライ効果》は発生しません。つまり、小さな変化が《風が吹けば桶屋が儲かる》方式に全世界の歴史を変えてしまうようなことは一切起こらないと考えて頂いて結構です」

「《運命の不可塑性《ふかそせい》》とでも呼ぶべきものがありますからね、世界には。ま、あなた方、人間には百万年経っても理解できないことでしょうけど」

そんな神野の補足を聞いても、確かに理解することは不可能だった。

もはや、さっぱりワケが分からない。

皇子は、この事態を、どう収拾すればいいのかも分からなかった。今は楢垣と宏美、二人の決断に任せるしかないのか。捨て鉢な気分になっていると声が聞こえた。

「愛海は……」

宏美だった。

「愛海は二十一年前のクリスマス、予定日より三日早くに三二五〇グラムで生まれました。松戸の小さな産院でした。あの頃は、まだ私の主人も生きていて、海のようにいっぱいの愛に育まれて、海のようにいっぱいの愛情を周りにも振りまける子になってほしいって、そんな願いを込めて、愛海って名前を付けたんです」

宏美の口から、言葉が静かにこぼれ出していた。

「私は、主人と二人で誓っていました。これから一生、愛海を愛していこうって。夜、一人で寝てると、今でも思い出してしまいます。初めてハイハイした愛海。笑った愛海。初めて立った瞬間の驚き。『ママ』と呼んでくれたあの日の窓辺。幼稚園。入学式。その後、主人は病で亡くなりましたが、それでも生きてこれたのは愛海が笑ってくれてたおかげです。潮干狩りには母娘《おやこ》二人で行きました。あの晩、海のお味噌汁おいしいねって、愛海は笑って可愛い八重歯を私に見せてくれました。事件が起きた晩も、愛海は……私の為にお味噌汁を作って待っててくれたんです……」

副総監の部屋にいる一同が一旦、話を区切った宏美の言葉を待った。

「……愛海が生き返る……そんなお伽話みたいなことが、本当にあったらと……そう願わずにはいられません……愛海が、もし本当に生き返ってくれるというなら……私は今後の人生、何も望むものはありません。愛海が、ただ生きててくれたこと、それ自体が……本当に奇跡だったんだなって思いますから……」

宏美の声は震えて、うるんで、不安定に揺れていた。

すると楢垣も思わずこみ上げてしまった涙をこらえるように、うなだれた。

「俺も、そう思いますよ……なのに……」

楢垣が顔を伏せると、宏美も一層辛そうに顔をしかめた。宏美も目に浮かんだ涙をこらえるように俯いた。それでも絞り出すような声で気持ちを訴えた。

「だから、私は……他のことは、どうだっていいんです。死んだって、何が起きたって……愛海が笑って、それで生きてってくれるっていうんなら……ただ――」

そう言って宏美が顔を上げた。

そのとき、目の淵から涙が溢れて一筋こぼれた。かと思うと、一挙に感情が爆発したかのように宏美は激しい調子で、大きな声をあげていた。

「愛海が生き返るなんてこと、あるわけないでしょうが！　どういうつもりか知らないけど、ふざけないでよ！」

そして涙が溢れるに従って膝から崩れた。泣いた。生まれたての赤子のように。

全身から力が抜けて、床にひれ伏した体が斜めになった。嗚咽をもらした。

それでも愛海はいなかった。いくら泣いても愛海が存在しない現実に変わりはなかった。

こんな現実が、ずっとずっと続いていくなんて――あまりにも悲惨で辛すぎる。

皇子がそう思ったとき神野が信じられない言葉を吐いた。

「では《②愛海さんを復活させて犯人を呪殺しない》でファイナルアンサー？」

涙を流していた楢垣の顔が、呆気にとられた。次の瞬間、逆上した。

「何がファイナルアンサーだ！」

崩れた宏美に寄り添っていた楢垣が床を拳で叩くと激情に駆られて立ち上がる。

「お前はどこまで俺たちをおちょくるつもりだ！」

「おちょくってなどいません。やれることを正直に話しているまでです」

「やれるって言うならやってみろよ！　ふざけてんじゃねえ！」

怒り狂って猛然と掴みかかろうとした楢垣を神野は軽くいなして体をかわすと、

「いいですか。二人とも今度こそ、愛海さんのこと絶対、手放しちゃ駄目ですよ」

そして御神副総監に目線を送ると頷いた。

「それでは神の名のもと、時間遡上を開始します」

御神副総監は御託宣のようにそう言うと、祈るように両の掌を合わせて目を閉じた。

「では張りきって、いってらっしゃいませ」

「二人とも、愛海さんを絶対、コンビニへ行かせちゃ駄目ですからね」

神野が右手を高く掲げた。そして、その手首をスナップさせながら親指と中指を回転運動と共に勢いよくこすり合わせて、パチンと小気味良い音が響いた瞬間。

——えええ、うそでしょ……なにこれ……!?

皇子は体が、溶ける飴細工のように空間ごとグニャリとねじれる感覚に襲われた。

29

皇子の体は七色の奔流の中、洗濯機で洗浄されるシャツの如くねじれにねじれた。かと思うと今度は突如、大砲で高度一万メートルまで打ち上げられてしまったかのような体感覚に襲われる。全身に痛いほどの重力がかかった。そう思った次の瞬間。

「えっ、えっ、なんで……!?」

どういうわけか皇子は夜の住宅街に立っていた。

「しかも……ここって……!」

戸谷原サキが住んでいる古いマンション付近、石神井川に面する側の路地だった。

傍らには神野の姿もある。しかし、神野と共に「時間が遡る」とか「被害者が蘇る」とか意味不明な発言をしていた御神副総監の姿は見えない。

そういえば宏美と楢垣も、どういうわけだかいなかった。

「あ、あの、主任、これってどういう……?」

「ほお、やっぱり、お前も来れたのか?」

手鏡を開いた神野は、平然とした顔つきで天パ頭の乱れを直している。

「どうやら、少しは素質があるらしいな」

「素質……素質って……?」

「神と共に時間遡上できる人間は限られている。お前は知恵も色気も欠けた超絶的欠陥アホ人間だが、神の従者となる素質だけはあるらしい」

神の従者って何よ……!?

こんな現象に巻き込まれていなければ、笑ってしまうような言葉だったが……。

「マルシーにあっさり配置換えになったのも、御神副総監が、お前の素質を見抜いていたからかもしれないな」

「あ、あの、じゃあ、楢垣さんや宏美さんは、今どこに……?」

「彼らはアパートで引き留めてる頃だろうよ、コンビニへ行く直前の堂本愛海を」

「え、コンビニへ行く直前の愛海ちゃんを……?」

愛海の事件が起きたのは、十四日の深夜二時過ぎだった。

「で、でも今日は、八月二十日のはずですよね……!?」

そうは口にしてみるものの、頭の理解が追いつかない。

「だから我々は、八月十四日の深夜に遡ったんだよ。俗にいうタイムトラベルだ」

「や、タイムトラベルって……いやいやいや、そんなこと……」

あるわけないと思いながら皇子は左手首のGショックを確認してみると、

「えっ——なんで!?」

Gショックのデジタル表示は、なぜか「8月14日1時50分」となっている。

「八月十四日って言ったら……しかも、この時間って!」

腕時計の日時は、事件が起きる直前、愛美がアパートを出たとされる時刻だ。

「あれ？　でも十四日の、この時間って、わたしは確か本庁で……？」

テッシーこと勅使河原次郎が変死した事件の記録を調べていたはずの時間なのだが。

「この際ややこしい説明は後回しだ。すぐ戸谷原サキが現れる。ぼやぼやするなよ」

「えっと……ちょっと待って下さいよ……これって一体……！」

「見ろ。これから刺殺事件を起こそうってホシが、おいでなすったぞ」

神野に言われて見ると確かにマンションの裏口から現れていた。黒い長袖シャツとスキニーパンツ、帽子を被って小さなハンドバッグを斜めがけにした戸谷原サキが。

えええっ、なんで！

戸谷原サキは葬祭場で確保された後、今も留置場に入れられてるはずなのに……！

「今から戸谷原サキに脅しをかける。折角、来たんだ。お前も手伝え」

神野は、そう云うが早いか物陰から出て先に歩いていってしまう。

そして、どこかへ急ぐように足早にやってきた戸谷原サキの前に立ちはだかった。

「待ってくださいよ、戸谷原サキさん」

見知らぬ男に突如名前を呼ばれて、サキは足を止めた。

「愛海さんなら、もう来ませんし。殺人には向きませんよ、今晩は」

サキの顔に驚きが走った。なぜ、これから起こすはずの行動を見抜かれたのか理解できない。そんな表情だ。瞳に警戒の色を浮かべながらサキは尋ねた。

「あ……あなた、どなた……？」

「私たちは、警視庁の刑事です」

神野は警察手帳を示すなり戸谷原サキに歩み寄ろうと足を進めた。

するとサキは、体を半身にして咄嗟にハンドバッグへ手をやった。

「なるほど。そのバッグなら凶器のナイフも、柄に指紋を残さない為の手袋も入りそうだな。やはり、所持品検査をさせてもらいましょうかね？」

神野が近づいた。サキが二歩、三歩と後ずさりした。だが神野の手がサキの方に触れかけると、サキは、ハンドバッグから手早くナイフを取り出した。

「そこをどかないと、これで刺すわよ！」

その妖しく光る切っ先を神野に向かって振り向け、威嚇した。

「おやおや、これは困りましたね」

神野は、サキと距離を取る。

「谷崎ハルトともあろうお方が、そんなセコいチンピラみたいな真似をしてはいけませんね。私は、あなたが、老いたご婦人だからって手加減しませんよ？」

「うるさい！　殺してやる！」

「やむを得んな。ここは神の力を見せてやるか……」

サキが雄叫びあげて突っ込んでくると、神野は全速力で皇子の方へダッシュしてきて、

「お前が戦え！　バトンタッチだ！」

「接近戦は、お前の得意分野だろうが！　神の名のもとに命じる！　あの凶暴婆さんを何とかするんだ！」

「ええぇっ、わたし……!?」

随分とカッコつけてた割に、なんじゃそら……。

「わかりましたよ。任せて下さい」

皇子は呆れながらも退却してきた神野とバトンタッチして前に進み出た。

時間を遡ったなんて信じがたいけど……もし本当に愛海ちゃんが復活したっていうなら絶対止めなきゃ、今は目の前の戸谷原サキを……！

「何なのよ、あなたたちは……どうして、こっちの計画を……！」

皇子が現れると、サキは再び間合いを計った。皇子は呼吸を整える。プロの格闘家でさえ刃物を持った素人に刺殺される事例は実際、枚挙にいとまがない。刃物はそれほどまでに戦力を補正するのだ。決して気は抜けない。一瞬の油断が命取りだ。

諸手を構えて神伝不動流柔術《しんでんふどうりゅうじゅうじゅつ》の師範でもあった父直伝の臨戦態勢を整えた。神武不殺《しんぶふさつ》、すなわち殺傷は最低下劣の行為と考え、徒手空拳によって柔能く剛を制圧する。それが警視庁創設時「警視拳法」とも呼ばれた柔術の根底に流れる精神だ。

愛海《タマ》ちゃんの命を再び取らせるわけにはいかない。

今ここで戸谷原サキを取り押さえるんだ！　何があっても絶対に！

「死ねえええぇッ……！」

　サキが刃物を振り上げ、襲いかかってきた。たちまち全身に広がる緊張感。太刀筋を一つ、二つと見極めた。今だ！　避けて受け流すと逆腕技・捩《もじ》り閻魔《えんま》でナイフを落とそうとしたその刹那——二の腕に冷たくも熱い衝撃が突き抜けた。うっと思わず呻きがもれる。斬られてしまったのだ。何のこれしき！　幸い傷は深くはない。

「おいおい、死ぬなよ！　お陀仏したら、俺やお前は生き返れないんだからな！」

　神野が安全地帯から檄を飛ばした。すっかり遠くの物陰だ。自分のことを神だと言うくせに、いざとなったら役立たず。かといって今、気を散らして焦れば殺される。

　皇子は乱れた呼吸を整える。だが刃を構え直したサキは間合いをじりじりと詰めながら、今にも追撃してきそうな勢いだ。

「戸谷原さん……そんなことして一体、何になるっていうんです！」

「うるさい！　これは、あたくしの復讐です……！」

　その言葉で皇子は、やはりとピンと来た。

「わたし、今なら少しはわかる気がします。あなたが殺害衝動に駆られた理由が」

　サキの眼差しが僅かに揺らいだ。

　微かに生じた心の隙間を狙って皇子は言葉を投げかけた。

「あの日も今も、公園に献花へ来ていたあなたは炎天下の中、長袖ブラウスを着てました。最初は日焼けを避ける為かと。でも日傘を差していなければ帽子も被っていなかった。つまり長袖を着ていたのは、その火傷の痕を人目から隠す為だったんです」

格闘の余波で、いつの間にか、めくれあがった袖口を皇子は指差した。

露わになったサキの腕には——点々と並んでいる小さくて丸い火傷の痕。

根性焼きだ。それは、燃えるタバコを押し付けられた際に生じる火傷の痕だ。

そして過去に受けた暴力の、生涯決して消えない痕跡だ。

サキは青ざめ、慌てて隠すが、もう遅かった。

「『春のうつろい』の中で登場人物の老婦人が話していました。義父からもクラブで働いていた時代のパトロンからも様々な暴力を受けてきた。時には中絶を強要された。隠れて産んだ赤子を捨てなければならないことさえあった。だから世の男性を恨んでいると。それは、きっと、あなた自身の体験なんじゃないですか……？」

皇子が訴えると戸谷原サキは暗い目をして、つぶやいた。

「そうよ。その通りよ。なのに愛海ちゃんは男なんかに入れ込むから……！」

狂気の宿った戸谷原サキの眼差しに皇子は必死に問いかける。

「きっと、辛かったことだろうと思います。誰かが助けの手を差し伸べてあげなきゃいけなかったんだと思います。でも——男性と幸せを築く愛海ちゃんを傷つけるのは間違いです。そんなのは全く無意味で見当違いです！」

出来れば、サキには自らの意思で犯行を思いとどまってほしかった。事件が起きてから、不幸が起きてから解決するより未然に防ぐ方が、きっと尊いはずだから。

「……サキさん、ナイフを捨てて下さい。もうそんなことはやめて下さい……！」

「うるさい！　お前に何が分かる！」

　サキがナイフを大きく振りあげて、またも皇子に襲いかかった。懸命に避けた。だが刃先が鼻先をかすめた。気持ちが恐怖に囚われた。体が固まりそうになる。だが、そうなれば刃先を体内をえぐり込まされて敗北だ。なにくそ、ここで負けてたまるか！

　皇子は父の教えを思い出す。ここは神気《しんき》だ。そして不動智の心が肝要だ。いつでも神気に満ちた心で何が起こっても動揺しなければ道は拓ける。神気不動なれば敵速に事をなすことあたわずだ！

「こうなったら、あたくし殺しますから。あなた方も愛海ちゃんも、その彼氏も！」

　ナイフを腰溜めに構えた戸谷原サキが雄叫びもろとも皇子に突っ込んだ。

　その瞬間、足元で小石を踏むような音がした。サキの体勢が僅かに傾ぐ。隙あり！　皇子は気合い一閃、恐怖を跳ね除けてサキの懐へ飛び込むと、ナイフを持った方の手首を力の限り引き込み、サキの霞《かすみ》を手刀で打った。地獄詰めの要領だ。サキは呻いた。ナイフは地面に転がった。とどめにサキの胸襟を掴んで引き倒す。皇子は逆腕を掛けながら、あばれ狂うサキを押さえつけると、

「受け取れ、手錠だ！」

　神野が少し離れたところから黒色アルミ合金製の手錠を投げてよこした。

　ナイスコントロールで届いた手錠を皇子は、がっちり受け取ると、

「戸谷原サキ！　銃刀法違反および傷害の現行犯で逮捕する！」

手錠をかけると腕輪の機構ががちゃりと回って、サキの手首を堅固に抱き込んだ。

これにて勝負ありだった。

肩で息するサキは観念したのか、もはや手錠の重さを支えられないとでもいわんばかりに横臥《おうが》したまま、その場で激しく身をよじらせた。

「なんであたくしが……！　どうしてこんな目に……！」

けっきょくは力によって屈服させられた憐れな姿を目の当たりにすると、不意に井川不由美の逆上した形相が頭をよぎった。あの便利屋の女事務員も度重なる暴力によって心に傷を負って、精神に歪みをきたし始めている。もはや暴発寸前だ。あのまま屈託を心に抱えて、更に心と体に痛みを蓄積していけば、やがて抑えがたい暴力衝動が心を巣食って被害者から加害者へと転じないとも限らない。格闘の余波によって胸元が破れた戸谷原サキの長袖シャツを見ると、僅かに同情の念が湧く。シャツが破れたままでは本人も決まりが悪いだろう。自分の上着を脱いで覆ってやろうかと考えた刹那、皇子は、はたと、ひらめいた。

愛海ちゃん……もしかして破れた衣服に上着をかけてあげようと思ってた……？

それでパーカーを家から余計に一着持ち出した……？

けれど、持ち出すことを家族に知られるわけにはいかない事情があった。

だから愛海ちゃんは――。

そうか、そういうことだったのか！

その一瞬で脳内に多くのひらめきがスパークし、青パーカーの謎を合理的に説明する筋道を皇子は思いついていた。愛海はアパートを出るとき、青パーカーを着用していた。ところが遺体となって発見されると灰色のパーカーになっていた。どこかで着替えたのか、あるいは単純に宏美の記憶違いとも考えられたが、そうではない。

あの晩、おそらく愛海は井川不由美から電話で緊急事態の相談を受けていた。

「DVを振るわれて逃げてきた。コンビニ裏に隠れてるからお願い、迎えに来て」

愛海は、そんなことを電話で告げられたのではないか？　そして不由美は多くのDV被害者のご多分に漏れず、事態を決して誰にも口外しないように念押しした。

「今、公園のトイレに隠れてるの。逃げてくる前、服を破られて恥ずかしいから」

そして不由美は愛海に、そんな風に言ったのではないか？

そこで愛海は一計を案じた。ひとまず不由美の救護へ行くことを宏美や楢垣に悟らせない為「コンビニへ行く」と虚言を吐いたのだ。

更に、衣服を破られたと話した不由美に羽織らせる為の青いパーカーを怪しまれず家から持ち出す目的で、二枚重ねで着込んでいたのだ。愛海自身の肉体的露出を減らす為に羽織った灰色パーカーの上から、更に青いパーカーを。

結果的に愛海は、Tシャツの上に青パーカーを着て出かけたように見えていた。実際は青パーカーの下に、更に灰色パーカーも着込んでいたにもかかわらず。

家の外に出た愛海は、すぐ青パーカーを脱いで手持ちで公園へ行ったことだろう。

そして愛海が所持していた青パーカーはサキ自身が浴びた返り血を隠す為などの理由で殺害後に持ち去った。そう考えれば、パーカーの色が変わっていたことの説明はつく。

では、この仮説が全く正しいと仮定したとき、新たに何が考えられるか？

井川不由美にＤＶをふるい、その服を破ったのは誰だったか？　相手として考えられるのは武田しかいないはず。ところが、この晩、武田は自宅で妻といたことになっている。つまり武田に服を破るような機会はなかったことになってしまう。だとすると井川不由美の服は実際は破れておらず、愛海に嘘をついたと考えるより他にない。

では何の為に？　不由美は愛海を公園へおびき出そうとして、服が破れたと嘘をついたのか？　もしかすると愛海を公園で殺害する為に？

だとすると、この晩、戸谷原サキと井川不由美が偶然にも同じタイミングで、それぞれが愛海を殺そうと画策していたというのか？

いや、そんな偶然が起こったと考えるより、むしろ二人は「愛海殺害」という同一計画の中で、それぞれの役割を担っていたと考える方が妥当ではないか？

そもそも井川不由美は事件前日の晩、愛美に自ら電話をしている。

それが翌日に悩み事相談をもちかけるためだったと仮定するならば、愛海は何の相談を受けたのか？

井川不由美にとって目下最大の悩みは、武田によるＤＶ等の乱暴狼藉だったと考えられる。しかも過去のストーカー事件を契機に警視庁の女刑事と接点があり、かつ口も固く、武田のセクハラが理由で退職している愛海は自身のＤＶ被害を第一に打ち明ける相手として、もっとも適していたのではないか？

そして井川不由美は愛海に全てを打ち明けたのだ。

自身が不倫関係にある武田から日頃どんな被害を被っているか。

更に、愛人だからこそ知り得た《武田が犯した過去の罪の数々》も――。

半年前まで便利屋『ヴィーナスサービス』に勤めていたが突然退職した毛利月子。母親に頑なに拒絶されて、皇子らが面会できなかった女性の元従業員。いまだ家に閉じこもり続けている彼女も、武田からセクハラやレイプなどの被害を受けて傷つき、今も泣き寝入りしている一人だったのではないか？

愛海は皇子に言っていた。

「もしかして悩み事あったら電話とか、してもいい？」

え？　何か悩んでるの？

「や、あたしじゃないんだけど……まだ詳しいこと知らないから全然、大丈夫」

そう言って愛海は渋谷で皇子と別れた後、不由美と会った。

そして武田の大罪の数々を知ってしまったのではないか？

だとすると……。その瞬間、皇子の頭に渋谷のカフェでの愛海の言葉が蘇った。

「でも、あたしも皇子先輩みたいになりたいなー。頼もしいとこ、あたし好きだよ」

まさか……愛海ちゃん、わたしの真似をして……？

もし、そうだとしたら……ああ、なんていうこと愛海ちゃん……！

事件直前の晩、不由美と会って全てを知った愛海は、おそらく皇子の真似をした。

「もう不由美さんとは絶対別れて。これ以上、不由美さんや他の女の人たちに手出しをしたら、絶対あたしが警察に訴え出るから。あたしは、あんたを許さない！」

かつてストーカー被害から守ったときの皇子のように、愛海は警告電話を試みた。

日頃、様々な犯罪者と渡り合っている皇子の真似をして、不由美や様々な女性に罪を犯している武田剛造に、不由美の電話から素人ながら最後通牒を突きつけたのだ。

その結果、愛海は武田の逆鱗に触れてしまった。

そして武田は、事を荒立てる愛海に通報されて社長の地位を追われることを防ぐ為、直ちに口を封じることを決意したのではなかったか？

だとするならば、武田が井川不由美に電話をかけさせ、巧みに愛海を深夜の公園へとおびき出していたとしても不思議はない。

ここで翻って同じ晩、戸谷原サキと武田の支配下にあった井川不由美が「愛海殺害」という同一計画の中、それぞれの役割を担っていたと考える立場を取るならば、武田と戸谷原サキの関係とは一体、何なのか？

戸谷原サキが実は、武田の立てた愛海殺害計画の実行犯役だったとみなすことは可能だろうか？　もしそうだったとするならば二人は、どのように共犯関係になったのか？

そこで皇子は思い出す。戸谷原サキは過去、隠れて産んだ赤子を捨てなければならないとさえあった。

ひょっとして武田と戸谷原サキが親子だとしたら？　そのような共犯関係が成立する余地もあるのではないだろうか……？

皇子は、そんな疑問を抱くと、黒色アルミ合金製の手錠を掛けられて地に這いつくばっている戸谷原サキの肩を揺すって、ただちに尋ねた。

「教えて下さい、戸谷原さん。あなた、本当は生き別れた息子さんがいるんでしたね。まさか、便利屋の武田剛造が、あなたの息子なんじゃないですか……？」

戸谷原サキは驚いた。

だが次の瞬間、皇子に黙って頷いた。やはり——！

青パーカーが消えた謎は、この一連の事実を内部に凝縮し、暗示していたのだ！

「じゃ、もしかして——愛海ちゃんの殺害計画には、武田も関与を——!?」

今までもたびたび覗き見していた戸谷原サキが、なぜよりにもよってこの晩、殺害を実行に移したのか？　それは、愛海が偶然にも深夜コンビニへ外出した為ではない。

愛海は、武田剛造の策略によって公園内へ作為的におびき出されていたと考える方が妥当ではないか？　そうひらめいて戸谷原サキに尋ねると、

「その通りよ。息子は少しでも早く愛海ちゃんの口を封じたがってた。それで井川不由美が嘘の電話で愛海ちゃんをおびき出し、あたくしが殺害する役を引き受けた」

うそでしょ、まさか——！

愛海ちゃんの殺害は武田の関与があったからこそ初めて生じた惨劇だったのだ。

「じゃ、息子に後押しされたから、あなたは愛海ちゃんを手にかけようと――!?」

するとサキは、不敵な笑みを浮かべて皇子に言った。

「息子には借りもあったのよ。半年前、恨みの相手を銃殺してもらった大きな借りがね」

半年前に恨みの相手を……？

武田に、恨みの相手を拳銃で殺してもらったということか？

そのとき皇子は気がついた。

待てよ。半年前の銃殺といったら、銀座のクラブ経営者が射殺された事件だ。

――そして戸谷原サキの過去の職業はクラブのママだった――。

つまり戸谷原サキは半年前、恨み相手であるクラブ経営者を武田に頼んで殺してもらっていた――武田も殺人犯だったということではないのか？　そう気づいたときだった。

がちり。

なぜか、背後で撃鉄を引き起こす重い音がした。

この音は昔、どこかで聞いたことがある。まさか……？

大逆転のカードがあると分かっていたから戸谷原サキは不敵な笑みを浮かべていたのか？

全身に怖気が走った。血の気が引いた。恐怖に打ち震えながら振り向いた。

ガスマスク男――マンション前の路上に、どういうわけだが奴が、いた。

なんで……？　どうして……！　父を殺したあいつが、なぜ今ここに――!?

ガスマスクで顔面を被った男が拳銃を向けているのを目の当たりにすると、皇子は、すぐさま思い出す。武田は元レンジャー部隊の自衛官。不気味な犯人が着けているのも軍隊用の防護ガスマスク。まさか、そういうことだったのか――!?

ガスマスク男の拳銃に装着されたレーザーポインターが皇子の目を打った。視界の全てが一瞬、真紅に染まって目に痛み。光が引いたかと思うと銃口から伸びる光線は皇子の額に定まった。射殺二秒前。恐怖。絶望。悔恨。悔悟！　皇子は震えた。口先ばかりで何も出来なかった十四歳の頃と全く同じように。指先ひとつ動かせない。

犯人の指が引き鉄にかかった。だが恐怖で硬直しきって体は一切動かせない。

駄目だ。終わった。殺される――！

次の刹那、銃口が火を噴いた。マズルフラッシュ。耳をつんざく発砲音が轟いた。息が止まる。揺らめく全身。衝撃。地面に倒れて痛みが全身を駆け巡る。撃たれた！　やられた――だが、そのとき気がつく。獣のうめき声が聞こえていた。いや、違う。あれは武田の悲鳴か？　倒れていた皇子は何とか顔を上げると目を凝らす。

「断っておくが、俺はマルシーの部屋で、無意味に遊んでいたってわけじゃない」

神野が皇子のすぐ傍らに片膝ついて、ガスマスク男の方を見据えていた。

「お前は道楽だなどと言うが、緊急事態に備えて練習してたんだよ。偉いだろ？」

どうせ今、思いついただけの虚勢に違いない。けれど神野の視線の先、ガスマスク男が拳銃を持っていたはずの手には、なぜか果物ナイフが突き刺さっている。

そうだ――落ちていたサキの凶器を神野が投げつけ、見事命中させたのだ。恐怖で動けなくなった皇子に飛びつき、その体を弾道から逸らせて二人もろとも転倒したその後すぐに。だとすると――皇子は自分の体をよく見て気づいた。やっぱり、わたしは被弾してない！　大した怪我もしてなければ、死んだりしていないし、ちゃんと生きてる……！

皇子の全身に走った痛みは神野に飛びつかれ、共に転んだときのものらしかった。

そのことに遅ればせながら気づいた傍ら、神野は悠々と立ち上がる。

「貴様の策略なんぞ、お見通しなんだよ。戸谷原サキの部屋に潜んでたことも、ネトゲで尾崎秋斗をおびき出す役を担っていたことも、まるで全部な！」

そう言いながら痛みに悶絶しているガスマスク男の方へと接近すると、

「母親が捕まったのを上から見て、慌てて下りてきたまではよかったが――」

神野は、落ちていた拳銃をつまみ上げると石神井川の中へと投げ捨てた。

「残念だったな。計画は全部ご破産だぞ、武田剛造」

神野に指摘されると荒っぽい手つきでガスマスクを外して、息せき切らせた顔を露わにしたのは便利屋『ヴィーナスサービス』代表・武田剛造に間違いなかった。

深夜の微風に乗って、いつか便利屋で嗅いだ覚えのある体臭が皇子の鼻を刺激した。

「てめえ、なんで俺たちの計画を知ってんだ！」

「計画だけじゃないさ。ペットボトルから検出したお前のＤＮＡと戸谷原サキのＤＮＡも鑑定済みだ。よって貴様らが親子だってことは警察当局としても把握している！」

そう言って神野はDNA鑑定の結果用紙を取り出し、示した。

「ちょっと待て。ペットボトルって何のことだ！　そんな鑑定、いつやった！」

「鑑定したのは愛海さんの葬儀直前、戸谷原サキの家を家宅捜索した直後だな」

「はああ？　まだ愛海も殺してねーのに葬儀ってのは、どういうことだよ！」

武田は混乱していたが、神野は取り澄まして話を続けた。

「だが葬儀の場では、あえて貴様のことはスルーした。貴様が黒幕だと示す物証は残念ながら出なかったんでな。だが殺害犯のサキさえ捕えれば時間遡上するには問題なかった。そして貴様のことは、こうして現場で捕えてやろうと思っていたわけだ」

「何をワケのわからねーことを言ってんだよ！　お前、本当に警察なのかよ！」

武田からしてみれば、まさに青天の霹靂だろう。外部には一切、漏れていないはずの殺害計画等を突如現れた神野らに見抜かれた挙句、阻まれたのだ。

「お前らに計画漏らしたのは嫁か！　不由美か！　裏切り者は、どっちなんだよ！」

「どっちも裏切ってねーよ。お前が完全に奴隷化してるんだろうが。暴力で従えて、その上、リベンジポルノ映像でも握ったりしてな？」

武田の顔が青ざめた。どうやら図星であるらしい。

確かに井川不由美は武田との関係に話が及ぶと、いつも必死な顔つきで関係の健全性を訴えた。やはり、それには、そうしなくてはならないだけの理由があったのだ。

「それに、お前のチンケなアリバイ工作もバレバレだ。どうせ、録音した喘ぎ声でも、近所迷惑になるくらいの音量で嫁に流させて、犯行時間は夫婦で家にいたよう見せかけたんだろ？　品性下劣なお前なら、いかにも、考えつきそうな作戦だよな？」

すると武田は痛みに顔を歪めながらも、左手に突き刺さったナイフを引き抜いた。

そしてコンバットグリップでナイフを構えると神野に言った。

「……んなこた、もう、どうでもいい。こうなったら、お前らを殺して、愛海も殺して、ついでに、このイカれババアも殺せば、後はどうにでもなるんだからな！」

そして武田は、神野にナイフで切りかかった。

「危険です、主任！」

皇子は咄嗟に声をかけたが、

「お前は婆さんの面倒を見てるんだ……！」

そう言って神野は猛牛の突進をかわす闘牛士よろしく武田の攻撃を身軽に避けた。

でも、このままじゃ……！　皇子は思った。実戦を想定して訓練する兵士の格闘術は、あらゆる武道と考え方が全く異なる。いかに狡猾に手間なく相手を殺すか。シンプルにそれだけが志向されている。禁じ手や反則技のオンパレードでもあるから多少、武道の心得があったところで分が悪い。まして格闘場面のたび逃げ惑っているばかりの神野では仕留められるのは時間の問題。案の定、神野は逃げて防戦する一方だ。

「気をつけて下さい！　相手は殺しのプロですから……！」

神野は武田に、じりじりと間合いを詰められながらも皇子に言った。

「一つ断っておくが、俺が戦いを避けるのは、別に弱いからってわけじゃない」

そして神野は、スーツの胸ポケットから乳白色のハンカチを取り出すと、

「暴力なんて人間臭い方法は性に合わんし、耐えられんのだよ。拳やスーツが人間の血液なんぞで汚れるなんてな」

「何をゴチャゴチャ言っていやがる……！」

武田が焦れたように激昂すると、神野はハンカチでふわりと右手の拳をくるんだ。

一方、武田は突き上げ技の一突きで、そろそろ片を付けるつもりなのだろう。歯をギリギリ噛み締めながら、ナイフをハンマーグリップに持ち変える。すると神野が言った。

「時に、あんた、ケーキとかクッキーは好きか？」

「はあ？　何をワケのわからんことを……！」

「ま、ケーキとかクッキーってツラじゃあないよな。でも肉料理は大好物のはずだ。いつ会っても体がプンプン臭ってクッセーからなー。肉ばっか食う奴は、体ん中でアンモニアが大量発生してるんだって知ってるか？」

「知るかボケ！　無駄口叩いてねえで、とっとと死ね！」

武田が一挙に間合いを詰めた。そして神野の喉笛にナイフを突き上げたときだった。

「その前に少しは体臭を消せっての！」

神野が左のポケットから何かを勢いよく振り出すと、

「ぐおおっ！　テメー！　何しやがった！」

武田の目鼻に振りかかった黄褐色の粉は、神野が振り出した小瓶の中身らしかった。

「テメーの肉の臭みを消してやってんだよ、秘密兵器のカルダモンでな！」

神野が、そう言いながらハンカチでくるんだ拳をカルダモンまみれの顔面に繰り出すと見事ヒットして、武田の巨体は風見鶏のように半回転。そして崩れて倒れたときには武田は、失神して戦闘不能になっていた。

「ふん、何が殺しのプロだよ。こっちは神だ」

神野は、ガンマンのように尾崎家でくすねていたと思しき小瓶をポケットに戻した。決まった。神野は、そんな表情でハンカチを畳み、スーツの胸ポケットへ戻しかけたが、

「ぬおおおおあああっ……！　なんということだ……！」

乳白色のハンカチに武田の鼻血と思しき鮮血が僅かに染みを作っていた。

「俺のハンカチに……奴の鼻血と、謎の粘液まで……！　最悪だ……！」

だが、そんな間の抜けたことを言っている神野を見ると、皇子は我に返った。

「あの、主任。ちょっと、いいですか？」

「……なんだよ」

「この男は――武田は、わたしの父を殺した犯人と同じ人物なんでしょうか？」

父を殺害した犯人のＤＮＡも現場に落ちていた血痕から判明している。そしてサキのＤＮＡと照合する為、武田のＤＮＡ鑑定も既に終わっている。皇子の父・竹臣の殉職を知っ

ている神野なら、そちらの事件との照合も済ませているのではないかと思ったのだ。

「……いいや、残念ながら、あっちの犯人のＤＮＡ型とは一致しなかった」

「ということは、別人……？」

「そういうことだ。ま、あの事件も有名だから覆面方法を単に真似したか、元レンジャーとしてガスマスクに何か思い入れでもあったのか、そんなとこだな。銀座のクラブオーナー射殺は、武田がホシで間違いなかろうが、後で線条痕も照合すれば確定だ」

「そうですね……」

父を殺した仇相手が遂に現れたのかと思ってしまったが、やはりそうではなかったことに皇子は複雑な思いを抱いた。いつか奴を逮捕できる日は来るのだろうか。

「そんなことより――」

神野は、武田の血液で汚れたハンカチで、のびた武田の手首をしっかり縛った。

「お前も、刑事を名乗るつもりがあるなら、手錠くらいは装備しておけ」

「や……わたしは、もう警察辞めたので……」

「そうか」

「……はい」

随分、時間がかかって、そう答えると皇子の胸は鈍く痛んだ。

「で、今後は？　どうすんだ？」

「……まだ決めてませんけど……ただ警察と連携して被害者支援をするＮＰＯとか、ボランティア団体とか、そういう仕事につくのがいいのかなって……」

そう言った瞬間、戸谷原サキに切られた二の腕に痛みが走って、皇子は呻いた。

「ほお。アホ人間でも一丁前に痛むのか？」

神野は、うなだれている戸谷原サキと気絶して動かない武田を見ながら気のない声で、そう言った。なんだか悔しくて皇子は、やせ我慢して神野に答えた。

「……いいえ、わたしはアホ人間じゃないんで痛みません」

不意に神野が、皇子の二の腕をぐいと引っ張ると、まじまじ見つめた。

「な、なんですか、急に……」

「止血しとけよ。死ぬぞ」

「これくらいなら大丈夫です。大体、止血って言われても――」

すると神野は、着用していたネクタイをするりと外して皇子の二の腕に巻き出した。

えええ、うそでしょ――この人が……!?

どうやら意外なことに神野は、皇子の傷の処置をしようというつもりらしい。

「え、ちょっと、いいです。どうせ高いネクタイなんでしょ」

「そうだな。まあ、お前の年収くらいか」

「えええ、本当に!?　や、ちょっと困ります、そんなの、わたし弁償できません」

「冗談だよ」

……冗談かよ……おぼっちゃんの言うことは、どこまでが本気か分からない。

傷口を処置されながら身の置き所がなくて、いつもより近い神野の顔をそっと見る。澄ました表情。いつもの横暴な気配は微塵もない。これで性格がよければ……上官として尊敬すべき行動を、規律と社会常識に則ってとる人ならいいのに……勿体ない。

「あいたっ……！　ちょっと、もっと優しく！」

神野が皇子の二の腕にきつくネクタイを結びつけると、傷口周辺に痛みが走った。

「なにが優しくだ。これで痛みも出血も止まったろ？」

言われてみれば確かにしっかり止血され、先ほどまでの痛みが嘘のように消えている。

「……あ……あの……ありがとう、ございます……」

なんとなく、どぎまぎしながら神野の背中に蚊の鳴くような声で伝えると、

「ん？　なんだって？」

Yシャツの第一ボタンを外していた神野が振り向き、その瞳とまともに視線が、かち合った。神野の澄んだ眼差しから察するに、本当に謝礼は聞こえていなかったようである。

「や、だから、その……」

止血どころか、拳銃で撃たれかけたところまで助けてもらったのだ。もう一度、ちゃんと目を合わせて、お礼を言わなきゃ。そう思いはしたが、どういうわけか無理だった。

「別に……何でもないです……」

「ふん。これだから、アホ人間というやつは」

神野が不遜な態度をとった途端、今度は条件反射のように言葉が口からついて出る。

「だから、何度も言ってますよね、アホ人間って呼ぶなって。私には小野皇子って名前があるんですから。あなたって本当に何様なんですか」

「神様だよ。何度も言ってるだろうが。俺に礼を言うなら、その莫迦でかい声で言えってか……！　やっぱ聞こえてたのかよ。だったら、わざわざ聞き返すなっつの……。

急に恥ずかしくなって赤面していると、神野は悪童の笑みを浮かべて、のたまった。

「ま、ネクタイのことなら気にするな。俺は決して忘れんからな。神たる俺が下流女子な上、超絶アホ人間のお前に恩を売ってやったことだけは死んでもな」

「……別に、恩なんか売られたって……」

そのとき「おーい」と遠くで楢垣の声がしたような気がして皇子は振り向いた。

「小野さんと、神野さんですよね？　大変なんです！　奇跡なんです！」

そう言いながら飛び跳ねるようにして走ってくる楢垣は、先ほどまで烈火の如く怒り狂っていた人とは、とても同一人物とは思えないはしゃぎぶりだった。

「ああ、楢垣さん。よく、ここが分かりましたね？」

「や、だって、さっき副総監の部屋で言ってたじゃないですか、戸谷原サキの犯行を止めに行くんだって――」

するとと楢垣は、路傍に戸谷原サキと気絶したままの武田がいることに気がついた。

「えっ、あれって、もしかして……！」

「ええ。たった今、愛海さんを殺した実行犯と、その命令を下してたクソ野郎を命懸けで調理してやったところなんですよ、我々二人で」

「え、神野さんと小野さんのお二人で……!?」

楢垣が皇子の顔を見て尋ねた。皇子は「ええ、まあ……」と曖昧に頷いた。

そのとき、武田が突如、息を吹き返して皇子は驚いた。

「主任……武田が……!」

「大丈夫。慌てるな」

そう言って神野は、路傍に座り込んだような戸谷原サキと武田へと接近していく。

「やあやあ、お二人さん、それじゃあ、ちょっとこれからお仕置きタイムの続きです」

「……何が、お仕置きタイムだ……」

武田はナイフが刺さった手からの出血もあるせいか、意識を朦朧とさせながら虚勢を張った。けれど、この程度なら直ちに武田自身の命に関わることもなければ、逆に状況をひっくり返すような反撃も決して出来はしないだろう。

「お二方に、ひとつ忠告しておきますがね」

神野は、そんなサキの前に仁王立ちになると、上から言葉を浴びせかけた。

「あなた方、これから警察へと連行されて傷害罪、および殺人未遂罪で送検後、起訴されて裁判にかけられることになるでしょう。有罪になっても罪状は勿論、殺人罪よりは軽いです。その分、少しは早くムショから出られるわけだ。だからといって、ゆめゆめ考えぬことです。再び犯行をやり直そうなどとは絶対に」

「けっ、それはどうかな」

地面にへたり込んだ武田が顔色を悪くしながらも強がった。悪質な犯罪者は、たとえ殺人罪で収監されても改心しないことがままあるが、武田も残念ながら、そういった手合いである可能性が高そうだ。するとと神野は屈み込み、武田の顔を覗き込む。

「ご存知ですかね、武田さん。地獄には二百七十二の種類があるんですけど」

「へえ、そうかい。知らねえな」

「だったら、生涯忘れられんように刻み込んでやる」

皮肉な笑みを浮かべた武田の胸ぐらを突如掴みあげたかと思うと神野は凄んだ。

「いいか。もし今後、戸谷原サキやお前が、愛海さんや他の誰にでも悪事を一度だって働けば、お前らは大焦熱地獄《だいしょうねつじごく》の髀多羅尼処《びたらにしょ》という場所へ落とされる。ここは二〇〇由旬《ゆじゅん》、つまり幅三二〇キロのある巨大な炎に身を焼き焦がされながらも死ぬことも出来ず、降り注ぐ高熱の杖に体を突き刺し焼き尽くされた挙句、蛇に食われる。そんな地獄だ。勿論、肉はいくらでも再生されるから、まさに永遠の痛みと苦しみだ。試しに、ちょっと覗いてみるか？」

「何言ってんだ、お前？　ガキじゃあるまいし、俺は地獄なんぞ怖くも——」

そう言い掛けた途端、武田と戸谷原サキは突如、引きつけを起こしたかのようにびくりと動いて、眼球が飛び出すのではないかと思われるほど大きく両目を見開いた。

「……何だ、これは……どこだ……!?」

かと思うと武田とサキは、きつく目を閉じ、その顔面が痛みに歪んで悶絶する。

「……やめてちょうだい……！　お願い、やめて！」

そして神野が開いていた掌を閉じると、それがきっかけだったかのように二人は、たちまち額に滝のような脂汗を浮かべて顔面蒼白となっていた。瞑目した際、目蓋の裏側で何か恐ろしい映像でも見たのだろうか。二人は人が変わったように、わなわなと手足も体も震わせて、今にも泣いてしまいそうな面持ちで放心していた。

「今ので少しは分かったでしょう。地獄へ落ちると一体、どういうことになってしまうか。地獄は実在するのですよ。永遠の苦しみを味わうのが嫌なら、愚かな企ては金輪際やめることです。これが、現人神《あらひとがみ》たる私からの最後通牒です」

どういうことなのだろう。地獄への道先案内人のようなことを神野は語った。

するとサキと武田は、何か超自然的な力で余程ひどい恐怖でも植え付けられたのだろうか。うわ言を漏らしながら、怯えた顔で神野にガクガクと頷いて見せるのだった。

「さあ、これで、お仕置きタイムは終了です」

神野が立ち上がり、固唾を呑んで見守っていた楢垣の方へと振り返った。

「……二人は、もう罪を……？」

「ええ、これで、めったなことでは悪事は働こうって気にはならんでしょう」

楢垣に尋ねられると神野が答えた。

「けれど楢垣さん。これからは、あなたが愛海さんをしっかり守って下さいよ」

「分かりました」

　楢垣は神野に涙ぐみながら、力強く頷いた。

　だが今ひとつ事情が定かに飲み込めない皇子は置いてけぼりの気分になっている。

「あ、あの、楢垣さん、それで……さっき言ってた奇跡って？」

「あ、や、だから愛海が……！　一度死んだはずの愛海が生きてるんですよ！」

「愛海ちゃんが生きてるって……！」

「さっき副総監の部屋で、神野さんが指をパチンって弾きましたよね。そしたら僕、タイムリープっていうんですか？　なぜか、あの日アパートで寝てた瞬間に戻ってて。それで慌てて飛び起きたら宏美さんも『行っちゃ駄目！　行ったら殺されちゃう！』って、コンビニへ行こうとする愛海を必死に引き留めてたところだったんです！」

「じゃ愛海ちゃん……今はアパートに？」

「や、それで僕も『愛海が生きてる！』って興奮して、引き留めたら愛海が白状したんです。本当はＤＶ被害に遭ってる井川さんを、すぐ公園へ保護しに行かなきゃ駄目なんだって！　その上、青パーカーの下に灰色パーカーを着てたんです！」

　皇子は思った。そうか、やっぱり先ほどのひらめきは的を射ていたようだ。

「それで僕が、こうして代わりに。お二人の力も借りたくて。というわけで、僕と、今から一緒に公園まで向かってもらってもいいですか？」

「や、その件なら、そこのオッサンを捕まえて、もう大丈夫なんで安心して下さい」

神野が語ると栖垣も仔細は不明ながら、ひとまず納得した様子。

確かに、これで井川不由美も武田の暴力から解放される。やっと自由に生きられる。

皇子も安堵していると、そこへワゴン型のパトカーが走りこんできた。

後部座席が開くや、颯爽と降り立ったのは制服姿の御神副総監だった。

「神野君、小野さん、お務めご苦労様。犯人たちの処理は、こっちに任せて」

そして御神副総監が連れてきた制服警官たちがサキと武田を、脇に手を回して立たせると、手際よくパトカーの中へと連れ込んだ。

「じゃ、詳しい事情や余罪は、あいつらから署でばっちり聞き出すわ」

御神副総監が満足げにそう言う傍ら、パトカーの後部座席へ連行されたサキと武田を見て、皇子は、信じられない思いだった。

――戸谷原サキは、殺人を犯さなかった……。

武田剛造の余罪も、おそらく、これからバッチリ追及されることだろう。

つまり、犯罪は未然に防がれた……ってことは、やっぱり、これって……？

「栖垣さん！　主任！　もしかして愛海ちゃんって本当に生きてるんですか！」

「……というか、お前の理解は、まだそこなのか？　絶望的な物分かりの悪さだな」

そんなこと言われても……死者の復活なんて、そうそう簡単には信じられない。

「小野さん、マルシーでの初仕事ご苦労様だったわね」

パトカーの後部座席に乗り込んだ御神が窓を開いて、皇子に語りかけていた。

「今後もよろしくね、神野現人のお守り役。もしかしたら一課にいたときより大変かもしれないけど。あなたなら、きっと気の合う凸凹コンビになれると思うわ」

そうして御神副総監は悪戯っぽく微笑むと、パトカーで風のように走り去った。

ん？　てゆーか……神野のお守り役って……？

凸凹コンビになれると思うって何のこと……!?

やっぱり、わたしって……そういう役割でマルシーに配属されたとか!?

だとしたら、ちょっと困るかも……いや、結構、本気で困るかも！

「とゆーか、お前が勘違いするといかんから、一つ断っておくが。俺は、お守りをされるつもりは一切ない。お前のような、がさつアホ人間にはとりわけな」

「人を役立たずみたいに言わないで下さい。お婆さんに刃物振り回されたくらいで逃げてた人が」

「あれは逃げたのではない。戦略的撤退だ。そして俺は人ではなく現人神《あらひとがみ》だ」

「ああ、そうですか。よく分かりましたよ。あなたが神様気取りのヘリクツぼっちゃんだってことは、もう充分！」

「……何がヘリクツぼっちゃんだ。この分からず屋が！」

神野が耐えかねたように咆哮した。

「だったら聞くが、チャールズ皇太子や徳仁親王《なるひとしんのう》が自ら凶悪婆さんを撃退するのか？　ローマ法王が殺人犯に香辛料ぶっかけてパンチするのか？　なのに神ともあろう俺が、わざわざ自分で、命懸けてまで戦ったんだから、出血大サービスもいいとこだろうが！」

「そういうことは、本当に出血してから言って下さい」

皇子は、これ見よがしに二の腕をさらして抗議する。

「ふん。大体、万が一、神が刺されて死んだら、全人類の損失だろうが。アホ人間が神の盾となるのは至極当然。盾が、お前のような下流カマキリ女子なら尚更な！」

またも見下されてカチンとくる。

「だけど、ヘンですよね。刺されたくらいで死んじゃうんですか？　神様なのに？」

「お前は神の何を知っている」

「だって祖母が昔から言ってましたし。神様は不老不死で永遠だとか、目からビーム出して悪をやっつけちゃったりするんだよって。ほんとの神様なら、そういう技が使えるのが普通なのに絶対ヘンです！」

「ちょっと待て。お前こそ何だ、その妙な自信と偏見溢れる断定口調は！」

「だけど本当に祖母が言ってたんです！」

「だから何なんだ、そのおばあちゃんの知恵万能論は！　ああ、いかん……なんだか、気分が悪くなってきた……」

神野は眉間を指で押さえるような仕草をすると、ため息をついた。

「ともかくだ。俺は現人神であり、生き神だ。生き神は死ぬ。死ぬのが生き神だ。お前は神様万能論を当然の如く喧伝するが、それが生き神。それが現人神の現実だ！　ニッポン育ちのブラジル人がサッカー出来ないのとおんなじだ！　お前もケア係なら、勝手に期待されて勝手にガッカリされる者の辛さ虚しさを少しは思いやれ！　それから目からビームが出るのは神様ではなくて、クラーク・ケントの間違いだ！」

「てゆーか愛海ちゃんは？　今から会いに行ってもいいですか？」

皇子が、そう告げると所在なげにしていた楢垣は力強く頷いた。

「ちょっと待て。聞いていたのか。俺の長い長い説明は」

「てゆーか、分からなくもないですけど。口で説明されたって、信じられるわけないじゃないですか。死んだ人が生き返るんだとか、あなたが神様なんだとか」

「だったら、お前の為に改めて実証してやるよ。その目ん玉、見開いて、この指をよーく見ていろ！　行くぞ！　バック・トゥ・ザ・時間！」

そう告げるやいなや神野は、皇子の目前で右手指を掲げてパチンと鳴らして天を指さした。すると――！

――えええええっ、今度は逆回転――!?

行きとは逆方向に全てが歪む感覚に襲われ、皇子は虹色の濁流に流された――。

30

――えええ、うそでしょ……なにこれ……!?

皇子は体が、溶ける飴細工のように空間ごとグニャリとねじれる感覚に襲われた。かと思うと今度は突如、高度一万メートルから奈落の滝壺へ突き落とされるような体感覚に見舞われて悲鳴を抑えることが皇子は出来ない。

「うわあああああああ、やめてててえええええ……!　もう死ぬうううううう……!」

ジェットコースターの乗客にも似た悲鳴を上げた瞬間、周りの景色が一変していた。

「えっ……!?」

どういうわけか、夕暮れの六本木交差点、その雑踏の中に皇子は立っていた。

地に足のついている感覚も、ちゃんとある。だが足を止め、薬物中毒者か何かを警戒するような通行人たちの青ざめた眼差しに囲まれていることに皇子は気づいた。

「あああっ、ち、違うんです。ちょっと悪夢を!　お騒がせしてすみません!」

おたおた頭を下げながら余計に誤解を招く発言だったかと気が焦る。

「立ったまま悪夢……傑作だな。下手したら警官がすっ飛んできて逮捕だな」

傍らで笑っているのは、先ほどとは異なるスーツ姿の神野だった。

皇子は神野に食ってかかろうとしたが、

「えっ？　あれっ？　なんで、わたしも？」

皇子の衣服も、すっかり真新しいスーツとYシャツになっている。

父の形見の腕時計は、相変わらず左手首に嵌っていたが……そのとき気づいた。

「え……まさか、傷まで……!?」

サキに切られた二の腕の痛みが引いていた。衣服の内側には包帯が巻かれている感触がある。一体いつの間に、誰がこんな？

そもそも先ほどまで着ていたスーツは二の腕部分が切れていた。

ところが今のスーツは新品で……淡く桃色がかったYシャツも……そう、これは買ったばかりの新品だ。

なぜだか直感的に、そうだと分かる。

頭の中を探ると不思議なことに包帯も今朝、自分で変えたような気がしていた。

「主任、これは……？」

「我々は時間遡上の出発時間へと無事に帰還した。時間を見てみろ」

そう顎をしゃくって示されて腕時計を慌てて見てみる。

表示は「8月20日17時28分」。

「え……これって、宏美さんと楢垣さんが副総監室に来てた時間……！」

「舞い戻ったんだよ。俺たちは、遡上前と同一時間に。さっきの俺の指パッチンでな」

確かに先ほどまでは深夜の石神井川沿いにいたはずなのに……。

「でも、わたしたち、なんで六本木なんかに……？」

「ともかく店に入るぞ。もう待ち合わせの時間だからな」

そう言うと神野は先導して『マージナルライフカフェ』六本木店に入っていく。

生まれたばかりの雛のように、その後へ付き従いながら皇子は考えた。

そういえば愛海とは、この六本木店に来ようと生前、約束していた。

でも愛海ちゃんは事件で亡くなって……や、違う。

愛海ちゃんは亡くなっていないのか……？

どういうわけだか、そんな確信めいた予感が胸の中に存在している。

すると皇子の混乱を気取ったのか、何やら注文を終えた神野が皇子に言った。

「頭の中がゴチャゴチャしてるんだろ？　それも神の力で元の時間へと戻れた影響だ。よーく頭絞って、前に堂本愛海と会ってからの記憶を思い出してみるんだな？」

皇子は言われた通り、記憶の想起を試みる。

すると不思議なことに――頭の中には、この七日間の記憶が二種類あった。

一つは愛海が殺されて捜査した末、サキを逮捕した記憶。今この瞬間に至るまでの記憶だ。

そして、もう一つは愛海が最初から殺されてなどおらず、戸谷原サキと武田剛造が深夜、二名の警察官と偶然遭遇し、現行犯逮捕されたと世間に報道された記憶――。

その二通りの記憶が、どういうわけか頭の中で二重写しになっていた。

どちらの記憶も夢のようでもあり、現実のようでもある不思議な感覚だった。

でも二つの記憶は、どちらも事実。どういうわけか、そんな直観が堅固にあった。

「エスプレッソでいいよな？　お前の分も注文しといた」

ぼんやり物思いにふけっていたら突然、神野に声をかけられた。

よく見れば神野は、既にカウンターでトレイを受け取り、歩き出している。

「こいつを飲んで、ちょっとは、その時差ボケを覚ますんだ」

そして階段を上がっていく神野の後ろ姿を眺めながら皇子は奇妙な思いに囚われる。

足……大丈夫。ちゃんと階段登ってる。不思議な感覚……でも、これ夢なんかじゃなくって確かに現実のはずで……じゃあ、わたし、やっぱり本当に時空を超えて移動した？

《時空》だなんて言葉、大真面目にどうなのよ？　でも、この現象が本当に本当なら、わたしの前で席を探してるこの男って……やっぱり、まさか本当に——!?

「おや、楢垣が既に来ているぞ」

見ると、スーツ姿の楢垣がコンディメントバーへスティックシュガーを取りに来ていた。

「あ、楢垣さん。どうしてここに？」

皇子が思わず呼びかけた。すると楢垣は足を止め、怪訝な表情をしてみせる。

「えっと、あの……すみません。今日お会いすることになってた警察の方ですか？」

「え、なに言ってるんですか。ついさっき深夜の板橋で一緒にいたじゃないですか」

「ついさっき深夜の板橋……え、今、夕方ですけど？」

「や、だから、わたしたちが悪漢二人を逮捕して。楢垣さん、わたしたちのもとに走ってきたじゃないですか。愛海ちゃんが生き返ったとか言ってすっごくはしゃいで」

「あの、すみません……何を仰ってるんだか、よく意味が……？」

嘘や冗談を言っているような表情には見えなかった。

「僕たち、お会いしたことあるんでしたっけ？　すみません、ちょっと記憶が……」

え？　楢垣さんが記憶喪失？　え、これってどういうことなの？

「とにかく今、呼んできますね。ちょっと、お待ちを」

そっけなく立ち去ってしまう楢垣を見ながら皇子はワケが分からなかった。

皇子が首を傾げていると、手近の四人がけの席に腰掛け、神野が言った。

「楢垣も宏美さんも、その他の人類全員、前の歴史のことは忘れちまってるんだよ。俺が、さっき指パッチンしたのを契機に、それより前に起きたことは大体全部な」

ん？　前の歴史のことは忘れてる？　人類全員？　って、どういうことだ？

「えっと、じゃあ……楢垣さんは覚えてないってことですか？　愛海ちゃんが殺されたこととか、わたしたちと一緒に捜査したこととか」

「そうだ。というより楢垣の実感としては《堂本愛海の死ななかった人生》が従来通り、切れ目なく続いているだけだ。その上、記憶も一部脱落している。よって楢垣の中では、俺たちと会うのは今日が初めてだって認識になっている」

今日が初めて……時間遡上する前も、あれほど一緒にいたのに信じがたい。

「つまり、《歴史を改変する前の出来事》を記憶して、頭にとどめておけるのは、神性をまとった俺たちと御神副総監だけってことだな、原則的には」

歴史を改変する前の出来事を記憶しておけるのは、わたしたちだけ……？

「じゃ、わたしと主任と副総監意外は、人類全員、記憶喪失？」

「ざっくり言えばな」

「じゃ、楢垣さんや宏美さんや、犯人二人の中には、何も残ってない？」

「や、一概に、そうとは言いきれないんだが」

そう言って神野はエスプレッソのカップを掲げて見せた。

「彼らの頭には、我々との捜査を通じて得た《思い》や《感情》だけは残るようになっている。だが《出来事の記憶》だけが消失している、エスプレッソの残り香はあっても、何を飲んだかは覚えてない。例えるならば、そんな感じか」

「とすると……見慣れない夢を見ちゃって目が覚めた後、みたいな？」

「感情は残っているが、何があったか何を見たかの記憶は無い。確かにそうだな」

なるほど。納得するが、すぐ新たな疑問が浮上する。

「あれ、でも、あの《妹が生き返った》とか書いてた掲示板の人は一体どういう？」

「大多数は忘れる仕組みだが、素質によっては記憶を少々残す人間もいるようだな」

とすると妹が生き返ったというあの奇妙な電子掲示板のスレ主は実体験を書いていた？

神野によって事件を解決してもらったから？　そのとき皇子は、ひらめいた。

だとすると神野は最初から言っていた通り、既に多くの事件を解決している？

誰の記憶にも残っていないし、事件があった事実すら消えているが本当は……!?

信じられない思いで、神野を見ていると取り澄ました瞳と目があった。

「何だ？　俺に何か聞きたいことでも？」

「や……別に……」

思わず神野から目をそらしてしまったそのとき信じられない事態が起きた。

店内の奥——背後の方向から聞き覚えのある声がしたのだ。

「あれ、そんなところにいたんだー。気づきませんでしたよ皇子先輩！」

ぞわりとした。

声を聞いた瞬間、身の毛がよだった。

突如、背後から陽気な幽霊に声を掛けられた。まさに、そんな感覚。

でも、まさか……この声は……？

振り返って声のした方に、ゆっくりと振り向く。

すると……信じられないことに、やっぱり想像した通りに立っていた。

皇子をまっすぐ見ながらキャラメル抹茶パフェを持った愛海が、いつもの笑顔で！

「見て見て、皇子先輩！　キャラメル抹茶パフェ、とうとうゲットできました！」

——えええ、愛海ちゃんの幽霊っ!?

や、幽霊じゃ、ないんだよね多分……え、え、でも、やっぱり、わかんない！

「よかったー。もうほんと食べ損なっちゃうかと思いましたよ。あ、ここ、座ってもいいですかー？」

一体、何が起きたのか分からず混乱してしまうが、楢垣に呼ばれたらしい愛海は小走りするみたいにやってきて、皇子と神野の向かいに座った。

「ほらほら、どおです、この抹茶とキャラメルがおりなす、いい香りー！　美味しいんだよー？　皇子先輩も、食べたいでしょー？」

「え、や、あ、あの……」

皇子は人生初めてのデートみたいに訥弁になってしまう。

「ま、愛海ちゃん、なんで……？」

「えへへ、実は今日こそ絶対、食べたいと思って、ちょっと早めに来てたんだー。楢垣さんと、あっちの席にいたの。ごめんね、気づくの遅くなっちゃって」

「や……それは、いいけど……」

「そんなことより抹茶とキャラメルって意外に合うんだよー。ほんと美味しいから皇子先輩にも食べてさせてあげるー。はいはい、お口開けて。あーんして」

愛海ちゃん……遺体になって、あの公園に転がされていたっていうのに……！

にもかかわらず、やたら元気いっぱいな愛海を目の当たりにして、皇子は軽いパニックに陥りながらも、命じられるままに口を開いた。

すると愛海は「あーん」と言いながら、期間限定商品のキャラメル抹茶パフェをひと匙、皇子の舌上に投下する。

途端、口内に広がるひんやり甘くて渋いハーモニー。なんと、この味は……!?

「ね、ね？　美味しいでしょう！　これぞ新感覚スイーツだよねー」

絶対合わないと思ってたけど……意外に合ってた。意外にイケてた。

しかも何かを味わって食べることが、こんなにも嬉しく愛おしく感じるのは初めてだ。

皇子は思った。どうしてだろう。今わたしの前で愛海ちゃんが笑ってる。いつもの八重歯で、茶目っ気たっぷりの笑顔で……一度は消えた命だったのに……その愛海ちゃんが食べさせてくれた……甘ったるいけど渋さで締まったパフェの味が口の中に広がって……信じられないけど、やっぱり愛海ちゃんは生きてて……本当に本当に生きていて……今こうして生きて息してパフェ食べながら無邪気に笑っているなんて、これは、なんていうか、まるで奇跡だ……！

「愛海ちゃん、ごめん、わたし……本当に……！」

思わず愛海の掌を両手で握った。

小さくて丸い掌から温もりが、じんわりと伝わる。温かい。

やっぱり愛海ちゃんは生きているんだ……！

人の体温が、こんなにも愛おしかったことはない。目頭が熱くなった。かと思うと視界はたわいなく涙でゆるみ、ぐしゃぐしゃになった。声も表情も雪崩を起こした。

「……よかった……本当に、よかったよ、愛海ちゃん……」

「えっ、ちょっと皇子先輩、限定パフェくらいで何で泣くわけ？」

「……だって……わたし……嬉しくて……！」

「や、確かに美味しいだろうけど……だからって皇子先輩、感動しすぎでしょ！」

そう言って愛海は弾けたように、またもや笑った。皇子も調子を合わせて笑おうと思ったけれど、うまくいかなかった。ううう、だって嬉しすぎるんだもん、しょうがない。心の中で言い訳していたら鼻水が垂れてしまって慌てて紙ナプキンを押し当てた。すると愛海が思い出したように皇子に言った。

「てゆーか、そうそう。この前の夜中もすごかったの。楢ちゃんとお母さん、なんでか突然泣き出して。あたしに《本当に生きてるのか》とか言い出して。ねえ楢ちゃん？」

愛海が笑って楢垣の腕を小突いた。

「や、って言われても僕、あんま覚えてないんですよね。どういうわけだか」

「なんでそうなるのよー。絶対変だったよ、お母さんまで。ほんと何なの？」

楢垣が、うーんと首を傾げていると、静観していた神野が言った。

「ま、覚えてないってことは、きっと大したことではないんでしょう」

「あ、でもちょうどあの後、近所で発砲事件あったんです。ニュースでもやってるでしょう？　あの犯人、あたしの知人で。しかも井川さんって先輩に相談されたとき、あたしちょうど武田にタンカ切ってやってたとこなの。『井川さんと別れないなら、あんたのＤＶとかレイプとか全部、警察にバラすから！』って皇子先輩みたいにね」

やっぱり愛海ちゃん、そんなこと……。

自分が、もう少しで殺される危険が迫っていたとも知らないで……。

けれど皇子は、愛海が今、生きていることに心の底から安堵した。

「にしても、ほんとラッキーだったよねー。楢ちゃんとお母さんが外出するの止めてくれなかったら、あたし、ほんと事件に巻き込まれてたんじゃないかって怖くって」

「え、でも、何でまた急に引き留めようと？」

皇子が楢垣に尋ねると、

「や、それが、何か愛海をコンビニへ行かせるなって夢で聞いたような……？」

「てゆーか、そんなことってありえんのー。楢ちゃん絶対おかしいよ」

「只……変なこと言いますけど……なんだか、無性に思うんですよね」

楢垣は、真面目なまなざしになると、皇子と神野に、こう言った。

「もしかして、あれは、神様のお告げだったんじゃないかって……」

「神様のお告げ……」

皇子は思わず呟いた。

そして試みに……そっと視線を横へ向けてみる。

日頃、俺は神だとうるさい神野が、今は素知らぬ顔でエスプレッソを飲んでいた。

「てゆーか神様のお告げって！」

愛海が、そう言いながら楢垣を軽くこづいて笑っていた。

「じゃあ楢ちゃんは、イエス・キリストかブッダみたいじゃん？」

「や、でも神様って姿見せないけど、ほんとは、どこかにいるんじゃないのかな？」

「やばいやばい。楢ちゃんが、やばい人みたいになってきてるし」

「愛海が変な掲示板見せるからだよ。多分、あれに影響されたな」

楢垣が笑うと愛海も笑った。

すこぶる幸せそうなカップルだった。

そのとき皇子は気がついた。愛海の左手薬指で何かが光っているのを。

「あれ！　ちょっと待ってよ、愛海ちゃん、まさか、その指輪って……!?」

「あ、そうそう……皇子先輩にご報告！」

愛海は薬指で輝いているダイヤの婚約指輪を、恥ずかしそうに皇子に示した。

「実は……あの事件があった深夜、突然、楢ちゃんにプロポーズされちゃって」

「え、本当に……？」

すると楢垣は、恥ずかしそうに赤面して神野と皇子に言った。

「不思議なんですけど、なんでか、今すぐしなきゃって思い立っちゃって」

「だから、あたし、結婚前にお母さんと二人で温泉行こうかって話し合って決めたんだ。お店大変だし、たまに喧嘩もするけど、やっぱり親孝行だってしたいしね」

やはり《想い》は残っていた。

彼らの中に生じた《感情》は、世界の色んなことを少しずつ好転させていた。

皇子は宏美の数々の悲壮な表情を思い返した。

でも今きっと、宏美さんも、ささやかな毎日に幸せを感じていることだろう。

これからも最愛の娘と、たわいのない毎日を生きていける幸せを。

「あなた方のような、善なる人には必ず、神のご加護がありますよ」

そう言って一人で席から立った神野に愛海が言った。

「あれ、もう、帰っちゃうんですか？」

「ええ、私はそろそろ。今夜は、たっぷりノロケ話と幸せ話を聞かせてやって下さい。この鼻垂れ女が、少しは女子力をアップさせなきゃと我が身を反省するように」

そして小さく会釈すると、去っていく。

やれやれ、《アホ人間》から一応《鼻垂れ女》にランクアップできたのだろうか。

躊躇いながら皇子は神野に呼びかけた。

「あの、主任は、どちらへ？」

「言うまでもない。俺を待ち望んでる女神たちのもとへだ。車は本庁に駐めておけ」

そして神野が車の鍵を投げ渡そうとしてきて皇子は、それを制止した。

「や、待って下さい。そんなの困ります。わたし、もう警察官じゃないですし……」

「ええ、皇子先輩、警察辞めちゃったの!?」

「や、実は責任を取って辞表を――」

そう言いかけて皇子は、はたと立ち止まる。いや、違う。

愛海ちゃんは、こうして生きてるし、事件は消えて無くなっている……？

「残念だな。やはり、まだまだ、お前はアホ人間であるようだ」

そう言って神野が、自分の胸ポケットの辺りを叩いてみせた。……まさか。

皇子は自分のスーツの内側ポケットに手を入れ、中の物をおずおず取り出す。

――中から出てきたのは、二つ折りの警察手帳。

開けば、ちゃんと自身の顔写真も「小野皇子　巡査部長」の文字が入った証票も旭日章も付いている。

「ええええっ！　わたし、警察辞めちゃったわけじゃないんですか……!?」

「お前の現在の所属は副総監が配置換えにした関係で俺の下――つまりマルシーだが……辞めるも続けるも、あとは、お前の自由だ。勝手にするんだな、アホ人間」

そして神野は立ち去ろうとした。すると、楢垣が慌てて問いかけた。

「あの、やっぱり。以前どこかでお会いしてませんか……僕と刑事さんたちって？」

神野は眉一つ動かさなかった。

「いいえ、一度も」

「え、そうですか……あ、あの、じゃあ、せめて刑事さんの、お名前を……？」

「おっと、確かに、まだ名を名乗っていませんでしたね。これは失敬」

すると、どういうつもりなのだろうか。神野は、周囲の客までもが思わず会話を中断して注目してしまうような、そんな芝居がかった身振り手振りを加えて言った。

「私は生き神・神野現人《じんのあらひと》。悪が罪を犯せば、たちまち事件を解決し、悲しむ人の心もケアする奇跡の刑事。人呼んで、神様刑事《かみさまデカ》です！」

ええええ……なに恥ずかしいことやっているんだ、この人は……。

皇子は思った。こんな無茶苦茶で横暴でばかな男が、本当に神様だっていうのか？

やっぱり、どうしたって信じられない。

だって、神様だという割に色々、問題がありすぎだ。

いくら御神副総監の指示だからって、こんな神様気取りのヘリクツぼっちゃんのお守りだなんて出来る自信はないし、まして気の合う凸凹コンビになれる気もしない。

ただ……でも——。

だいぶ遠くまで去って、二階から降りていく寸前の神野を皇子は思わず呼び止めた。

「神野主任……！」

階段を降りかけていた神野は足を止めると、ゆっくりと皇子の方に振り向いた。

「なにか呼んだか、アホ人間」

「……あの……車……酔っ払って飲酒運転とか、そういうの絶対、駄目ですし……」

すると、そんな皇子の言葉が意外だったのか、神野は僅かに目を見開いた。

けれど次の瞬間には、やはり、いつもの高慢ちきな表情に戻って皇子に言った。

「回りくどいぞアホ人間。神の従者になりたいならハッキリそう言えばよかろうに」

「違います。わたしは、ただ、あなたが、またばかなことするんじゃないかと——」

その瞬間、神野はフィアット500の鍵を、その手からゆるやかに投げ放つ。

鍵は、流れ星みたいに輝きながら綺麗な放物線を描いて飛んだ。

かと思うと皇子の両の掌へ見事収まる。それを満足そうに見届けると神野は言った。

「ひとつ断っておくが、車のキーを渡したからといって何も俺のフィアット500をお前にプレゼントしたというわけではないということは、さすがのお前でも分かるよな？」

やれやれ、前途は多難だな。そう思いながら皇子は挑むように神野に答える。

「──車は本庁。駐めておきますよ、仕方がないんで」

「よろしい。それでは──」

相変わらずの不遜な態度で神野は皇子を見据えると、

「──安全運転しろよ、小野皇子」

涼しげな眼差しで一瞬、微笑んだ。皇子は思わず息を呑む。

そんな中、謎多き男・神野現人は今度こそ背を向け、去っていく。

皇子は、階下へ降りていく後ろ姿を見送った。

そうして姿が完全に見えなくなると、車の鍵を、ぎゅっと握りしめて内心思った。

なによ……今更、名前なんて呼んで何様のつもり。そんなことで、このわたしが浮かれたり喜んだりすると思ったわけ？　だとしたら、とんだ勘違いだよ。ばっかじゃないの。

残念ながら小野皇子は、そんな簡単な女じゃありませんから。あー、やだやだ。

──大体わたしは……あいつが神様だなんて、本気で認めたわけじゃ全然ないし。

ましてや助けてくれてありがとうとか、意外に格好いいんだとか、そんなこと全然全然、思ってないし……！

……ただ……神野現人《あいつ》と、命を復活させる捜査を共にしていくのは、いいかもしれない。

本作は書き下ろしです。
本作品はフィクションです。実際の人物や団体、地域とは一切関係ありません。

TO文庫

神様刑事
～警視庁犯罪被害者ケア係・神野現人の横暴～

2014年12月1日　第1刷発行

著　者　関口暁人

発行者　東浦一人

発行所　TOブックス
〒150-0011 東京都渋谷区東1-32-12
渋谷プロパティータワー13階
電話03-6427-9625（編集）
0120-933-772（営業フリーダイヤル）
FAX03-6427-9623
ホームページ　http://www.tobooks.jp
メール　info@tobooks.jp

フォーマットデザイン　金澤浩二
本文データ製作　TOブックスデザイン室
印刷・製本　中央精版印刷株式会社

Printed in Japan　ISBN978-4-86472-322-0